ullstein

Das Buch

Kommissar Dimpfelmoser ist genervt. Erst wird er im Wirtshaus beim Frühschoppen gestört, weil ihm seine Haushälterin Eva eine Szene hinlegt, dass es zu einem Volksauflauf der Kirchgänger kommt. Dann muss er auch noch mit seinem ungeliebten Kollegen Reindl zum Haus des Landrats fahren, um dort den Hausherrn und sein »Gspusi« vor aufdringlichen Fotografen zu schützen. Und als ob das nicht schon genug wäre, wird auch noch eine Leiche gefunden. Schnell stellt sich heraus, dass es sich um einen besonders heimtückischen Mord handelt: Jemand hat dem Opfer bei lebendigem Leib das Blut aus den Adern gesaugt.

Während der Kommissar und seine Kollegen auf Hochtouren ermitteln, wird eine zweite Leiche gefunden – wie schon der erste Tote auf dem Gelände des geplanten »Begegnungszentrums für spirituell Suchende«. Der Pfarrer, dem das »teuflische Zentrum« schon immer ein Dorn im Auge war, sieht seine Chance gekommen, die Dorfbewohner dagegen zu mobilisieren. Dimpfelmoser hat alle Hände voll zu tun, da er neben den Mordermittlungen auch noch möglichst unauffällig die Sache mit dem Landrat klären muss. Herrschaftszeiten, was für eine Aufregung!

Der Autor

Stefan Limmer ist verheiratet und hat vier Kinder. Er wohnt zwischen Regensburg und Cham, in der Gegend, in der auch der Kommissar Dimpfelmoser ermittelt. Hauptberuflich ist er als Heilpraktiker, Seminarleiter und Dozent tätig. *Mordswatschn* ist sein erster Kriminalroman.

Stefan Limmer

Mordswatschn

Kriminalroman

Ullstein

Besuchen Sie uns im Internet:
www.ullstein-taschenbuch.de

MIX
Papier aus verantwortungsvollen Quellen
FSC® C083411
FSC
www.fsc.org

Originalausgabe im Ullstein Taschenbuch
1. Auflage Juli 2015
2. Auflage 2015

Umschlaggestaltung: ZERO Werbeagentur, München
Titelabbildung: Getty Images/© Jill Chen (Würstchen);
getty images/© Steven Whitehead (Eichhörnchen);
© FinePice®, München
Satz: LVD GmbH, Berlin
Gesetzt aus der Legacy
Druck und Bindearbeiten: CPI books GmbH, Leck
Printed in Germany
ISBN 978-3-548-28697-6

Wörth an der Donau

Wie es das ehemalige oberpfälzische Bauerndorf Mitte des letzten Jahrhunderts geschafft hat, zu Stadtrechten zu kommen, das ist wohl in ganz Bayern für niemanden mehr nachvollziehbar. Mit seinen 4500 Einwohnern – und da sind die 29 »Stadtteile« außerhalb der eigentlichen Stadt schon mitgerechnet – wirkt Wörth an der Donau auf mich immer noch wie ein Dorf.

Aber entschuldigen Sie, ich habe mich noch gar nicht vorgestellt: Mein Name ist Xaver Dimpfelmoser, meines Zeichens Kommissar des Polizeipräsidiums Regensburg, und seit längerem tätig in meiner Heimatstadt Wörth an der Donau.

Schön ist es schon bei uns. Über der Stadt thront weithin sichtbar das Wörther Schloss. Von meiner Polizeistation in der Ludwigsstraße aus bin ich gleich drüben beim Schorsch-Wirt, und in die Natur ist es auch nicht weit. So kann ich mir immer aussuchen, ob ich in meinen Pausen lieber ein oder zwei Halbe trinke oder mich an die Donau setze.

Bei uns kennt wirklich jeder jeden. Und weil das so ist, wissen auch immer gleich alle, was so in der Stadt und im Umland passiert. Aber das werden Sie auch bald selber merken. Ich wünsche Ihnen viel Spannung, Spaß und gute Unterhaltung mit den Enthüllungen aus meinem ereignisreichen Polizistenleben.

Ihr Xaver Dimpfelmoser

»So sollst du geben Leben um Leben, Auge um Auge, Zahn um Zahn, Hand um Hand, Fuß um Fuß, Brandmal um Brandmal, Wunde um Wunde, Strieme um Strieme.«

2. Mose 21, 23–25

Prolog

»Du wirst jetzt sterben, und ich werde dir dabei zusehen.«

Der Mann steht langsam auf und schaltet die Pumpe ein, die leise zu surren beginnt. Sofort läuft das Blut aus dem Schlauch in den bereitgestellten Eimer. Der Gefesselte verdreht die Augen und zuckt panisch, doch schnell erlahmen seine Reaktionen. Der Mann beobachtet das Schlauchende genau. Erst als kein Blut mehr herausfließt, stellt er die Pumpe wieder ab. Er schneidet die Fesseln durch, zieht die Kanüle aus dem Arm und rollt den Hemdsärmel wieder nach unten.

»Auge um Auge, Zahn um Zahn«, murmelt er und betrachtet den Toten.

Er weiß, dass er erst Ruhe findet, wenn sein Werk vollbracht ist.

Kapitel 1

Sonntag, 11.00 Uhr

Auf dem Weg zum Schorsch-Wirt begegnen mir nur wenige Menschen, was nicht besonders verwunderlich ist. Die Messe vom Pfarrer Eberdinger, die ich wegen kleiner Meinungsverschiedenheiten zwischen uns konsequent meide, ist noch nicht zu Ende, weshalb die Straßen der Stadt relativ leer sind. Außerdem regnet es in Strömen, was mir aber nix ausmacht. An einem Sonntagvormittag gibt es praktisch nichts, was mir meine gute Laune verderben kann. Ich habe zwar Rufbereitschaft, aber nachdem bei uns eh nie was passiert, nehme ich auch an solchen Tagen kein Diensthandy mit, wie es eigentlich Vorschrift ist. Das hat zumindest mein Vorgesetzter, der Hauptkommissar Huber, bei unserem letzten Dienstgespräch behauptet. Der muss es ja wissen, der alte Paragraphenreiter. Der versteht überhaupt keinen Spaß und schaut immer so, als würde gleich die Welt untergehen. Seit ihn seine Frau vor einem halben Jahr sitzen hat lassen wegen eines anderen, sind seine Mundwinkel noch weiter nach unten gewandert. Wer kann es der armen Frau schon verdenken. Kein Mensch hält es mit so einem aus, der zum Lachen in den Keller geht.

Unser letztes Gespräch ist dementsprechend auch wieder ziemlich unerfreulich verlaufen. Ich wollte ihn halt etwas aufmuntern und habe ein paar Witze über seine Frau und ihren neuen Lover gerissen. Das fand er gar nicht lustig. Stattdessen hat er mir eine Abmahnung erteilt, weil sich so ein Depp beschwert hat, dem ich bei einer Verkehrskontrolle die Ohren langgezogen habe – natürlich nur ein bisschen, so dass er gerade noch auf den Zehenspitzen stehen konnte. Ich bin ja kein Unmensch. Aber wo kommen wir denn da hin, wenn jeder dahergelaufene Porschefahrer meint, für ihn gilt keine Geschwindigkeitsbegrenzung. Und dann kommt er mir auch noch ganz blöd, von wegen er hat das Schild nicht gesehen. Ja wenn ich so schnell fahre, dann sehe ich auch keine Schilder mehr. Jedenfalls habe ich ihn nur ein bisschen ermahnt und ihm klargemacht, dass er eine Amtsperson vor sich hat. Dass dabei sein Sakko zerrissen ist, war nun wirklich keine Absicht von mir. Was muss er auch so rumzappeln, anstatt einfach stillzuhalten. Ich habe ihm ja auch angeboten, dass ich seine Jacke mit zur Oma nehme. Die kann ganz wunderbar nähen, aber das wollte er auch nicht, da kann man dann halt nichts machen. Jedenfalls hat er sich in Regensburg beim Polizeipräsidenten, der ein Spezi von ihm ist, beschwert. Und das fand der Huber wiederum gar nicht lustig, aber wie gesagt, der versteht eh keinen Spaß.

Beim Schorsch-Wirt ist um diese Zeit noch nicht viel los, nur die paar üblichen Gesichter hängen wie jeden Sonntagvormittag schon am Stammtisch und spielen Schafkopf, was das Zeug hält. Ich gehe zu meinem Stammplatz ins hinterste Eck. Da kann ich immer noch in Ruhe mein Bier trinken, wenn die Kirchgänger hernach einfallen und den vorderen Teil der Gaststube bevölkern.

»Servus, Dimpfelmoser«, begrüßt mich die Heidi, die seit ein paar Monaten an den Wochenenden als Bedienung beim Schorsch arbeitet.

Die ist ein echter Augenschmaus, großer Vorbau, ein wundervolles Lächeln, blonde Haare, die ihr immer so ins Gesicht fallen, dass sie sie mit einer Handbewegung wieder hinter die Ohren schieben muss. Und auch der Rest von der Heidi ist einwandfrei. Da wird einem ganz warm ums Herz – und nicht nur ums Herz.

»Servus, Heidi, du bist ja wieder fesch heute«, sag ich zu ihr und schaue dabei ganz ungeniert in ihren Dirndlausschnitt, so wie ich es jeden Sonntag mache, wenn sich die Gelegenheit dazu bietet.

Sie lächelt mich an, und da wird mir gleich noch wärmer.

»Das Übliche, Dimpfelmoser?«

Ich kann gar nichts sagen und nicke nur, während ich schnell zu meinem Platz gehe und mich setze. Von hier aus kann ich der Heidi ganz in Ruhe zuschauen, wie sie wie ein Engel durch die Wirtsstube schwebt und beim Schorsch an der Theke mein Bier holt. Aus der Küche rieche ich den Duft der Bratwürste. Die Heidi kommt mit meinem Bier, und beim Abstellen ergattere ich noch einen tiefen Einblick. Dann bringt die Lisel aus der Küche auch schon die zwölf Würste und eine Schüssel mit Sauerkraut. Mir läuft das Wasser im Mund zusammen. Genüsslich nehme ich einen tiefen Schluck, dann zerteile ich die erste Wurst und wälze sie im Bratenfett, das auf dem Teller schwimmt, so wie ich es am liebsten mag.

Als ich die Gabel langsam zum Mund führe, schließe ich kurz die Augen, um mich ganz auf den Geschmack zu konzentrieren. Da fehlt mir nichts, aber auch rein gar nichts mehr zu meinem Glück. So ein Sonntag beim Schorsch-Wirt, das ist wie im Paradies, besonders seit die Heidi hier ist. Gerade will ich den ersten Bissen genießen, da haut mir doch einer von hinten auf die Schulter, dass ich vor Schreck die Gabel fallen lasse. Die landet im Fett auf meinem Teller, und das spritzt auch gleich auf mein von der Eva frisch gewaschenes, blaukariertes Lieblingshemd.

»Ja Herrschaftszeiten, du Depp du blöder«, schreie ich, während ich aufspringe und mich umdrehe, um dem Störenfried eine zu langen.

»Langsam, langsam, Dimpfelmoser«, ruft mein Kollege, der Harald Reindl, erschrocken und springt einen Schritt zurück, so dass mein Schlag ins Leere geht.

Er kennt mich halt schon und weiß, dass ich manchmal etwas überreagiere. Aber das ist ja wohl absolut gerechtfertigt. So schändlich von so einem Deppen aus dem Paradies gerissen zu werden, da ist eine angemessene Reaktion ja wohl das Mindeste. Also hole ich noch mal aus, aber der Reindl weicht zurück bis in das hinterste Eck des Gastraumes.

»Der Huber hat gerade angerufen und rumgebrüllt, wenn du dich nicht sofort bei ihm meldest, dann schickt er dich als Streifenpolizist nach München.«

Oha, das ist eine böse Drohung. München ist für mich so etwas wie die irdische Hölle, und das weiß der Huber, darum droht er mir auch immer wieder damit. Gott sei Dank verfüge ich ja über ein paar kleine Informationen, die ich ihm gegenüber bis jetzt noch nicht erwähnt habe.

Heute ist wohl der richtige Zeitpunkt, um meine Beziehung mit ihm auf eine neue Basis zu stellen. Sofort verraucht meine Wut, und gemächlich setze ich mich wieder hin.

»Sag ihm einen schönen Gruß von mir, ich möchte mich mit ihm übers ›La Luna‹ unterhalten, dann gibt er Ruhe. Ich melde mich in einer halben Stunde bei ihm«, sag ich zum Reindl, der immer noch völlig angespannt in der Ecke steht, obwohl ich ihm doch gar nichts mehr tun will.

Aber er ist halt aus der Großstadt und kann die Reaktionen der Einheimischen hier immer noch nicht richtig einschätzen.

»Wenn du unbedingt nach München willst«, brummt er und trottet aus dem Wirtshaus.

Ich grinse in mich hinein und widme mich endlich ungestört meinen Bratwürsten. Das wäre ja noch schöner, wenn mir der Huber meinen Sonntag ruinieren würde. Nach der dritten Halben und einigen ausgiebigen Blicken auf die Heidi zahle ich und mache mich auf den Weg zu unserer Polizeistation. Die ist nur ein paar Schritte neben dem Schorsch-Wirt in der Ludwigsstraße untergebracht. Meine provisorische Außenstelle der Kripo, die nun schon seit zwei Jahren besteht, ist inzwischen zur geduldeten Dauereinrichtung geworden. Mir ist das ganz recht. Ich habe ja überhaupt keine Lust, wieder mit dem Huber in unsere alte Polizeiinspektion in der Regensburger Straße umzuziehen. Und der Huber sieht das wohl genauso. Der ist, glaube ich, heilfroh, dass er mich nicht mehr vor der Nase sitzen hat. Die Chemie stimmt halt einfach nicht zwischen uns. Und darum, vermute ich, sind unsere alten Räume nicht renoviert und unsere jetzige Station auch nie mehr aufgelöst worden. Seitdem sitzt der Huber in Regensburg im Präsidium und ich hier in meiner Polizeistation. Wahrscheinlich hat der Huber, der alte Schisser, einfach nur Angst, dass ich noch mal Jagd auf Ratten mache. Hätte er halt selber mal was unternommen, anstatt den Mistviechern einfach zuzuschauen, wie die sich wie die Karnickel vermehren und unsere Akten anfressen.

»Huber«, habe ich ihm immer wieder gesagt, »wir müssen was unternehmen. Einen Kammerjäger brauchen wir, der die Bestien vernichtet.«

Aber er hat immer nur gejammert, das wäre in seinem Etat nicht drin, und stattdessen hat er ein paar Lebendfallen aus dem Baumarkt besorgt und aufgestellt. Aber die Ratten sind ja nicht deppert. Warum hätten sie dem Huber seinen vergammelten Käse fressen sollen, wenn doch überall was viel Besseres rumliegt – wie eben meine Bratwurstsemmeln. Da hört dann der Spaß auf. Da war es doch die beste Entscheidung, sie einfach in flagranti abzuknallen, was ich dann – auch an einem Sonntag übrigens – getan habe. Außer mir und den zwei Kollegen von der Bereitschaft war ja eh niemand da. Dass ich bei meiner Rattensäuberungsmission die Hauptwasserleitung durchlöchert habe, ja mei, so was passiert halt mal im Einsatz, dafür kann ich ja wirklich nichts. Und dann macht der Huber einen Aufstand wegen den gefluteten Diensträumen, das war halt völlig übertrieben. Dabei war das doch alles ein Heidenspaß, nicht ganz billig für den Staat, das gebe ich zu. Da wäre der Kammerjäger günstiger gewesen, aber der Huber wollte ja nicht auf mich hören. Anstatt sich bei mir zu bedanken, dass ich der Plage ein Ende gesetzt habe, schickt der Arsch mich zum Psychologen, von wegen Gefahr für die Allgemeinheit und lauter so einen Schmarrn. Ich bin halt nur nicht feige und mache das, was ein Mann eben tun muss. Das gilt im Dienst und auch privat. Immer voller Einsatz, koste es, was es wolle. Der Psychologe, dieses bornierte, arrogante Bürscherl von der Universität, der überhaupt keine Ahnung hat vom richtigen Leben, der fand mein Verhalten dann auch bedenklich und hat gemeint, ich gehöre in psychologische Betreuung. Da habe ich dem Huber aber den Marsch geblasen. Der hat das dann doch eingesehen, und seitdem muss ich nur alle halbe Jahr zu dem Hirnverdreher. Da tue ich dann immer ganz normal, aber bis jetzt hat der immer noch nicht lockergelassen und will mich weiter sehen. Vielleicht ist er ja auch schwul und steht auf mich, warum sonst würde er so darauf beharren, dass ich immer wieder bei ihm antanze?

Jedenfalls ist unsere provisorische Polizeistation geblieben, und da kann ich tun und lassen, was ich will. Nur der Reindl nervt immer wieder. Der ist auch so dermaßen penetrant und ehrgeizig, und überhaupt leidet er an einem Wahn. Hinter jedem Furz, den jemand lässt, vermutet er immer gleich ein Verbrechen. Der hat immer noch nicht kapiert, dass bei uns die Uhren anders ticken. Anstatt den ganzen Tag einfach gemütlich mit unserem Dienstwagen durch die Gegend zu fahren, muss er sich immer wichtigmachen und steckt seine Nase in Angelegenheiten, die ihn nix angehen. Besonders beliebt hat er sich damit bisher nicht gemacht, obwohl ich ihn gewarnt habe. Aber was will man von einem echten Großstadtmenschen schon anderes erwarten.

Inzwischen hat es zu regnen aufgehört, und sogar die Sonne zeigt sich hinter den Wolken.

»Servus, Dimpfelmoser«, flötet es da hinter mir.

Ich drehe mich um, da steht doch tatsächlich die Eva. Mit ihr teile ich mir die Räume von ursprünglich zwei Wohnungen, die durch einen Mauerdurchbruch und eine Türe miteinander verbunden sind. Die Eva kümmert sich meistens um meinen Haushalt und kocht für mich, wenn sie nicht gerade wieder einmal eingeschnappt oder beleidigt ist, was leider an der Tagesordnung ist. Sie lächelt mich erwartungsvoll an. Bevor die mir eine Szene macht, schaue ich lieber, dass ich verschwinde.

»Du, Eva, ich hab gerade leider gar keine Zeit für dich, dringende Ermittlungen, die nicht warten können«, rufe ich ihr zu, während ich mich schleunigst davonmache.

Ich sehe noch, wie sie aufhört zu lächeln und ihr die hübschen Gesichtszüge entgleisen.

»Du Arschloch«, ruft sie mir nach, »du hast mir versprochen, dass wir heute was zusammen unternehmen, und jetzt weichst mir aus und lässt mich einfach hier stehen, oder was?«

Bevor sie ganz ausrastet, habe ich schon die rettende Türe meiner Polizeistation erreicht und verschwinde im Gang. Die Eva haut von draußen dagegen und rüttelt daran, aber ich denke gar nicht daran, ihr aufzumachen. Gott sei Dank ist die Türe auch in unserer provisorischen Polizeidienststelle gesichert und nur von innen zu öffnen. Ich lasse mich auf einen Besucherstuhl fallen und warte, dass die Eva endlich abzieht. Der Reindl sitzt am Schreibtisch hinter der schusssicheren Glasscheibe an der Eingangsschleuse und schüttelt missbilligend den Kopf.

»Dimpfelmoser, du bist so ein Trottel«, fängt er oberlehrerhaft an. »So eine Frau wie die Eva, die lässt man doch nicht einfach so stehen. Andere würden sich alle zehn Finger abschlecken, wenn die Eva sie beachten würde. Aber was die an dir findet, das ist mir echt ein Rätsel.«

»Reindl«, sage ich süffisant grinsend, »du hast keine Ahnung von den Frauen. Die stehen halt nicht auf so Weicheier wie dich, sondern auf so gestandene Mannsbilder wie mich. Da musst nicht immer um sie rumwinseln und so tun, als würdest gerne mit ihnen über ihren Weiberkram reden. Der echte Mann schweigt und genießt.«

Der Reindl schüttelt nur weiter den Kopf und brummt irgendwas vor sich hin, was ich aber nicht verstehe, weil sich die Eva inzwischen mit aller Kraft schreiend und tobend gegen die Türe wirft, dass sogar mein Schreibtisch wackelt. Leider kann ich jetzt auch nicht mit dem Huber telefonieren, bei dem Radau kann sich ja kein Mensch konzentrieren. Ich warte noch ein bisschen, aber die Eva ist inzwischen so in Rage, dass sie gar nicht daran denkt, aufzuhören. Also stehe ich auf und öffne die Türe. Draußen hat sich zu meiner Überraschung eine beachtliche Menschenmenge angesammelt. Anstatt gottesfürchtig nach Hause oder ins Wirtshaus zu gehen, wie sich das nach der Vormittagsmesse gehört, steht die halbe Kleinstadt da und schaut der Eva zu, wie sie brüllt und tobt und versucht, meine Türe einzuschlagen. Nun muss ich für Ruhe und Ordnung sorgen, das ist schließlich meine Aufgabe. Also schnappe ich mir die Eva, die sich sofort auf mich stürzen will, schmeiße sie mir über die Schultern und gehe quer über die Straße zu unserem Haus. Das ist noch so was, warum das mit der Eva nicht so einfach ist. Sie hat immer im Blick, ob ich da bin oder nicht, und das mag ich ja gar nicht, wenn ich mich beobachtet fühle.

»Geht's nach Hause, hier gibt es gar nichts mehr zu sehen«, schreie ich noch dem Mob entgegen, der sich scheinbar prima auf Evas und meine Kosten amüsiert. Dann habe ich unsere Haustüre einigermaßen unversehrt erreicht, was gar nicht so einfach ist, weil sie auf mich einprügelt und mich gleichzeitig kratzt und beißt, so dass ich alle Hände voll zu tun habe, um nicht ernsthaft verletzt zu werden. Sie ist wirklich rasend vor Wut. Ich setze sie auf dem Küchentisch ab.

»Mei, Eva, wenn du so wütend bist, dann bist gleich noch mal so schön, als du eh schon bist«, sage ich zu ihr.

Sie hört auf mit ihrem Gezeter und schaut mich groß an.

»So, schön findest mich also schon noch«, sagt sie, und Tränen laufen ihr über ihr zorngerötetes Gesicht.

Nun kann ich mit weinenden Frauen schon gar nicht umgehen. Da fühle ich mich völlig hilflos. Also drücke ich sie einfach an mich, so fest ich kann. Da hört sie auf zu weinen und strahlt mich an.

»Hast dann wenigstens heute Abend Zeit für mich?«, fragt sie leise.

»Ja«, sage ich, damit sie Frieden gibt. »Du, Eva, ich muss jetzt wirklich arbeiten, der Huber ist fuchsteufelswild und will mich nach München versetzen, wenn ich nicht gleich anrufe.«

Da steht die Eva auf, als wenn nichts gewesen wäre, öffnet mir lächelnd die Türe und schiebt mich raus.

»Geh schon, das wäre ja wirklich schade, wenn du nicht mehr hier wärst«, flötet sie mir ins Ohr, und da stehe ich auch schon auf der Straße.

Die Frauen verstehe mal wer will, ich jedenfalls nicht. Der Mob der Schaulustigen hat sich inzwischen auch zerstreut, und so gehe ich zurück in mein Revier, um endlich das leidige Telefonat mit dem Huber zu führen. Der Reindl sitzt an seinem Schreibtisch und tut so, als wäre er beschäftigt, die beleidigte Leberwurst. Wie ein Weib ist er manchmal, der Reindl.

Ich lasse mich also in meinen neuen, rückenfreundlichen Bürostuhl fallen, den mir die Oma letztes Jahr zum Geburtstag gekauft hat. Seitdem habe ich tatsächlich viel weniger Rückenschmerzen. Jetzt kommen sie halt nur noch, wenn ich mal wieder eine Nacht im Wirtshaus versumpfe, aber das kommt ja nur sehr selten vor. Aber dann halt richtig, man gönnt sich ja sonst nichts.

Ich wähle die Nummer vom Huber, und bevor es überhaupt richtig klingeln kann an dem seinen Apparat, hebt er schon ab und fängt gleich ohne Begrüßung an zu reden.

»Ich brauche Sie dringend in einer etwas delikaten Ermittlung, Dimpfelmoser«, sagt er und erwähnt mit keinem Wort, dass ich erst jetzt anrufe.

»Ja, Huber, etwa so delikat wie Ihr Auftritt im ›La Luna‹?«, rutscht es mir dann auch gleich raus. »Sind Sie da eigentlich öfters?«

Der Huber verschluckt sich am Ende der Leitung und ringt hörbar nach Luft. Das geschieht ihm ganz recht, dem bornierten Deppen. Er hätte mich ja auch nicht so zusammenstauchen müssen wegen dem Affen von einem Porschefahrer. Er hätte die Angelegenheit ja auch ohne Abmahnung regeln können, ein gescheiter Anschiss hätte es auch getan. Aber der Huber muss sich ja an die Vorschriften halten, hat er gesagt. Da verstehe ich dann halt auch überhaupt keinen Spaß mehr, wenn der mir so daherkommt. Wegen dem habe ich schon wieder einen Eintrag in meiner Akte. Und weil das nicht der erste ist, ist das eben wirklich blöd. Da muss ich dann wieder mal zum Psychologen, und auf dem seinen Schmarrn habe ich ja überhaupt keine Lust. Drum ist der kleine Verschlucker vom Huber eh nur eine geringe Genugtuung.

Es entsteht eine Pause, er muss erst überlegen, wie er damit umgehen soll, dass ich von seinem Puffbesuch im ›La Luna‹ weiß. Ich erinnere mich noch genau, wie ich auf einer meiner nächtlichen Spazierfahrten zufällig den Huber gesehen hab, wie er auf Schleichwegen dorthin gefahren ist. Den seinen protzigen Mercedes erkennst sogar noch in der dunkelsten Nacht. Ich bin ihm natürlich unauffällig gefolgt, und da hab ich ihn gesehen, wie er mit bierernstem Blick, ohne auch nur seine Fresse zu einem einzigen kleinen Grinser zu verziehen, mit einer drallen Blondine aufs Zimmer abgezogen ist.

»Dimpfelmoser, ich muss mich halt auch informieren, was in meinem Bezirk so alles läuft, und da gehört eine Recherche vor Ort eben dazu. Ja glauben Sie denn, ich mach so was zum Spaß?«, schiebt er noch hinterher, der Heuchler, der elendige. »Ich verlasse mich auf Sie, Dimpfelmoser, dass das unter uns bleibt. Sie als mein bester Mann, da kann ich mich ja wohl zu einhundert Prozent drauf verlassen.«

Oha, jetzt bin ich also auf einmal sein bester Mann.

Ich räuspere mich erst mal ganz ausgiebig und genieße es, wie zuwider ihm das ist.

»Huber, wenn Sie da mal was machen könnten, dass ich nicht wieder zum Psychologen muss ...«, träller ich in die Leitung.

Zunächst ist es ganz still. Ich sehe ihn vor mir, wie er schwitzt und wie es in seinem Spatzenhirn rattert. »Dimpfelmoser, ich schau, was sich da machen lässt. Da können Sie sich ganz auf mich verlassen, dass ich alle meine Beziehungen spielen lasse, das verspreche ich Ihnen.«

Na also, geht doch. Warum nicht gleich so.

»Warum haben'S eigentlich angerufen?«, frage ich ihn dann so nebenbei.

Jetzt, wo alles geklärt ist zwischen uns, kann man ja wieder zum normalen Tagesgeschäft übergehen.

»Dimpfelmoser, wie gesagt, es ist etwas delikat, da brauche ich meinen besten Mann«, schleimt er.

»Reden'S halt nicht um den heißen Brei herum«, sag ich, damit er endlich zur Sache kommt.

»Also, es ist Folgendes – und dass Sie mir ja zurückhaltend und unauffällig vorgehen, Dimpfelmoser. Das ist wichtig, es handelt sich nämlich um unseren Landrat, da müssen'S wirklich diskret sein.«

Oha, daher weht also der Wind. Kaum geht es um einen der Politfuzzis, da springt der Huber auch schon, und es ist ihm völlig egal, ob er andere Leute beim Sonntagsessen stört. Aber so läuft das nun mal bei denen da oben. Einer leckt dem anderen den Arsch, bis er richtig reinkriechen kann. Das könnte ja mal für die eigene Karriere wichtig sein. Da bleibe ich doch lieber mir und meinen Prinzipien treu, bevor ich bei so einem Eiertanz mitmache.

»Also, der Landrat Hinterbirner hat mich vorhin angerufen. Er verbringt das Wochenende mit seiner Freundin draußen in seiner Jagdhütte.«

»Der ist doch verheiratet mit dieser Schauspielerin, der Maria Hinterbirner«, werfe ich vorsichtig ein, »was macht der dann da mit einer anderen?«

»Mensch, Dimpfelmoser, jetzt stellen Sie sich halt nicht so an. Der hat halt was laufen mit der. Eine wahre Augenweide übrigens, das kann ich Ihnen sagen. Sophia Distler heißt sie. Dem Landrat seine Frau ist ja immer unterwegs, da will er halt auch mal ein bisschen Spaß haben, das ist doch nicht verwerflich. Ein Mann hat schließlich so seine Bedürfnisse, das kennen Sie doch sicher auch, Dimpfelmoser.«

»Sodom und Gomorrha, und das bei uns auf dem Land«, werfe ich ein, aber der Huber geht gar nicht darauf ein.

»Also der Hinterbirner hat mich angerufen. Seine Jagdhütte liegt ja draußen im Wald an Ihrer Reviergrenze, da sind Sie also eh zuständig. Und da schleicht seit ein paar Stunden einer um die Hütte. Der Hinterbirner und die Frau Distler befürchten natürlich das Schlimmste. Stellen Sie sich vor, jemand hat etwas mitbekommen von der Beziehung von den beiden, und jetzt steht da draußen so ein Journalist und wartet nur darauf, sie in flagranti zu fotografieren.«

»Und deswegen machen'S am Sonntag so einen Aufstand?«, frage ich vorsichtig nach, aber der Huber lässt sich nicht beirren.

»Dimpfelmoser, stellen Sie sich halt nicht so an, es geht um den Landrat. Der hat schließlich einen Ruf zu verlieren. Das gibt doch einen Riesenskandal, wenn das rauskommt. Die Frau Distler ist ja auch verheiratet, da muss man doch auch an die armen Familienangehörigen denken, Dimpfelmoser«, beschwört mich der Huber.

Jetzt ist mir aber der Ruf von denen da oben ja völlig wurscht. Dann müssen die halt besser aufpassen mit ihren Sauereien. Aber ich merke schon am Tonfall vom Huber, dass ich da rausfahren muss. Also halte ich mich zurück und denke mir meinen Teil.

»Also dann fahr'n mia da hernach hin und schau'n amal nach, wer sich da rumtreibt. Sind'S dann zufrieden, Huber?«, sage ich und lege auf, weil der schon wieder zu einer Predigt ansetzen will, wie wichtig das doch ist.

Für ihn ist es wichtig, da sammelt er wieder ein paar Schleimpunkte bei seinem Parteifreund, dem Landrat.

»Abmarsch, Reindl«, rufe ich zum Kollegen rüber.

Der schaut mich blöd an, und sein Mund klappt auf, aber es kommt nichts raus.

»Ja, was schaust denn so deppert, mia ham an Einsatz, und zwar einen geheimen. Das bleibt unter uns, sonst passiert was, und mach halt dein Maul wieder zu, Reindl. Deine fauligen Zähne kannst jemand anders zeigen.«

Der Reindl ist völlig perplex, als ob wir noch nie einen Einsatz gehabt hätten. Zugegeben, viele waren es nicht, seit er bei mir ist, aber bei uns ist eben die Welt noch in Ordnung. Inzwischen scheint die Nachricht von den Ohren bis zu seinem Spatzenhirn vorgedrungen zu sein, jedenfalls springt er ganz wichtig auf und rennt zum Dienstwagen. Den Großstädtern fehlt einfach das Gefühl für das richtige Tempo. Ich gehe gemächlich hinterher. Der Reindl startet schon hektisch den Wagen. Ich reiße die Fahrertür auf und ziehe ihn raus, wo kommen wir denn da hin. Ich spiele doch nicht den Beifahrer vom

Reindl, da bestehe ich dann doch auf meinen Status als Dienststellenleiter. Grummelnd schleicht der um das Auto und lässt sich auf den Beifahrersitz sinken. Ich steige ein, und mit quietschenden Reifen lege ich einen Kavaliersstart auf unserer Hauptstraße hin, dass es nur so raucht und ein wahres Vergnügen ist. Den Polizeifunk schalte ich sicherheitshalber ab, nicht dass uns noch einer stört auf unserer Geheimmission. Schweigend sitzen wir nebeneinander. Ich nehme routiniert die kurvige Straße, die zum Wald führt, in dem der Landrat seine Lusthütte stehen hat. Der Reindl ist schon ganz bleich, ihm bekommt mein ausgefeilter Fahrstil immer noch nicht so richtig. Einmal hat er sogar aus dem Fenster gekotzt, aber er ist halt ein Warmduscher aus der Stadt. Bei Tempo einhundertfünfzig geht plötzlich neben mir ein Höllenspektakel los. Beinahe hätte ich das Lenkrad verrissen vor Schreck, aber was ein echter Profi auf der Straße ist, der hat so eine Situation gleich wieder im Griff. Also schlingert der Wagen nur knapp an der Leitplanke vorbei, dann bin ich schon wieder Herr der Lage. Der Reindl fingert hektisch in seiner Jackentasche rum und zieht das Diensthandy raus. Endlich hat er das Teil am Ohr und meldet sich ganz korrekt, wie es nun einmal seine Art ist.

»Kommissar Reindl, was kann ich für Sie tun?«, quillt es schleimig aus seinem Mund, aber weiter kommt er nicht, weil der Huber mit überschnappender Stimme am anderen Ende der Leitung so laut brüllt, als würde er gerade abgestochen werden.

»Gib her«, sage ich zum Reindl, der mir schockiert das Telefon reicht.

Ohne vom Gas zu gehen, lenke ich gekonnt mit einer

Hand den Wagen weiter. Der Huber schreit die ganze Zeit irgendwas von einer Leiche, so viel kann ich gerade noch verstehen. Ich lasse ihn erst mal brüllen, bis er irgendwann einmal doch Luft holen muss.

»Sie haben eine Leiche gefunden, Huber?«, frage ich ihn.

Jetzt ist er still, ich hör ihn nur wild schnaufen. Vielleicht hat er ja den Lover von seiner Alten abgemurkst, denke ich mir. Scheinbar beruhigt er sich doch etwas, seine Atmung wird zumindest gleichmäßiger, auch wenn es sich immer noch anhört, als wäre ein Walross am anderen Ende der Leitung. Er schnauft noch ein paar Mal theatralisch, und dann kann man endlich vernünftig mit ihm reden.

»Ich doch nicht, Dimpfelmoser«, nuschelt er auf einmal geheimnisvoll ins Telefon.

Zuerst schreit er, dass mir das Trommelfell platzt, und dann versteh ich fast nix, weil er auf einmal so leise wird. Der spinnt doch, der Huber. Als ob ich nichts Besseres zu tun hätte. Ich muss ja schließlich auch noch den Wagen über die kurvige Straße lenken. So langsam hab ich die Faxen echt dick, und das alles am Sonntag.

»Dimpfelmoser, Sie müssen sofort umkehren. Ich habe gerade einen Anruf bekommen. Im Hungersacker liegt eine Leiche. Da müssen Sie sofort hin.«

Das gibt es jetzt aber echt nicht mehr! Der Tag ist ja langsam völlig für die Katz, wenn ich auch noch zum Hungersacker rausfahren soll.

»Und was ist mit dem Landrat?«, frage ich. »Ist der nicht mehr so wichtig? Mir san scho fast da, noch zwei Minuten. Und der Hungersacker ist ja genau in die entgegengesetzte Richtung, da brauchen mia mindestens eine Stunde hin. Können'S da nicht jemand anders schicken?«

»Dimpfelmoser, der Einsatzbefehl kommt direkt über die Notrufzentrale, das hilft alles nichts. Da muss auch der Landrat warten. Und jemand anders kann ich nicht schicken. Alle Kollegen sind doch auf der Großdemo in der Stadt, das wissen Sie doch, Dimpfelmoser.«

Als ob das mein Problem wäre. Zuerst schickt der Huber am Sonntag meine Männer zur Demo und lässt mich mit dem depperten Reindl ganz alleine, und dann soll ich die Suppe hier wieder auslöffeln. Ich sag dem Huber, dass wir gleich umkehren und hinfahren, dann lege ich auf und werfe das Höllenteil dem Reindl rüber.

»So, dann fahr'n mia weiter zum Landrat«, sage ich und gebe noch mehr Gas.

»Aber eine Leiche, Dimpfelmoser, du hast es doch gerade gehört, das hat Priorität«, belehrt mich der Reindl.

»Eine Leiche, die ist doch schon tot, was soll daran wichtiger sein?«, raunze ich ihn an, den ewigen Besserwisser. »Der Landrat lebt hoffentlich noch, und da fahr'n mia zuerst hin, nicht dass dem auch noch was passiert.«

Dem Reindl fällt zur Abwechslung mal nichts mehr ein. Er starrt bloß verbissen auf seine Schuhspitzen und tut auf beleidigt. Das ist mir ganz recht, dann hält er wenigstens mal seinen Mund. Plötzlich brüllt schon wieder die Motorsäge. So langsam nervt mich das echt. Der Reindl geht ran und kommt gar nicht zu Wort. Ich höre es bis zu mir rüber, es ist die Oma. Die habe ich in dem ganzen Sonntagsstress ja völlig vergessen. Sie kreischt ins Telefon, dass selbst das Geschrei vom Huber ein Dreck dagegen ist. Sogar mir wackeln die Ohren, obwohl doch der Reindl das Handy hat. Wahrscheinlich ist der inzwischen taub, aber das kommt davon. Was muss er das blöde Teil auch immer mit sich rumschleppen. Ich habe ihm schon tausendmal gesagt, er soll es doch einfach in der Dienststelle lassen, aber er weiß es ja immer besser. »Gib her«, sag ich und nehme ihm wieder das Handy ab.

»Oma«, brülle ich, so dass es den Reindl noch mehr reißt und er sich die Ohren vor Schreck zuhält. »Halt einmal für einen Moment die Luft an und hör mir zu. Wir sind auf einem wichtigen Polizeieinsatz, Mord und Totschlag sag ich da nur, da kann ich momentan nicht zum Kaffee kommen, des musst schon verstehen. Ich bin halt auch am Sonntag im Dienst. Aber wenn du mir was aufhebst von deinem Apfelkuchen, dann erzähl ich dir später alles genau.«

Jetzt ist die Oma zufrieden, das weiß ich. Sie ist nämlich ganz narrisch auf Mord und Totschlag. Sie schaut sich ja jeden Krimi im Fernsehen an.

»Ja sag's halt gleich, dass du auf Verbrecherjagd bist«, schnurrt sie ins Telefon. »Freilich heb ich dir was auf vom Kuchen, wenn du mir die Geschichte hernach erzählst.«

So, dann ist der Sonntag wenigstens noch nicht ganz versaut, wenn ich zumindest später noch einen Apfelkuchen von der Oma kriege. Die macht den besten Apfelkuchen im ganzen Landkreis, und das ist dann fast so schön wie das Bratwurstessen beim Schorsch-Wirt. Ich lege also zufrieden auf, und da sind wir auch schon gleich bei der Jagdhütte vom Landrat Hinterbirner. Ich schalte noch schnell das Blaulicht und das Martinshorn ein, damit der Landrat und sein Gspusi mitkriegen, dass sie jetzt in Sicherheit sind und sich nicht mehr fürchten brauchen. Dann gebe ich so richtig Gas, dass der Wagen filmreif vor die Eingangstüre schlittert und direkt davor zum Stehen kommt. Das macht Spaß, das sollte ich wieder öfter machen, so wie früher. Aber das hat mir der Huber ja auch verboten, die alte Spaßbremse.

»So, Reindl«, sag ich, »pass einmal auf, wie das ein echter Profi macht, damit du noch was lernst für deine weitere Laufbahn, gell.«

Der Reindl starrt mich nur wieder deppert an, aber das ist mir egal. Jetzt muss ich mich auf den Einsatz konzentrieren. Ich suche mit meinem professionellen Röntgenblick das Gelände ab. Kurz flackert etwas in meinen Gehirnwindungen auf, etwas, das nicht so sein soll, wie es ist, aber leider kriege ich das verdammte Bild im Kopf nicht näher zu fassen, es entfleucht mir wieder und verkriecht sich in einer dunklen Ecke. Aber das ist mir momentan auch wurscht, ich muss mich konzentrieren. Ich schaue also weiter. Mein Blick wandert zum Waldrand, und tatsächlich entdecke ich im Dickicht hinter den Büschen eine Gestalt. Ja sauber, da sitzt doch tatsächlich einer, und den stört es scheinbar nicht einmal, dass jetzt die Polizei hier ist! Glaubt der denn, er hat es mit Idioten zu tun? Für den Reindl mag das ja zutreffen, aber mich sollte das Bürscherl nicht unterschätzen. Ich bin ja nicht auf der Brennsupp'n dahergeschwommen. Ich warte noch einen Moment, während ich das Gelände weiter beobachte, dann ziehe ich blitzschnell meine Dienstwaffe, reiße die Türe auf und hechte mit der Pistole im Anschlag aus dem Wagen. Gekonnt robbe ich zu dem Holzstoß am Haus, während ich einen Warnschuss in Richtung Wald abgebe, um gleich einmal klarzustellen, wie hier der

Hase läuft. Während ich hinter dem Holzstoß in Deckung gehe, um dem Paparazzo gar keine Möglichkeit zu geben, mich abzulichten, höre ich einen gurgelnden, unmenschlichen Laut aus der Richtung, in die ich geschossen habe. Das irritiert mich doch ein bisschen. Ich habe ja extra nach oben gezielt, damit ich niemanden verletze. Vielleicht hat sich der Sauhund ja auf einen Baum geflüchtet, dann hätten wir ein kleines Problem, denke ich mir. Vorsichtshalber schieße ich noch einmal, wobei ich ganz bewusst über die Bäume ziele. Während der Schuss im Wald verhallt, raschelt es in den Bäumen über mir, und eine riesige Eule segelt mit dem Kopf nach unten auf den Boden. Die hat wohl das Zeitliche gesegnet, da kann man nichts machen. Jetzt kommt auch noch der Reindl kreidebleich aus dem Auto gesprungen und lässt sich hinter den schützenden Holzstand sinken. Der Feind nutzt inzwischen den Moment der Verwirrung und flüchtet in den Wald. Ich überlege kurz, ob ich die Verfolgung aufnehmen soll, aber mein angeborener Polizisteninstinkt sagt mir, dass das keinen Sinn hat. Dann soll er halt abhauen, der Feigling. Kurz darauf höre ich, wie im Wald ein Wagen angelassen wird und sich mit aufheulendem Motor schnell entfernt. Hätte der Huber nicht alle Einsatzkräfte zur Demo geschickt, könnten wir einfach die Kollegen informieren, und die würden den Flüchtigen dann schon auf der Kreisstraße erwischen, aber so müssen wir ihn halt ziehen lassen. Ich gehe gemächlich zum Gebüsch und inspiziere den Platz, an dem der Eindringling gesessen hat. Am Boden verstreut liegen mindestens zwanzig Zigarillostummeln einer seltenen, mir aber nicht unbekannten Marke und eine angebissene Leberkässemmel. Ich sammle die Teile in eine

Plastiktüte ein, ohne sie anzufassen. Man will ja schließlich keine Fingerabdrücke verwischen, obwohl mir eh schon klar ist, wer da als Spanner gesessen hat. Man kennt ja schließlich seine Pappenheimer. Und einen kettenrauchenden Leberkäsfresser, der so ein stinkendes Kraut raucht, da gibt es im Umkreis von hundert Kilometern nur einen, der in Frage kommt. Der läuft mir nicht davon, dem kann ich später auch noch den Arsch aufreißen. Also gehe ich zufrieden zurück zum Haus.

»Gefahr vorüber, Reindl«, rufe ich rüber zum Kollegen, der immer noch ganz kasig hinter dem Holzstoß sitzt.

Er hält halt einfach nichts aus. Im Haus ist alles still. Ich klopfe an die Tür, aber es rührt sich nichts.

»Jetzt macht's halt auf, hier ist die Polizei«, schreie ich, »die Gefahr ist vorüber. Ihr könnt's rauskommen.«

Wieder rührt sich nichts. Ich drücke die Klinke, aber die Türe ist verschlossen. Also ist Gefahr in Verzug. Nicht dass der Schmierenblattfuzzi dem Landrat und seinem Gspusi noch was angetan hat. Ich reiße also noch mal meine Dienstwaffe aus dem Halfter und ziele auf das Türschloss.

»Geht's weg da drinnen, falls ihr hinter der Türe steht's«, schreie ich, und dann schieße ich das Schloss in tausend Teile.

Der Einsatz ist wirklich pfundig, so viel Spaß habe ich schon lange nicht mehr gehabt. Die Tür springt endlich nach dem vierten Schuss auf, und mit der Pistole im Anschlag betrete ich vorsichtig das Haus. Aus den Augenwinkeln sehe ich noch, wie sich der Reindl hinter dem Holzstoß übergibt, aber da kann ich mich nicht auch noch drum kümmern. Vorsichtig schleiche ich durch das Haus, die Waffe immer im Anschlag. Man weiß ja nie, was einen so alles erwartet. Im Schlafzimmer finde ich die beiden dann. Eng aneinandergeklammert haben sie sich unter dem Bett verkrochen. So was ist also unser Landrat. Vögeln und fremdgehen, das kann er schon, aber kaum wird es einmal ein bisschen brenzlig, dann verkriecht er sich wie eine Maus in ihrem Loch, der saubere Herr. Aber so sind sie halt, die Politiker. Ein Riesenmaul in der Öffentlichkeit, aber keine Eier in der Hose, wenn es drauf ankommt.

Wie sie mich sehen, kriechen sie zitternd aus ihrem erbärmlichen Versteck. Ich stelle fest, dass der Huber noch untertrieben hat. Die Distler Sophia ist ja so was von rattenscharf, da bin ich sogar mitten im Einsatz kurz abgelenkt und glotze sie mit großen Augen an. Sie quittiert meine Fleischschau mit einem kaum wahrnehmbaren Lächeln. Dass der Landrat bei so einer schwach wird, das kann ich dann doch irgendwie verstehen, auch wenn ich es trotzdem völlig daneben finde, wie der so ungeniert seine Frau betrügt. Inzwischen kommt die Sophia mit einem Augenaufschlag und einem Gang auf mich zu, dass mir gleich ganz schwindlig wird. Sie fällt mir doch tatsächlich um den Hals und haucht mir einen Kuss auf die Wange, dass mir abwechselnd heiß und kalt wird.

»Danke, Herr Polizist, dass Sie uns so mutig gerettet haben«, flüstert sie mir ins Ohr.

Ich atme ihren unwiderstehlichen Duft ein, da unterbricht jäh ein Hüsteln die wunderbare Stimmung zwischen uns.

»Dimpfelmoser, selten habe ich mich so gefreut, Sie zu sehen«, sagt der Hinterbirner und tut so, als wäre er ganz Herr der Lage und nicht eben noch schlotternd vor Angst unter dem Bett gelegen.

»Haben Sie denn die beiden Eindringlinge verhaftet?« Jetzt bin ich doch etwas verwirrt.

»Ja wie kommen'S auf zwei, Herr Landrat?«, frage ich. »Da war nur einer. Haben'S zu viel getrunken, Hinterbirner?«

»Wir sind ja nicht hierhergekommen, um uns zu betrinken«, tut er gleich ganz entrüstet und zwinkert mir verschwörerisch zu. »Zwei, Dimpfelmoser, es waren hundertprozentig zwei Männer. Wir konnten sie ja genau sehen, wie sie vor dem Schlafzimmerfenster rumgeschlichen sind. Fragen Sie die Frau Distler, die kann Ihnen das bestätigen.«

»Herr Polizist, um neun Uhr in der Früh, da war ein großer Blonder am Fenster, ich hab sein Gesicht genau gesehen. Ich bin ja gänzlich unbekleidet davorgestanden«, haucht sie mir wieder ins Ohr. »Der ist aber sofort wieder im Wald verschwunden, als er gemerkt hat, dass wir ihn gesehen haben.«

Gänzlich unbekleidet, aha. Und diese Stimme, da könntest glatt narrisch werden. Wie die das nur macht, jedenfalls spielen meine Hormone völlig verrückt.

»Der zweite war eindeutig viel kleiner und dunkelhaarig, den hab ich auch genau gesehen. Das war ja erst vor drei Stunden, wie der zum ersten Mal durchs Fenster geschaut hat, und seitdem schleicht der da draußen im Gebüsch rum«, flötet sie weiter, dass ich mich fast nicht mehr konzentrieren kann.

»Warum steh'n'S denn immer nackert vorm Fenster rum, Frau Distler?«, frage ich und versuche mich wieder zu konzentrieren.

»Ja mei, Dimpfelmoser, sind'S halt nicht so indiskret«, schaltet sich der Landrat wieder ein. »Sie sehen doch die Kommode, die direkt davor steht, da haben wir halt so unsere Vorlieben, und da ist die Sophia halt mit dem Gesicht zum Fenster gestanden. Aber das gehört wirklich nicht hier her«, redet er weiter und zwinkert mir wieder zu.

»Haben Sie was am Auge, Herr Landrat, oder warum zucken'S die ganze Zeit so. Da sollten'S mal zum Arzt gehen, bevor das noch schlimmer wird«, kann ich mir dann doch nicht verkneifen, woraufhin ihm die Röte ins Gesicht steigt und er sich beleidigt wegdreht.

Ich wende mich wieder der Frau Distler zu, um sie weiter zu befragen, da kommt der Reindl hereingestürmt.

»Ein Reifen ist platt«, brüllt er, als ob es um Leben und Tod gehen würde.

Alle starren ihn erschrocken an, wie er so dasteht, kreidebleich mit der vollgesabberten Jacke.

»Welcher Reifen, unserer?«, frage ich irritiert.

Die waren doch gerade noch alle ganz, aber vielleicht ist ja einer bei meinem kleinen Bremsmanöver kaputtgegangen.

»Der vorne links vom Mercedes vom Herrn Landrat, der ist zerstochen. Sogar die Tatwaffe steckt noch drin.«

»Sehen'S, Dimpfelmoser, das sind ganz feige Attentäter, die es da auf uns abgesehen haben«, mischt sich der Landrat wieder ein.

So langsam nervt er mich, der Schlaumeier, der depperte.

»Ihr bleibt's erst einmal hier drinnen, nicht dass ihr noch irgendwelche Spuren verwischt's«, herrsche ich unser Liebespaar an und gehe mit dem Reindl nach draußen.

Der vorherige Gedankenblitz meldet sich plötzlich auch wieder aus seinem dunklen Eck. Das war es, was mich vorhin kurz irritiert hat, aber wegen des Adrenalins und der Entdeckung des Zeitungsfritzen gleich wieder weg war. Das Teil, das im Reifen steckt und da definitiv nicht hingehört.

»Soll ich die Spurensicherung kommen lassen?«, fragt der Reindl.

»Reindl, das müssen wir schon alleine machen. Das darf alles nicht an die Öffentlichkeit, hast das schon wieder vergessen. Wir sind hier, um die Privatsphäre vom Landrat und der Frau Distler zu schützen. Da können wir doch nicht eine offizielle Ermittlung einleiten.«

Das sage ich alles so laut, dass es die Frau Distler, die im Türrahmen steht, auch ja hören kann. Sie soll schließlich wissen, dass sie sich voll auf mich verlassen kann.

»So, jetzt auf einmal«, brummt der Reindl, aber nach einem vernichtenden Blick von mir traut er sich nicht, noch was zu sagen.

Ich inspiziere also das Auto. Der Kotflügel links vorne über dem platten Reifen ist auch etwas zerkratzt, aber da hat sich schon ganz leicht Flugrost angesetzt. Die Kratzer können also nicht von heute Nacht sein, sie sind schon ein paar Tage alt, kombiniere ich.

»Reindl, den Fotoapparat, aber dalli«, befehle ich. »Mach ein paar Bilder vom Messer im Reifen, und dann stell die Tatwaffe sicher.«

Dann gehe ich wieder zur Frau Distler, die mich bewundernd anschaut.

»Frau Distler, ich bräuchte eine genaue Beschreibung von den werten Herren. Wären'S dazu in der Lage?«

Sie nickt mir lächelnd zu. Ich gehe hinter ihr ins Haus, um die Personenbeschreibung aufzunehmen. Sie wackelt bei jedem Schritt so dermaßen mit ihren Hüften, dass mir gleich wieder ganz anders wird und ich mich zusammenreißen muss, aber man weiß ja, was sich gehört als echter Gentleman.

Die Frau Distler erweist sich als eine ausgezeichnete Beobachterin. Jedenfalls ist ihre Beschreibung so genau, dass ich mich schon frage, auf was die sich bei ihren Spielchen an der Kommode eigentlich konzentriert hat. Der muss es ja ganz schön fad gewesen sein mit dem Hinterbirner im Kreuz. Der Landrat ist dagegen zu nichts zu gebrauchen. Wahrscheinlich ist ihm sein Hirn so in seine Lenden gerutscht, dass der noch nicht einmal die Männer gesehen hätte vor lauter triebgesteuerter Blindheit. Aber das macht nix, dafür ist die Sophia ja eine wahre Goldgrube, und das eben nicht nur wegen ihrer genauen Angaben. Inzwischen ist auch der Reindl mit den Fotos fertig.

»Soll'n wir euch zwei irgendwo hin mitnehmen?«, frage ich und hoffe inbrünstig, dass sie ja sagen.

Dann könnte ich den Reindl fahren lassen und noch ein bisschen mit der schönen Sophia plaudern.

»Wenn'S mir noch helfen würden, den Reifen zu wechseln, dann hätten'S wirklich was gut bei mir«, meldet sich da der Landrat und lässt meine schönen Träume platzen.

Ich will ja schon sagen, das soll er gefälligst selber machen, aber nach einem weiteren tiefen Blick in die dunklen Augen von der Frau Distler kann ich dann natürlich nicht anders.

»Reindl, auf geht's, raus zum Reifenwechseln«, kommandiere ich.

Der schaut mich böse an, dann trottet er los, und in fünf Minuten ist der Reifen gewechselt. Wir verabschieden uns, wobei ich natürlich nicht vergesse, die Frau Distler zur Anfertigung eines Phantombildes in die Dienststelle zu bestellen, und für etwaige Rückfragen lasse ich mir noch ihre Handynummer geben. Ich bin immer noch ganz benommen von dem Abschiedskuss, den die Sophia mir unter dem missbilligenden Blick vom Hinterbirner auf die Backe gedrückt hat, während die zwei ins Auto steigen und davonfahren.

Dann müssen auch wir wieder los, um uns um die Leiche zu kümmern. So eine Leiche kann ja auch nicht ewig warten. Ich schalte das Blaulicht und die Sirene ein, damit wir auch wirklich schnell vorankommen und die verlorene Zeit wieder reinholen. Dass ich mich damit auch von meinem mulmigen Gefühl ablenke, das sich jetzt doch in meinem Bauch rumschleicht, das braucht der Reindl ja nicht zu merken. Warum muss die Leiche auch ausgerechnet im Hungersacker liegen?

Kapitel 2

Sonntag, 16.00 Uhr

»Der ist mausetot«, sage ich, und diesmal hält sogar der Reindl seine Klappe.

Er verträgt wohl den Anblick von Leichen nicht, jedenfalls ist er grasgrün im Gesicht. Ich überprüfe vorsichtshalber den Puls, aber da rührt sich rein gar nichts mehr. Der Tote ist vollständig mit einem teuren Designeranzug bekleidet, wie mir das Etikett in seinem Jackett zeigt. Auf den ersten Blick schaut die Leiche zwar etwas blass aus der Wäsche, aber nichts deutet auf einen gewaltsamen Tod hin. Ich ziehe mir Latexhandschuhe über und durchsuche erst einmal die Taschen. Sie enthalten lauter Krimskrams und ein paar Geldmünzen. In der Innentasche der Jacke des Opfers ist eine Brieftasche, in der aber keine Ausweispapiere oder sonst etwas stecken, was einen Hinweis auf die Identität des Toten liefern würde. Dafür finde ich einen zusammengefalteten Zettel mit krakeligen Buchstaben und Zahlen: »Ex 21,23–25.«

Ich habe keine Ahnung, was das bedeuten soll. Vielleicht hat er 21 bis 25 halbe Bier auf Ex getrunken, schießt es mir durch den Kopf. Aber das schaffen selbst meine

Kollegen, die Hauptwachtmeister Viereck und Oberberger, nicht, also verwerfe ich den Gedanken gleich wieder. Ich tüte den Fetzen vorsichtig in eine der obligatorischen Beweissicherungsfolientüten ein, bevor ich mir den Toten etwas genauer anschaue, und tatsächlich finde ich Striemen an Hand- und Fußgelenken, wie wenn er gefesselt gewesen wäre. Oha, jetzt wird es aber interessant.

»Reindl, ruf sofort die Spusi und den Leichenfetischisten, da müssen wir doch genauer schauen«, sag ich zu meinem werten Kollegen.

»Die müssen jeden Moment hier sein, die hat schon der Huber bestellt«, tut der Reindl gleich ganz wichtig.

Ich beachte ihn nicht weiter, sondern wende mich dem Mann zu, der den Toten gefunden hat. »Also, erzählen Sie mal, wie Sie hier zu der Leiche kommen, und was machen'S denn überhaupt hier draußen in der alten Bruchbude?«, frag ich den neuen Besitzer des Hungersackers, der sich bei unserer Ankunft als Bruno Fischer vorgestellt hat.

Er ist im Gegensatz zum Reindl kalkweiß, und das wirkt besonders komisch, weil der auch noch einen weißen Anzug, ein weißes Hemd und ebensolche Schuhe anhat. Wie sie so nebeneinander stehen, muss ich fast grinsen, so deppert schauen die zwei aus. Wie im Fasching, das grüne Männchen vom Mars und das weiße Gespenst vom Hungersacker, und beide kriegen sie das Maul nicht auf. Bevor das Kalkgesicht noch einen Ton rauskriegt, ist plötzlich hinter mir ein Krach, wie wenn eine Herde Elefanten einfallen würde.

»Servus miteinander«, tönt auch schon der Bass vom Doktor Kreithmeier, seines Zeichens Pathologe im Dienste des Staates.

»Servus, Kreithmeier, du perverser Leichenfetischist«, begrüße ich ihn wie immer, aber heute entlockt es ihm nicht einmal ein müdes Lächeln.

Da muss ich mir wohl mal was Neues einfallen lassen. Aber es ist halt Sonntag, und da ist auch der Kreithmeier nicht besonders scharf auf die Arbeit.

»Habt's ihr die Leiche angerührt?«, will der Doktor wissen und schaut uns alle scharf an.

Das kann er nämlich gar nicht leiden, wenn vor ihm jemand an seinen Toten rumzupft.

»Wir sind gerade erst gekommen, wir hatten also noch keine Gelegenheit, den Toten näher zu begutachten«, wirft der Reindl ein und tut wieder ganz wichtig.

»Äh, ich habe den schon angerührt, der lag ja auf dem Rücken, und ich wusste doch nicht, dass der tot ist«, stammelt der Bruno Fischer verlegen vor sich hin. »Ich habe das erst bemerkt, nachdem er auf dem Rücken lag und ich seine Atmung und den Puls überprüft habe. Und da habe ich auch die Striemen an den Handgelenken gesehen.«

»Und ich hab seine Taschen untersucht, aber natürlich mit Handschuhen, wie sich das gehört«, brumme ich und erwarte schon einen Wutausbruch vom Kreithmeier.

»Habt's sonst was ang'langt?«, schreit da von hinten der Mühlbauer, unser Spurensicherer.

Er hat sich mit seinem Team im Gegensatz zum Kreithmeier so leise genähert, dass es alle reißt und wir uns erschrocken umdrehen. »Nein, nur den Toten«, stammelt der Herr Fischer.

»Jetzt kommen'S mal mit nach draußen, und dann erzählen'S mir genau, wie Sie die Leiche gefunden haben«, übernehme ich wieder das Kommando.

Irgendwer muss ja auch hier das Ruder in die Hand nehmen, damit nicht ein jeder einfach macht, was er will.

»Und du, Mühlbauer, streitest dich nicht wieder mit dem Kreithmeier. Ein jeder macht seine Arbeit, aber dalli«, rufe ich noch und wundere mich, warum mich alle so anglotzen.

»Was schaut's denn alle so blöd?«, will ich wissen, aber da merke ich auch schon, dass ich immer noch mit der Pistole rumfuchtle, die ich vor Schreck gezogen habe, und stecke sie schnell weg.

»An die Arbeit«, knurre ich noch und schiebe dann das Kalkgesicht raus an die frische Luft.

Der Reindl schleicht uns hinterher und setzt sich draußen erst einmal ins Gras. Dabei saugt er den Sauerstoff durch seinen Rüssel, als ob er gerade beinahe erstickt wäre. Bloß wegen einer Leiche muss der gleich wieder so ein Theater abziehen.

»Jetzt erzählen'S einmal genauer, wie Sie die Leiche gefunden haben«, wende ich mich an Bruno Fischer, um endlich mit den Ermittlungen zu beginnen, aber statt einer Antwort verdreht der plötzlich die Augen und kippt einfach um.

»Reindl, jetzt hol halt den Doktor«, schrei ich, aber der ist schon aufgesprungen und rennt in die Halle.

Kurze Zeit später taucht er mit dem Kreithmeier wieder auf.

»Kann man denn nirgends in Ruhe seine Arbeit machen, zefix«, knurrt der mich an, als ob ich was dafür könnte, dass der Fischer einfach umfällt.

Nicht besonders sanft kneift der Doktor dem immer noch Bewusstlosen in die Backe und haut ihm dann ein paar runter. Tatsächlich flattern kurz darauf seine Augenlider, und er wird wieder wach.

»Jetzt kannst ihn weiter vernehmen, und wehe, du störst mich noch mal bei der Leichenschau«, mosert der Kreithmeier und verschwindet.

Ich warte noch kurz, bis der Bruno Fischer ganz unter den Lebenden ist, dann beginne ich wieder mit meiner Befragung.

»Also, jetzt fangen mir noch mal von vorne an, und Sie sagen mir endlich, was Sie hier machen und wie genau Sie die Leiche gefunden haben.«

Der Fischer starrt mich zuerst nur an mit Augen, dass du meinst, der hat einen ganzen Kübel voll Drogen in sich reingeschüttet. Gerade will ich aufstehen und ihm wie der Kreithmeier zuvor eine runterhauen, damit er wieder zu klarem Verstand kommt, da räuspert er sich, schüttelt sich wie ein nasser Hund und fängt endlich an zu reden, aber gleich so, dass mir hören und sehen vergeht. Ein echter Preiß halt, so wie der Reindl.

»Ich habe das ganze Areal hier von meinem Onkel geerbt, der in Indien vor sechs Monaten verstorben ist. Gott habe ihn selig, meinen lieben Onkel Erwin.«

»Erwin?«, fahre ich laut dazwischen, und mir wird schwindelig, weil mich eine böse Ahnung überfällt. »Aber nicht etwa der Erwin Gross, der erleuchtete Erwin?«

»Doch, genau der, kannten Sie etwa meinen lieben Onkel?«

Und ob ich den kannte, und der war nicht lieb, sondern ein ganz mieser Seelenfänger und Hirnwäscher. Das behalte ich aber lieber für mich. Ich muss ein paar Mal tief durchschnaufen und mich ganz auf die Arbeit konzentrieren, damit mich die Nachricht nicht aus den Latschen haut.

»Und jetzt schleichen'S hier herum und finden einfach so eine Leiche?«, setze ich meine Befragung fort.

»Wissen Sie, Herr Kommissar, ich will hier an die Arbeit meines Onkels anknüpfen und ein Begegnungszentrum für alle spirituell interessierte Menschen aufbauen. Das Landratsamt hat alle Pläne schon genehmigt, und morgen beginnen die Umbauarbeiten. Und bei meinem heutigen Rundgang liegt da plötzlich der Tote hier.«

»Ein Begegnungszentrum für spirituell Interessierte, soso. Wollen'S auch so eine bescheuerte Sekte gründen wie der liebe Onkel?«, rutscht es mir raus.

»Nein, nein, keine Sekte, ein ganz offenes Zentrum. Erleuchtung funktioniert nur auf absolut freiwilliger Basis und ...«

»Jetzt halten'S hier keine Missionierungsvorträge, sondern beantworten einfach meine Fragen, gell, sonst werd' ich ungemütlich«, blaffe ich den perplexen Herrn Fischer an.

»Kennen'S diesen Zettel?«, frage ich weiter und halte ihm den Wisch mit der ominösen Aufschrift unter die Nase.

Er schaut interessiert drauf und mich dann fragend an.

»Ist das ein Rätsel, oder was soll das bedeuten?«

»Das wüsst' ich auch gerne«, murmle ich und frage noch nach weiteren Details des Leichenfundes, aber der Fischer ist keine wirkliche Hilfe.

»Gestern Abend war die Leiche noch nicht da«, behauptet der Fischer.

Ich übergebe ihn dem Reindl, der soll die genauen Daten aufnehmen, und gehe wieder zurück zur Leiche.

»Hast schon was für mich?«, frage ich den Kreithmeier, der über die Leiche gebeugt dasteht und irgendwas in sein Diktiergerät reinnuschelt.

Der Mühlbauer schaut mich böse an, sagt aber nichts. Er mag es überhaupt nicht, wenn unsereins in seine heiligen Tatorte reinstiefelt, aber das hilft halt nichts, ich muss auch meine Arbeit machen. Wir sind da schon ein paar Mal aneinandergeraten, aber heute belässt er es bei seinem strafenden Blick. Seine Leute und er sind mit der Spurensicherung beschäftigt und verteilen ihre Pulver und ihre Mittel, pinseln überall drüber und packen jedes Staubkorn ein. Zuverlässig und gewissenhaft ist er halt, der Mühlbauer, da kann man sich drauf verlassen.

»Schau, Dimpfelmoser, da ist eine Einstichstelle«, sagt der Kreithmeier und zeigt auf die entsprechende Stelle am Arm. »Die ist erst ein paar Stunden alt, und so wie ich das sehe, war das nicht nur eine kleine Nadel, sondern da muss eine große Kanüle drin gewesen sein.«

»Und was heißt das jetzt?«

»Das kann ich dir erst nach der Obduktion sagen, aber der ist noch nicht länger als 12 Stunden tot, so wie der ausschaut, so viel schon mal vorweg.«

»Woran der gestorben ist, kannst das auch schon sagen?«, frage ich und tue ganz interessiert.

Dem Kreithmeier muss man nämlich alle Informationen aus der Nase ziehen. Gesprächig wird der erst nach der sechsten oder siebten Halben im Wirtshaus.

»Da, schau dir seinen Hinterkopf an.«

Nicht gerade sanft zieht er den Kopf an den Haaren zur Seite und zeigt auf eine Beule, die unter den Haaren sichtbar wird.

»Der ist k. o. geschlagen und gefesselt worden. Mehr kann ich dir noch nicht sagen. Schau morgen Nachmittag vorbei, dann weiß ich Genaueres.«

Er will schon weitermachen, da halte ich ihm die Tüte mit dem Zettel vor seine Nase.

»Kannst du was mit diesen Abkürzungen anfangen«, frage ich ihn.

Er wirft einen kurzen Blick darauf.

»Was willst damit, Dimpfelmoser? Das ist eine Bibelstelle, aber frag mich nicht, welche«, sagt er genervt, »und jetzt ab mit dir, ich hab noch was zu tun hier.«

Ich übergebe dem Mühlbauer die Tüte mit dem Zettel zur weiteren Untersuchung und gehe wieder raus zum Reindl und dem Bruno Fischer.

»Reindl, ruf sofort die Kollegen an, wir müssen ermitteln«, sag ich zu ihm.

»Die sind doch auf der Demo, und überhaupt heute am Sonntag ...«

»Ja kann ich was dafür, dass sich der am Wochenende umbringen hat lassen?«, blaffe ich zurück. »Ruf die Kollegen, die sollen in die Dienststelle kommen, dann überlegen wir uns, was wir machen.«

Jetzt spurt er, der Reindl. Ich höre seine schrille Stimme, wie er plötzlich im Befehlston den Viereck und den Oberberger anruft und sie in die Dienststelle beordert.

»Abmarsch, Reindl«, übernehme ich wieder das Kommando. »Und Sie, Herr Fischer, halten sich zu unserer Verfügung, falls wir noch was wissen müssen.«

Wir steigen ein, und endlich sind wir von diesem gottverdammten Hungersacker wieder runter.

»So, jetzt fahren wir erst einmal zur Oma auf einen Kaffee«, sage ich zum Reindl.

Der schüttelt nur missbilligend den Kopf, traut sich aber nix mehr sagen. Das hat er inzwischen wenigstens kapiert, dass auch während der Dienstzeit der Kaffee bei der Oma heilig ist. Er kann ja froh sein, dass ich ihn überhaupt mitnehme. Das mache ich nur der Oma zuliebe, die aus unerfindlichen Gründen einen Narren an dem Reindl gefressen hat.

Die Oma und der Opa wohnen am Stadtrand in einem großen Einfamilienhaus mit einem wunderbaren Obstgarten, der ist fast so groß wie der Englische Garten in München. Schon am Gartentor halte ich meinen Rüssel in die Luft. Der Duft von Apfelkuchen weht aus dem Küchenfenster, und da vergesse ich vor lauter Vorfreude gleich den Hungersacker und den ganzen Stress mit der blöden Leiche. Die Oma umarmt mich und drückt mir einen Schmatz auf die Backe. Dann will sie mir über den Kopf streichen, so wie früher, als ich noch ein kleiner Bub war. Aber das ist mir jetzt eindeutig zu viel vor dem Reindl. Schnell drehe ich mich weg, und weil die Oma vor lauter Schwung das Gleichgewicht verliert, fällt sie dem Reindl in die Arme, und ihre Hand landet in seinem Gesicht. Die beiden lösen sich voneinander, als ob nichts gewesen wäre, und begrüßen sich herzlich, was mich wie immer wurmt. Die Oma und ein Preiß – da treffen doch eigentlich unüberwindbare Gegensätze aufeinander. Aber sie ist halt auch eine Frau, und die versteht ja eh keiner.

»Kommt's rein, der Kaffee ist schon fertig, und der Opa ist auch da«, flötet sie und schiebt uns in die Küche. Da sitzt er schon, mein Opa, und schaut mich erwartungsvoll an. Den Reindl ignoriert er geflissentlich, auf den Opa ist halt Verlass, wenn es um die bayerische Ehre geht und ein Preiß auftaucht.

»Was ist jetzt mit der Leiche?«, will die Oma gleich wissen und schaut uns erwartungsvoll an.

»Wir haben einen Toten im Hungersacker draußen gefunden, der wurde wahrscheinlich ermordet«, fängt der Reindl an.

»Auweh, im Hungersacker«, flüstern der Opa und die Oma gleichzeitig und schauen mich besorgt an.

»Hat es dich gescheit mitgenommen, der Scheißort?«, will die Oma wissen.

»Oma, das Thema lassen wir jetzt, wir haben Besuch«, werfe ich ein. »Reindl, erzähl weiter.«

Gott sei Dank kommt der gar nicht auf die Idee zu fragen, was es denn mit dem Hungersacker auf sich hat, und er redet einfach weiter. Ich lasse ihn erzählen und verdrücke derweil mit dem Opa den ganzen Kuchen. Als der Reindl endlich fertig ist und die Oma zufrieden nickt, merkt er endlich, dass kein Kuchen mehr da ist.

»Jetzt aber dalli, Reindl«, sage ich streng, bevor er noch weiter nach Kuchen sucht. »Wir müssen schleunigst in die Dienststelle zur Einsatzbesprechung.«

Wir verabschieden uns, und ohne Widerspruch folgt mir der Reindl. Ich fahre wieder mit Blaulicht durch den Ort, damit jeder merkt, dass wir es eilig haben.

Unsere beiden Kollegen, der Hauptwachtmeister Viereck und der Hauptwachtmeister Oberberger, sind schon eingetroffen und warten auf uns.

»So ein Bockmist, und das am Sonntag. Mia san erst seit zwei Stunden von der blöden Demo zurück, und grad wär's gemütlich geworden«, mosert der Viereck, während der Oberberger nur böse vor sich hin stiert.

»Habt's was Wichtiges zu tun gehabt?«, frage ich die beiden.

»Was wohl, Dimpfelmoser? Du weißt genau, was mir am Sonntag um die Zeit machen«, schimpft der Viereck. »Gerade heute ist es super gelaufen, ich war schon 200 Euro im Plus, und dann kommst du und die depperte Leiche. Als ob des nicht bis morgen warten könnte.«

»Und du?«, frage ich den Oberberger, der immer noch wie ein Ochse glotzt.

»300 Euro minus, und das auf eine Stunde. Und jetzt kann ich mir das Geld nicht mehr zurückholen.«

»Ihr seid's doch deppert«, schimpfe ich und hau dem Oberberger auf die Schulter, dass es ihn vom Stuhl hebt. »Schafkopfen um solche Beträge, das gehört verboten. Sei froh, Oberberger, dass du arbeiten musst, bevor du noch deinen ganzen Hof verspielst.«

»Dürfte ich an die Ernsthaftigkeit der Lage erinnern«, wirft der Reindl ein. »Wir müssen uns eine Ermittlungsstrategie überlegen, und da helfen eure Gespräche über dieses Kartenspiel nicht viel weiter.«

»Was für eine Strategie meinst jetzt?«, fragt der Viereck. »Mir ermitteln halt wie immer, da brauchen wir keine Strategie, sondern nur unseren bayerischen Instinkt. Aber der fehlt dir halt gänzlich.«

Gleich ist er wieder beleidigt, der Reindl, und zieht eine Schnute wie die Eva, wenn ihr was nicht passt. Nur dass die dann zum Verlieben schön ausschaut, und der Reindl wirkt eher wie ein Affe im Zoo.

Genug mit den Faxen!

»Schluss damit«, sage ich, »ihr wisst's genau, dass ihr morgen überhaupt nicht in der Lage wärt's, auch nur einen einzigen logischen Gedanken zu fassen oder einen halbwegs vernünftigen Satz zu sprechen, wenn wir euch nicht aus dem Wirtshaus geholt hätten. Dann hättet's alle zwei einen dermaßenen Mordsrausch, dass einer alten Sau grausen würde«, sage ich zum Viereck und zum Oberberger, die gleich ganz verlegen zum Boden schauen und unruhig auf ihren Stühlen hin und her rutschen.

Das ist nämlich jeden Montag das gleiche Theater mit den beiden. Da sind die zu nichts zu gebrauchen und stinken aus dem Maul wie ein ganzer Laster voller Weißbier. Normalerweise toleriere ich das großzügig, ich verstehe so kleine Gewohnheiten meiner Mitarbeiter, aber bei einer Leiche hört der Spaß halt auf.

»Und du hältst jetzt einfach dein Maul und wirfst den Computer an«, wende ich mich an den Reindl, der immer noch beleidigt dreinschaut.

Wortlos setzt er sich an den Rechner und fährt ihn hoch. Dann schaut er mich wieder an, als wäre ich vom Mond.

»Und was soll ich mit dem Computer?«, fragt er vorsichtig.

»Ex 21,23–25, des gibst ein und schaust nach, was das zu bedeuten hat.«

Der Reindl hackt auf die Tastatur. Gespannt stehen wir hinter ihm und warten. Es scheint tatsächlich eine Bibelstelle zu sein.

»Da könnte das 2. Buch Mose, auch Exodus genannt, gemeint sein, und das ist ein Teil des Alten Testaments«, doziert der Reindl.

»Und was heißt des auf Deutsch?«, frage ich.

»... so sollst du geben Leben um Leben, Auge um Auge, Zahn um Zahn, Hand um Hand, Fuß um Fuß, Brandmal um Brandmal, Wunde um Wunde, Strieme um Strieme«, liest der Reindl weiter vom Bildschirm ab.

»Oha, das ist jetzt aber schon interessant. Da gibt uns der Täter vielleicht einen Hinweis auf sein Motiv«, spekuliere ich.

»Wir wissen doch noch gar nicht, ob damit wirklich dieses Bibelzitat gemeint ist, und ob das der Täter geschrieben hat, ist auch noch nicht bekannt«, wirft der Reindl ein, während der Viereck und der Oberberger nur wie zwei Kühe vor sich hin glotzen.

Da hat er auch wieder recht, muss ich mir eingestehen.

»Also dann fangen mir einmal an, richtig zu ermitteln«, sage ich. »Du, Reindl, schaust zuerst die Vermissten- und Vorstrafenregister durch. Vielleicht findest ja unsere Leiche irgendwo. Dann überprüfst den Bruno Fischer. Ich will genau wissen, was das für einer ist. Und anschließend durchforstest du das Internet und schaust, ob du noch andere Bedeutungen für unsere Zeichen findest. Oberberger und Viereck, ihr fahrt's raus zum Hungersacker und befragt's die Nachbarn, ob denen irgendwas Verdächtiges aufgefallen ist.«

»Welche Nachbarn?«, fragt mich der Viereck, »der Hungersacker liegt doch ganz alleine da draußen, da gibt's keine Nachbarn.«

»Ja halt die, die an der Zufahrtsstraße wohnen und die umliegenden Gehöfte, du Hornochse«, schrei ich, »und jetzt dalli an die Arbeit. Wir treffen uns um 20 Uhr wieder hier zu einer Dienstbesprechung.«

Endlich kommt Bewegung in meine Männer, und jeder stürzt sich auf die ihm zugeteilte Arbeit. Ich gehe derweil zum Pfarrer Eberdinger, diesem Pharisäer, um ihn zu dem Zitat zu befragen. Wie jeden Sonntag am frühen Abend sitzt der in seiner Kirche und tut so, als würde er beten. Dabei weiß ich genau, dass er in Wirklichkeit heimlich irgendeinen blöden Roman liest. Er versteckt die Hefte immer in seiner überdimensionalen Bibel, da hab ich ihn schon ein paar Mal erwischt. Leise schleiche ich mich in die Kirche, bis ich genau hinter ihm stehe. Und tatsächlich hat er wieder so ein billiges Heftchen und liest ganz versunken darin. Ich haue ihm eine auf die Schulter, so dass es ihn gar furchtbar von der Bank reißt.

»Dimpfelmoser, was musst mich so erschrecken, wenn ich bete«, tut er gleich ganz entrüstet.

»Eberdinger, ich muss mit dir reden in einer dienstlichen Angelegenheit.«

»Dann komm halt mit in die Sakristei, da können wir uns unterhalten«, flüstert er und geht mir voraus.

»Also, was kann ich für dich tun, du Heide?«

Geflissentlich überhöre ich den Vorwurf in seiner Stimme und komme gleich zur Sache.

»Ex 21,23–25, was sagt dir das?«, frage ich ihn.

»Auge um Auge, Zahn um Zahn«, doziert er. »Das Alte Testament hatte noch klare Regeln, wie man mit schlechten Menschen umgeht und wieder Gerechtigkeit herstellt. Aber durch Jesus ist das ja alles umgedeutet worden. Seitdem wird Liebe und Verzeihung über die Gerechtigkeit gestellt. Aber warum fragst mich ausgerechnet nach der Bibelstelle?«

»Wir haben draußen im Hungersacker eine Leiche gefunden, und die hatte einen Zettel mit den Angaben in ihrer Tasche. Und da du ja der Bibelspezialist bist und außerdem den Hungersacker immer wieder als einen Ort des Teufels verdammst, hab ich mir gedacht, vielleicht kannst mir da weiterhelfen. Hast vielleicht in letzter Zeit einmal in deiner Predigt was dazu gesagt, oder ist dir jemand bekannt, der da drüber geredet hat?«

»Dimpfelmoser, da muss ich dich leider enttäuschen. Aber das ist eine gute Idee, wieder einmal über die Gerechtigkeit eine Predigt zu halten, danke für den Tipp. Und dass im Hungersacker eine Leiche auftaucht, das wundert mich überhaupt nicht. Dieser Ort ist verflucht, und wenn irgendwo der Teufel wartet, dann sicherlich dort draußen.«

Irgendwie ist der Eberdinger schon unheimlich, wenn er so daherredet, als würde der Leibhaftige dort draußen wohnen. Und sein Gerede von der Gerechtigkeit – der hätte sich zu Zeiten der Inquisition sicher ganz besonders wohl gefühlt.

»Falls dir irgendwas einfällt, was uns weiterhilft, dann meldest dich halt einfach«, verabschiede ich mich und verlasse die Sakristei und die Kirche.

Hinter mir höre ich den Eberdinger vor sich hin murmeln. Ganz sauber ist der auch nicht in seinem Schädel. Da ich noch eine Stunde bis zur Dienstbesprechung Zeit habe, gehe ich runter an die Donau, um über die Ereignisse nachzudenken. Eine Leiche ausgerechnet im Hungersacker. Ich stiere in die Donau, und die Erinnerungen an meine Kindheit, die mich bis heute in meinen Träumen verfolgen, tauchen wieder auf, so dass ich keinen einzigen klaren Gedanken fassen kann.

Pünktlich um 20 Uhr betrete ich wieder die Dienststelle. Der Viereck und der Oberberger sind schon wieder zurück von ihrer Befragung.

»Und, habt's was Brauchbares?«

»Nicht wirklich«, beginnt der Oberberger. »Keinem der Befragten ist irgendwas Verdächtiges aufgefallen. Bis auf den Bruno Fischer, der sich schon bei allen vorgestellt hat, ist da in den letzten Tagen niemand Fremder aufgetaucht. Alle schimpfen nur über den Fischer, weil niemand dort ein solches Zentrum haben will. Die Leute befürchten, dass dann wieder lauter Spinner und religiöse Fanatiker auftauchen, und das weckt gerade bei den Alten ungute Erinnerungen.«

Nicht nur bei den Alten, denke ich mir.

»Und du, Reindl?«

»Ich habe die Vermissten- und Verbrecherdateien durchgesehen, aber da passt niemand auf unseren Toten. Für unsere Zeichenkombination findet sich auch kein anderer Hinweis. Wir sollten also davon ausgehen, dass tatsächlich diese Bibelstelle gemeint ist. Bei der Überprüfung vom Herrn Fischer ist auch nichts wirklich Auffälliges zu finden. Keine Vorstrafen oder sonstigen Einträge. Allerdings hat er vor sechs Wochen eine Anzeige aufgegeben.«

Er macht eine Pause und schaut uns erwartungsvoll an. Sollen wir ihm jetzt Beifall klatschen oder was, nur weil er seine Arbeit macht?

»Weiter, Reindl, aber dalli. Wir brauchen keine Showeinlage von dir, sondern nur die Ergebnisse deiner Recherche«, herrsche ich ihn an.

Sofort schaut er wieder beleidigt, aber er spricht zumindest weiter.

»Er hat einen im Polizeicomputer erfassten Mann wegen gefährlicher Körperverletzung angezeigt. Der Mann, Helmut Meier, ist bereits mehrfach vorbestraft und taucht immer wieder im Zusammenhang mit dem Regensburger Rotlichtmilieu auf. Er hat ihn angeblich grundlos beim Betreten einer Diskothek im Landkreis niedergeschlagen. Aber das Seltsame daran ist, dass er die Anzeige fünf Tage später wieder zurückgezogen hat. Die Ermittlungen sind noch nicht ganz abgeschlossen.«

»Aha«, sage ich. »Da müssen wir uns noch mal mit dem Herrn Fischer unterhalten. Reindl, besorg doch morgen die Akten von dem Fall, vielleicht finden wir da ja irgendwas, was uns weiterhilft. Gibt es sonst eine verwertbare Spur oder einen brauchbaren Hinweis?«

Alle schütteln die Köpfe. Wir besprechen noch die weitere Vorgehensweise, und ich verteile die Aufgaben für den nächsten Tag, dann hören wir für heute auf.

Inzwischen ist es fast zehn Uhr in der Nacht, als ich endlich meine Haustüre aufschließe. Bevor ich Licht anmachen kann, haut mir jemand eine auf den Kopf, dass mir hören und sehen vergeht. Während ich zu Boden gehe, schaltet die Eva das Licht an und holt noch mal mit der Bratpfanne aus.

»Ja bist völlig narrisch worden?«, schreie ich und weiche dem Schlag aus, der einen Ochsen ins Jenseits befördert hätte. Ich wappne mich schon für ihren nächsten Angriff, da lässt sie die Pfanne einfach fallen und schaut mich verächtlich an.

»Du hast mir versprochen, dass du den Abend mit mir verbringst.«

Gleich fällt es mir wieder siedend heiß ein. Das habe

ich vor lauter Leichen und Ermittlungen doch glatt vergessen. Jetzt muss ich mir schnell etwas einfallen lassen, sonst redet die Eva wieder eine Woche nicht mit mir, putzt mir die Wohnung nicht mehr, und um das Essen kann ich mich dann auch wieder selber kümmern. Die Eva ist so dermaßen nachtragend und vergisst niemals etwas, da kann kein Elefant mehr mit.

»Du, Eva, ich war heute im Hungersacker, und da haben wir einen Toten gefunden«, sage ich leise zu ihr.

Da klappt ihre Kinnlade nach unten, und sie schaut mich groß an.

»Eine Leiche im Hungersacker? Das ist gar nicht gut.«

Sie setzt sich zu mir auf den Boden und nimmt meine Hand. So sitzen wir schweigend da, und jeder hängt seinen Gedanken nach.

»Eva, ich versprech dir, wir holen den Abend in dieser Woche nach. Da lade ich dich zum Essen beim Thing Yong ein«, sage ich irgendwann zu ihr.

Sie lächelt leicht und nickt. Damit dürfte ihre Wut endgültig verraucht sein. Der Thing Yong, unser einziger Chinese weit und breit, zieht immer bei ihr. Das ist ihr Lieblingslokal, und da wird sie immer ganz zahm, wenn ich sie mal dahin einlade, was natürlich nicht oft vorkommt.

Dann sitzen wir wieder schweigend nebeneinander. Irgendwann wache ich aus wirren Träumen auf. Die Eva lehnt immer noch an mir und schläft tief und fest. Da sind uns wohl beiden die Augen zugefallen. Vorsichtig hebe ich sie hoch und trage sie in ihr Bett, bevor ich mich in mein eigenes Zimmer und mein Bett verziehe und einfach so, wie ich bin, angezogen und mit Schuhen, sofort wieder einschlafe.

Kapitel 3

Montag, 7.00 Uhr

Am nächsten Morgen wache ich wie gerädert auf. Mein Schädel brummt, als hätte ich die Nacht im Wirtshaus verbracht. Ich wälze mich aus meinem Bett und verscheuche die Erinnerung an die Träume vom Hungersacker, die mich heute Nacht wieder besonders gequält haben. Nach einer ausgiebigen Dusche und einem wunderbaren Frühstück, das mir die Eva hergerichtet hat, fahre ich nach Regensburg in die Pathologie. Es stinkt wie immer nach Desinfektionsmittel, da könnte sogar mir schlecht werden. Mich haut ja so schnell nichts um, aber dieser Geruch gräbt sich in meinen Riechkolben und rumort in meinen Eingeweiden wie eine ganze Kuhherde. Als ich im Saal drei ankomme, wohin mich die hübsche Praktikantin vom Sekretariat geschickt hat, merke ich sofort, dass etwas nicht stimmt. Die Gestalt, die sich über den Toten in der Mitte des Raumes beugt, kann nicht der Kreithmeier sein, sonst wäre der über Nacht gewaltig zusammengeschrumpft.

»He Sie da, was machen'S denn an der Leiche?«, rufe ich und gehe eilig in den Raum.

Nicht dass da jemand auf die Idee kommt, Beweise zu

vernichten. Die Gestalt schreckt hoch und dreht sich schnell um. Jetzt bin ich es, den es reißt. Da steht doch die Jutta Riegler vor mir, die schöne Pathologin, die doch eigentlich seit einem Jahr in München arbeitet. Die hat sich wegen ihres Lovers dorthin versetzen lassen.

»Servus, Dimpfelmoser«, flötet sie und verzieht den wohlgeformten Mund zu einem Lächeln, das aber nicht bis zu ihren Augen reicht.

»Schau halt nicht so wie ein Ochse. Mit mir hast nicht gerechnet, gell.«

Nein, mit der habe ich nicht gerechnet.

»Wo ist der Kreithmeier?«, frage ich nur und glotze sie an, wie wenn sie von einem anderen Stern käme.

»Magst mich nicht erst begrüßen?«, gurrt sie weiter und kommt ganz nah zu mir her.

Dass sie mir dabei ihre blutverschmierten Handschuhe fast in mein Gesicht schiebt, ist ihr egal, der Jutta.

»Was machst denn wieder hier, musst aushelfen, eine Urlaubsvertretung?«, frage ich hoffnungsvoll.

»Nein, nein, ich arbeite seit heute wieder hier und habe am Wochenende auch meine Wohnung in Wörth wieder bezogen.«

»Wolltest du nicht heiraten in München?«

»Nun ja, so ist das halt mit der Liebe, sie kommt und geht, gell, Dimpfelmoser.«

Da leckst mich am Arsch, jetzt ist die echt wieder da. Heilfroh war ich, wie die nach München gegangen ist, da war endlich mal Ruhe. Die Jutta steht nämlich auf mich, und bevor sie ihren Münchner Schickimicki-Lover kennengelernt hat, hat die mich richtig gestalkt. Erst als ihre Aufdringlichkeit der Eva zu viel wurde und der der Kragen geplatzt ist und sie ihr eine runtergehauen hat, ist sie etwas zurückhaltender geworden. Das war vielleicht ein Geschiss. Die wollte die Anzeige, die sie erstattet hat, nur zurückziehen, wenn ich mit ihr eine Nacht verbringe, was ich natürlich nicht gemacht habe. Ich habe ihr gedroht, dass ich sie wegen Erpressung anzeige, da ist sie dann doch noch vernünftig geworden und hat die Anzeige wieder zurückgezogen.

»Hat er dich sitzen lassen, dein Traummann?«, frage ich und merke sofort, dass das jetzt ein Fehler war. Sofort springt sie darauf an.

»Du bist mein Traummann, Xaver. Irgendwann wirst das auch noch merken.«

Tausendmal habe ich ihr schon gesagt, sie soll mich in Ruhe lassen. Einmal hab ich sie sogar eingesperrt über Nacht. Das fand sie dann romantisch, die blöde Kuh. Gott sei Dank kommt jetzt der Kreithmeier reingepoltert, sonst hätte ich ihr eine gelangt.

»Dimpfelmoser, freust dich auch so wie ich, dass die Jutta wieder bei uns ist?«, grinst er mich an.

Der Kreithmeier hat halt einfach kein Gespür für Menschen, der kann nur mit den Toten. Da ist er so versonnen und liebevoll, richtig pervers ist das.

»Wir haben es mit einem ganz hinterhältigen Täter zu tun, das kannst du mir glauben«, unterbricht er meine trüben Gedanken.

»Frau Kollegin, Sie haben das Wort«, wendet er sich an die Jutta.

Die setzt ihr kaltes, geschäftsmäßiges Gesicht auf und beginnt in ihrer arroganten, überheblichen Art zu dozieren. Da ist sie ganz gut darin, dass sie einem das Gefühl gibt, man hätte von nichts eine Ahnung und nur sie hätte die Weisheit mit den Löffeln gefressen. Wie einen Depp lässt sie einen dastehen.

»Dann hör mir mal genau zu, lieber Xaver, nicht dass ich wieder alles zweimal erklären muss.«

Da kriegst echte Mordfantasien, aber das hilft halt auch nichts, ich brauche die Ergebnisse, also lasse ich ihre verbalen Ergüsse über mich ergehen.

»Schau hierher auf den Hinterkopf, da ist eine Schwellung mit einem Bluterguss sichtbar. Ich habe Rostpartikel in der Wunde gefunden. Deshalb vermute ich, dass es sich bei der Tatwaffe um eine rostige Eisenstange handeln muss, was auch die Form der Schwellung untermauert. Damit wurde das Opfer niedergeschlagen und war wohl bewusstlos. Der Täter hat ihm dann Arme und Beine mit einem Kabelbinder zusammengebunden, was wiederum die Plastikpartikel an diesen Wunden aufzeigen.

Aber jetzt kommt erst die große Überraschung. Du weißt ja immer noch nicht, woran er gestorben ist, mein lieber Xaver.«

Sie klimpert mit den Augendeckeln und blinzelt mich an, als ob wir gerade eine Affäre beginnen würden, da wird mir gleich ganz schlecht.

»Und?«, frage ich, nachdem sie mich nur anglotzt und nichts mehr sagt.

»Ein bisschen mehr Interesse könntest du schon zeigen«, sagt sie beleidigt. »Er hatte einen Volumenmangelschock.«

»Geht's auch ein bisserl genauer?«

»Er hatte praktisch kein Blut mehr in den Adern.«

Jetzt muss ich doch schlucken und glotze sie wie ein Dalmatiner an.

»Wie, kein Blut, was meinst damit?«, frage ich.

»So wie ich es sage, so meine ich es«, giftet sie mich an. »Du solltest doch zuhören, damit ich mich nicht wiederholen muss. Aber für dich als Laien erkläre ich es genau. Dem Mann wurde ein Zugang gelegt, über den ihm das Blut abgesaugt wurde. Das muss ein Profi gemacht haben, denn ganz so einfach geht das nicht, weil sich die Ader sehr schnell zusammenzieht, um den Blutverlust zu stoppen.«

»Willst du damit sagen, dem hat jemand ganz bewusst das Blut rausgesaugt, so wie ein Vampir?«

»Ein Vampir beißt sein Opfer in den Hals, was zumindest eine gewisse erotische Komponente enthält«, erklärt sie wieder von oben herab. »Hier fehlt dieser Aspekt völlig. Der Mörder ist sehr professionell und wohlüberlegt vorgegangen. Der wusste genau, was er tut. Und das Opfer war zumindest zu Beginn der Tötung bei vollem Bewusstsein, bevor es einen Schock erlitten und dann auch das Bewusstsein verloren hat.«

»Heimtückisch, das sage ich doch«, mischt sich der Kreithmeier ein. »Und bevor du noch dümmer schaust, Dimpfelmoser, wollen wir dich nicht weiter auf die Folter spannen. Der Todeszeitpunkt dürfte zwischen zwei und vier Uhr am Morgen liegen. Und wir haben nichts, aber auch rein gar nichts an der Leiche gefunden, was dir einen Hinweis liefern könnte.«

Das muss ich erst einmal verdauen. Da läuft also ein Verrückter rum, der dem Toten kaltblütig bei vollem Bewusstsein das Blut aus den Adern gesaugt hat.

»Falls ihr noch was findet, dann ruft's mich an.«

»Mit Vergnügen rufe ich dich an, lieber Xaver«, tut mir die Jutta wieder her und kommt ganz nah.

Das mag ich aber halt überhaupt nicht. Also verabschiede ich mich und verlasse schnellstmöglich den Raum und die ganze Pathologie. Draußen atme ich erst ein paar Mal ganz tief durch. Das kann ja was werden, wenn die Jutta wieder hier ist. Mir schwant nichts Gutes, aber dafür habe ich keine Zeit. Ich fahre zurück nach Wörth und höre mir in voller Lautstärke die Helene Fischer an, um meine Nerven zu beruhigen.

Als ich in die Dienststelle komme, warten schon alle auf mich. Ich fasse kurz die Ergebnisse aus der Pathologie zusammen.

»Und, bei euch, gibt's schon was Neues?«

»Tja, ich würde sagen, wir waren sehr erfolgreich, nicht wahr, lieber Oberberger und werter Viereck?«, beginnt der Reindl mit erhobenem Haupt und sieht stolz in die Runde.

»Mei, drück dich doch nicht gar so geschwollen aus, Reindl«, wirft der Oberberger genervt ein.

»Dann erzähl du doch von unseren Ermittlungen, wenn dir das lieber ist«, schmollt der Reindl gleich wieder. Er weiß genau, dass weder der Viereck noch der Oberberger das Maul aufmachen, wenn es nicht unbedingt sein muss.

»Wir haben uns heute Vormittag die Mühe gemacht und haben alle Pensionen und Hotels im Umkreis aufgesucht, so wie du es gestern angeordnet hast. Das sind immerhin zwölf Stück. Wir haben uns aufgeteilt, und jeder ist zu vier Pensionen gefahren. Überall haben wir ein Foto des Toten hergezeigt, das uns der Kreithmeier geschickt hat. Und stell dir vor, Dimpfelmoser, was wir dabei herausgefunden haben.«

Er macht wieder eine Kunstpause und sieht mich triumphierend an.

»Ja was, Reindl, erzähl halt einfach, und mach's nicht gar so dramatisch«, sage ich genervt.

Der würde gut zur Jutta passen, dann könnten sie sich gegenseitig Vorträge halten.

»Er hat mit einem anderen Mann seit vier Tagen in der Pension Rosi draußen im Wald gewohnt. Du weißt schon, diese Pension in Alleinlage. Und dieser zweite Mann ist plötzlich spurlos verschwunden.«

»Und?«, frage ich wieder, nachdem der Reindl nicht mehr weiterspricht.

»Was meinst du mit ›und‹?«, fragt der Reindl irritiert.

»Erzähl halt weiter, habt's euch die Anmeldepapiere mit den Personendaten zeigen lassen, habt's eine Personenbeschreibung von dem Kerl, habt's die Fahndung eingeleitet, habt's den Mühlbauer und seine Leute verständigt, was habt's in denen ihrem Zimmer gefunden?«

»Nix haben wir gemacht, wir haben gedacht, wir reden erst einmal mit dir, was wir machen sollen«, mischt sich jetzt doch der Oberberger ein und rutscht unruhig auf seinem Stuhl hin und her.

»Wer war von euch Deppen bei der Rosi?«, frage ich leise.

»Ich«, grunzt der Viereck und schaut mich unsicher an. »Bist du der Kriminaler oder ich?«, braust er dann auf. »Ich bin nur ein einfacher Streifenpolizist, was weiß ich denn, was ich da fragen soll. Der Reindl hat gesagt, wir sollen das Bild herzeigen und fragen, ob der hier war. Und genau das hab ich gemacht.«

Alle schauen den Viereck sprachlos an. Das war seine

längste Rede in den letzten zehn Jahren, da bin ich mir sicher.

»Reindl, auf geht's, da fahren wir gleich noch mal hin. Vielleicht haben wir ja Glück und die Rosi hat das Zimmer noch nicht aufgeräumt.«

Der Reindl schaut säuerlich und trottet dann raus zum Auto.

»Und ihr zwei sagt's sofort dem Mühlbauer Bescheid, dass der mit seinen Leuten zur Rosi rauskommt, und lasst's euch den Bericht vom Hungersacker von ihm schicken. Vielleicht haben die ja irgendwelche Spuren gefunden, die uns weiterhelfen«, schnauze ich die beiden Kollegen an. »Hab ich mich klar genug ausgedrückt?«

Die beiden nicken nur, und ich rausche nach draußen, damit der Reindl nicht wieder auf die Idee kommt, er könnte fahren. Aber er sitzt schon auf dem Beifahrersitz und starrt angespannt nach draußen. Wahrscheinlich macht er sich vor Angst in die Hose, anstatt sich auf die rasante Fahrt mit mir zu freuen.

»Blaulicht und Sirene«, kommandiere ich.

»Das darfst du gar nicht«, wendet der Reindl ein.

»Das ist mir völlig wurscht, ob ich das darf. Wir müssen uns beeilen, wenn wir noch was im Zimmer finden wollen. Die Rosi macht immer am Montag gegen Mittag ihre Zimmer vom Wochenende sauber, und da müssen mir schneller sein.«

Ich lasse die Reifen quietschen, dass es mindestens zwei Millimeter Belag runterhaut und wir eine Rauchwolke hinter uns lassen. Das ist wieder richtig pfundig und macht einen Mordsspaß. Das Blaulicht blinkt, die Sirene heult, der Fahrtwind pfeift, und ich bin voll in meinem Element. Nur der Reindl klammert sich mit beiden Händen an den Haltegriff, und er wirkt irgendwie etwas verkrampft. Aber er muss sich halt daran gewöhnen, dass er mit mir als Partner etwas lockerer werden muss, das hilft alles nichts.

Tatsächlich erwischen wir die Rosi gerade noch rechtzeitig, als sie mit ihrem Putzzeug das Zimmer unseres Toten betreten will.

»Stopp, Rosi«, schreie ich. »Lang ja nichts an, wir müssen da erst alles überprüfen.«

Die Rosi schaut uns zuerst wütend an, aber als sie mich sieht, grinst sie von einem Ohr bis zum anderen und entblößt ihre gelben Zähne.

»Der Xaver höchstpersönlich, das freut mich aber, dass du mir nicht immer nur dein Fußvolk vorbeischickst, sondern selber aufläufst.«

Sie drückt mich an ihren überdimensionalen Busen und streicht mir über den Kopf, so wie sie es schon gemacht hat, als ich noch ein Bub war. Das ist mir wirklich peinlich vor dem Reindl, der sich nur mühsam das Lachen verkneifen kann.

»Rosi, lass mich los, du erdrückst mich ja«, röchle ich zwischen ihren Brüsten hervor.

»Geh, jetzt sei nicht so empfindlich. Des musst schon aushalten. Da machst jetzt einer alten Frau wie mir schon eine Riesenfreude, auch wenn du nur dienstlich da bist. Schaut's euch um, und dann trinken mir einen Kaffee, gell.«

Sie eilt die Stufen hinunter, und ich sehe mich veranlasst, dem immer noch dümmlich grinsenden Reindl eine Erklärung abzugeben.

»Die Rosi ist die beste Freundin von der Oma, Reindl. Nicht dass du jetzt glaubst, die steht auf mich.«

Gott sei Dank höre ich unten den Mühlbauer, der die Rosi nach dem Zimmer fragt. Ich schaue mich kurz im Zimmer um. Die Betten sind nicht gemacht, und auf dem Tisch liegt eine halbe Wurstsemmel und eine halb ausgetrunkene Coca-Cola. Die Schranktüren stehen offen, und es liegen noch ein paar Socken drin. Da hat es aber jemand ganz schön eilig gehabt, kombiniere ich. Wir überlassen dem Mühlbauer das Feld und gehen nach unten zur Rosi. Die hat schon einen Kaffee gekocht und schenkt uns ein. Der Reindl trinkt und kriegt gleich einen Hustenanfall, so dass er den ganzen Kaffee auf seine Hose spuckt.

»Geht es Ihnen gut, Herr Reindl?«, fragt die Rosi besorgt.

»Der verträgt bloß keinen guten Kaffee«, sage ich und trinke genüsslich die schwarze Brühe von der Rosi, die einen Elefanten aufwecken würde, so stark ist der.

Genauso mag ich ihn am liebsten. Während der Reindl aufs Klo geht, um seine Hose zu reinigen, beginne ich mit der Befragung. »Also Rosi, erzähl mir einmal genau, was du weißt, und gib mir am besten gleich den Anmeldebogen von den zwei Herren, dann können wir die Personalien überprüfen.«

Die Rosi rutscht nervös hin und her und schaut mich ganz komisch an. Verträgt die ihren eigenen Kaffee auch nicht mehr?, frage ich mich.

»Es gibt kein Anmeldeformular«, flüstert sie und schaut mich unsicher an.

»Wie, hast keins ausgefüllt, Rosi? Du weißt schon, dass du dich damit strafbar machst.«

»Ja mei, Xaver«, bricht es aus ihr heraus, »die haben mir bei der Ankunft einen hohen Betrag im Voraus für eine Woche bezahlt unter der Bedingung, dass ich sie nicht anmelde. Sie hatten eine Filmkamera dabei und gesagt, dass sie für das Fernsehen eine Dokumentation über den Landkreis drehen und dass das alles noch streng geheim ist.«

»Soso, eine Dokumentation für das Fernsehen ... und da warst gleich so begeistert, dass du deine Pflichten als gesetzestreue Bürgerin vergisst, oder wie? Rosi, jetzt musst schon gut mit uns kooperieren, dann vergesse ich vielleicht den kleinen Lapsus mit dem Anmeldebogen«, erkläre ich ihr und schau sie dabei ganz streng an, damit sie auch versteht, dass ich es ernst meine. »Kannst den zweiten Mann wenigstens beschreiben, Rosi?«

»Glaubst du vielleicht, ich hab was mit den Augen, Xaver!«, ruft sie gleich ganz entrüstet. Sie will wohl schnellstens von dem nicht vorhandenen Anmeldebogen ablenken.

»Ich kann dir den ganz genau beschreiben, da kannst du sogar ein Bild danach anfertigen lassen.«

»Das ist ein Wort, Rosi. Ich lasse gleich den Heinz zu uns kommen, mit dem machst dann hernach ein Phantombild von dem Kerl.«

»Wer ist jetzt der Heinz?«, fragt sie mich und ist ganz aufgeregt.

Sie ist halt wie die Oma von Krimis ganz begeistert.

»Der Heinz ist unser Spezialist aus Regensburg für die Anfertigung von Phantombildern. Der setzt sich mit dir hin, und dann wird nach deinen Angaben das Bild von dem Mann zusammengestellt. Da müssen wir uns zu hundert Prozent auf dich verlassen können.«

»Du, Xaver, ich könnte dir auch noch von dem dritten Mann eine Beschreibung geben, die ist allerdings ziemlich ungenau, weil den hab ich nur so halb von hinten gesehen«, sagt die Rosi und schaut mich erwartungsvoll an.

»Wie, ein dritter Mann? Du hast doch gesagt, es waren nur zwei, oder hab ich da was falsch verstanden?«

»Zwei haben hier gewohnt, aber in der Nacht von Freitag auf Samstag haben die Besuch von noch einem Mann gehabt. Ich spioniere ja meinen Gästen normalerweise nicht nach, aber die haben sich so laut gestritten, da bin ich aufgewacht. Ich wollte mich bei den Männern beschweren, aber als ich zu denen raufgehen wollte, da ist der Besucher schon aus der Haustüre rausgelaufen, so dass ich ihn nur von hinten gesehen habe. Aber der hat die Kamera von den beiden dabeigehabt, das hab ich genau gesehen.«

Inzwischen ist auch der Reindl wieder zurück vom Klo. Seine Hose ist voller Wasserflecken. Das schaut so aus, als hätte er in seine Hose uriniert, aber das scheint ihn nicht sonderlich zu stören.

»Reindl, ruf den Heinz an, der soll in einer Stunde bei uns auflaufen. Wir brauchen ein Bild von dem zweiten Mann, der mit unserer Leiche hier gewohnt hat.«

»Wie, der hat hier mit der Leiche gewohnt?«, fragt der Reindl irritiert.

»Bevor der tot war, du Depp«, schnauze ich ihn an, »und jetzt dalli, telefonieren, und dann schaust nach dem Mühlbauer, ob der schon was hat.«

Der Reindl zückt sofort sein Telefon und bestellt mit schriller Stimme den Heinz zu uns. Dann verzieht er sich nach oben.

»Rosi, dein Kaffee ist spitze, der ist so gut wie der von der Oma«, schmeichle ich ihr, und da strahlt sie wieder. »Und das nächste Mal füllst die Anmeldung wieder aus, gell.«

Sie nickt nur, und damit ist die Angelegenheit vorerst geklärt. Da kommt auch schon der Reindl wieder von oben angerannt.

»Die sind in höchster Eile aufgebrochen«, fängt er an.

»Das wissen wir schon, sonst was?«

»Jede Menge Fingerabdrücke und DNA, da ist sicher was für uns dabei. Der Mühlbauer schickt uns morgen früh seine Ergebnisse.«

»So, Abmarsch«, kommandiere ich, »und du, Rosi, kommst hernach zu mir in die Dienststelle.«

Dann steigen wir ein und brausen wieder zurück in die Stadt.

Der Viereck und der Oberberger lümmeln in der Dienststelle rum, als ob es nichts zu tun gäbe.

»Habt's den Bericht vom Hungersacker?«, frage ich sie.

Tatsächlich haben die zwei Nasen den Bericht ausgedruckt und auf meinen Schreibtisch gelegt, bevor sie sich in meditatives Nichtstun versenkt haben.

»Und, was steht drin? Ist was Interessantes dabei?«, frage ich weiter, obwohl ich die Antwort schon kenne.

»Du hast nicht gesagt, dass wir den Bericht lesen sollen«, bellt der Oberberger, und der Viereck nickt bestätigend.

»Ja zefix, muss man euch denn wirklich alles genau vorbeten?«

Ich bin echt genervt. So viel Unfähigkeit auf einem Haufen, das stinkt doch zum Himmel.

»Geht's auf Streife, und fragt's die Leute unauffällig. Vielleicht hat irgendwer was gehört oder gesehen, was uns weiterhilft. Und jetzt raus, aber dalli.«

Schnell verschwinden die zwei Hornochsen aus dem Revier. Der Reindl haut derweil auf der Computertastatur rum, dass es nur so kracht und scheppert.

»Reindl, was machst denn wieder? Das ist Staatseigentum, das du da gerade beschädigst«, sag ich und trete hinter ihn, um zu schauen, was er denn so Wichtiges zu tun hat.

Er merkt es nicht einmal, so beschäftigt ist er. Als ich auf den Bildschirm blicke, kann ich es zuerst gar nicht glauben. Hat der doch die Seite von einer Online-Partnervermittlung offen und gibt gerade sein Profil ein. Jetzt langt es aber.

»Suchst eine Frau?«, frage ich ihn, und dann ziehe ich den Stecker vom Computer. Der Reindl springt wie von der Tarantel gestochen auf und funkelt mich wütend an.

»Spinnst du jetzt komplett, jetzt muss ich mein ganzes Profil noch einmal eingeben«, blafft er.

»Reindl, ich bin schwer enttäuscht«, sage ich so gelassen wie möglich. »Dir ist schon klar, dass du im Dienst bist und wir mitten in einer Mordermittlung stecken. Da tust du immer so korrekt und dann so was.«

Er läuft zuerst rot an, und dann sackt er auf seinen Stuhl zusammen, während er gleichzeitig wie ein Walross schnauft.

»Du hast ja recht«, flüstert er, »aber die Anmeldung wäre gerade eben noch kostenlos möglich gewesen. Das muss man doch ausnutzen.«

»Kostenlos, aha. Was kostet denn der Schmarrn regulär?«

»Die Anmeldegebühr beträgt bei diesem vertrauenswürdigen Anbieter normalerweise 99 Euro, Dimpfelmoser. Die hätte ich mir halt gerne gespart.«

»Was brauchst denn überhaupt so einen Krampf? Wenn du eine Frau suchst, dann geh halt in die Disco oder ins Wirtshaus.«

»Das habe ich doch schon öfter versucht, aber die bayerischen Mädchen wollen anscheinend nichts mit mir zu tun haben.«

»Mei, Reindl, was soll bloß aus dir werden, wenn du dich immer so deppert anstellst«, rutscht es mir doch noch raus.

Er wird noch röter und funkelt mich zornig an. Aber bevor er noch was sagen kann, läutet es, und ich sehe den Heinz vor der Türe stehen.

»Servus, Heinz, hast deine Malausrüstung dabei?«

»Servus miteinander«, begrüßt er uns. »Und etwas mehr Respekt, Dimpfelmoser. Das ist keine Malausrüstung, sondern Hightech.«

Es läutet schon wieder. Ich reiße die Türe auf, und da kommt auch schon die Rosi reinstolziert.

»Dann könnt's gleich anfangen, ihr zwei«, sage ich und stelle die beiden vor.

Sie verstehen sich auf Anhieb prima und verziehen sich in mein Büro. Unter lautem Gelächter fertigen sie das Phantombild an. Nach einer halben Stunde, in der der Reindl und ich ungeduldig warten, sind sie fertig. Der Reindl lässt das Bild gleich einmal durch den Computer laufen und wird tatsächlich fündig. Der Mann, den die Rosi erkannt hat, ist der Helmut Meier, also der Mann, den der Bruno Fischer wegen gefährlicher Körperverletzung angezeigt hat.

»Ja mei, waren das etwa wirklich Verbrecher, die sich da bei mir eingemietet haben?«, schnauft die Rosi ganz entrüstet.

Jetzt muss ich sie schnell hinauskomplimentieren, das sind interne Ermittlungsergebnisse, und die gehen einen Laien wirklich nichts an.

»Rosi, du hast mir wirklich weitergeholfen«, verabschiede ich mich von ihr und schiebe sie aus dem Büro.

Sie will ja zuerst nicht so recht gehen und schaut weiter neugierig auf den Bildschirm.

»Rosi, wenn du endlich gehen würdest, dann vergessen wir deinen kleinen Lapsus mit der Anmeldung endgültig«, flöte ich und schiebe sie weiter durch die Tür.

»Xaver, das ist ein Wort«, strahlt sie und geht endlich freiwillig. »Dann sind wir wieder quitt. Servus miteinander.«

Endlich ist sie draußen, und ich kann mich in Ruhe mit dem Heinz und seiner Malausrüstung beschäftigen, die ich ja für meine Unterredung mit der Frau Distler brauche.

»Du, Heinz, magst mir mal erklären, wie dein Malprogramm genau funktioniert, das ist doch sicher hochkompliziert, oder?«

»Xaver, dir sag ich es im Vertrauen. Ganz einfach ist das Programm zu bedienen, das kann sogar der letzte Depp. Komm her, dann zeig ich es dir.«

Er ist ganz in seinem Element und erklärt mir genau, wie alles funktioniert.

»Heinz, ich hab eine Bitte an dich. Magst mir das Zeug bis morgen Mittag leihen?«

»Leihen?«, äfft er mich nach, und seine Kiefermuskeln beginnen zu mahlen. »Wie meinst des?«

»Ja leihen halt, Heinz. Was ist daran so schwer verständlich? Das wär mordswichtig für mich, weil ich an einem Geheimauftrag für den Huber arbeite. Und da brauch ich für eine geheime Zeugenbefragung und für eine noch geheimere Erstellung eines Bildes deine Ausrüstung.«

»Für den Huber, aha. Geht es wieder einmal um die Prominenz?«

»Genau, Heinz. Aber wie gesagt, es ist alles streng geheim. Jedenfalls würde ich das beim Huber natürlich besonders erwähnen, dass du mir so unbürokratisch geholfen hast in so einer wichtigen Angelegenheit.«

Jetzt hab ich ihn, ich sehe es am Leuchten seiner Augen. Der Heinz ist halt auch noch so einer, der zum Sabbern anfängt, wenn er einmal ein Lob vom Huber bekommt.

»Ja wenn das so ist, dann umgehen wir die Dienstvorschriften einmal, und ich lasse dir alles bis morgen stehen. Aber zurückbringen musst du mir die Ausrüstung bis morgen Mittag.«

»Heinz, das wird der Huber sicher anerkennen, dass du uns hilfst«, schleime ich, und dann ist er auch schon fort, der Heinz.

Das hätten wir also auch geklärt, dann kann die Sophia zur Befragung kommen. Ich rufe sie auf ihrem Handy an und vereinbare, dass sie am Dienstag zu mir in die Dienststelle kommt.

Kapitel 4

Montag, 16.30 Uhr

Gerade als ich es mir bequem mache und die Füße auf meinen Schreibtisch lege, höre ich schon das schrille Quieken vom Reindl, das sich schnell meiner Tür nähert. Vielleicht hat er sich trotz meines Verbotes bei seinem Dating-Portal angemeldet und seine Hormone spielen verrückt, denke ich mir, da reißt er auch schon die Türe auf und stürmt in mein Zimmer.

»Eine Leiche, Dimpfelmoser«, schreit er mit hochrotem Kopf, und dann kriegt er keinen Ton mehr raus, weil er vor lauter Aufregung nicht mehr geschnauft hat, der Depp.

»Ja, Reindl, das wissen mir doch schon seit gestern. Was regst dich da so auf?«

Endlich schnappt er wieder nach Luft. »Nein, nein, Dimpfelmoser, eine neue Leiche. Draußen im Hungersacker.«

Jetzt bin ich es, der nach Luft schnappt. Sofort kriechen die Bilder meiner Alpträume der letzten Nacht hervor und überfallen mich mit ganzer Wucht. Schnell schiebe ich die Erinnerungen wieder weg, ein klarer Kopf ist gefragt.

»Also Reindl, was haben wir? Beruhig dich erst einmal, und dann erzählst mir, was genau los ist.«

»Gerade kam ein Anruf vom Herrn Fischer. Da liegt doch genau an derselben Stelle wie gestern eine neue Leiche, hat er gesagt. Wir sollen so schnell wie möglich kommen.«

Das hilft dann alles nichts, dann fahren wir halt wieder da raus. Vielleicht hat der Pfarrer ja recht damit, dass an diesem Ort der Teufel wohnt, denke ich mir.

»Dann packen mir es, Reindl«, sage ich entschlossen, und es wirkt fast wie eine Wiederholung vom Sonntag, als wir wieder mit Blaulicht und Sirene raus zum Hungersacker fahren.

Ich konzentriere mich ganz auf das Fahren, aber heute kommt keine wirkliche Freude auf. Das flaue Gefühl, das ich schon die ganze Zeit habe, kann auch dieser eigentlich pfundige Einsatz über die kurvigen Straßen nicht überdecken. Dementsprechend schlecht gelaunt erreichen wir den Hungersacker. Heute ist der Bruno Fischer allerdings in Gesellschaft. In der Einfahrt steht ein Bus von der Firma Schwarzer-Bau, und davor lungern einige Gestalten herum, wohl die Bauarbeiter, kombiniere ich.

»Reindl, du kümmerst dich um die Befragung der Gesichter hier und nimmst alle Personalien auf«, brülle ich.

Der schaut mich erschrocken an, und auch die Bauarbeiter zucken zusammen. Die können ruhig wissen, dass mit mir heute nicht zu spaßen ist. Ich bin echt angefressen. Da war ich Jahrzehnte nicht mehr an diesem Scheißort, und jetzt muss ich täglich hierherfahren, bloß weil irgend so ein Depp hier seine Leichen ablegt. Da hört der Spaß endgültig auf. Drinnen liegt tatsächlich genau an derselben Stelle eine Leiche. Das Gesicht erkenne ich sofort. Es ist der Helmut Meier, also der Mann, den die Rosi erkannt hat und den der Bruno Fischer wegen Körperverletzung angezeigt hat. Jetzt ist mir der Fischer aber eine Erklärung schuldig. Die Untersuchung der Leiche überlasse ich diesmal gleich dem Kreithmeier und dem Mühlbauer, nicht dass die noch angefressen sind, wenn ich schon wieder vor ihnen an dem Toten rumhantiere.

»Dimpfelmoser, ich muss schon sagen, du stellst neue Rekorde auf«, ruft mir beim Rausgehen der Kreithmeier entgegen, der gerade eingetroffen ist. »Zuerst ist jahrelang gar nix los bei dir heraußen, und dann lieferst eine Leiche nach der anderen. Ich hoffe bloß, dass das nicht so weitergeht mit dir.«

Dabei lacht er dröhnend und findet sich wohl besonders witzig, aber mir ist momentan gar nicht nach seinen Späßen zumute.

»Halt dein Maul, und mach deine Arbeit«, fahre ich ihn an und lasse ihn einfach stehen.

Ich sehe noch, wie er hinter mir herglotzt, aber das ist mir auch wurscht. Draußen rückt gerade der Mühlbauer mit seinen Leuten an. Bevor der auch noch so saudumm daherredet, mache ich einen Bogen um ihn und packe mir den sauberen Herrn Fischer am Kragen. Der beginnt gleich zu flennen, nur weil ich ihn etwas unsanft hinter mir herschleife.

»Also, Fischer, jetzt reden mir einmal Klartext. Du kennst den Toten, der da in deinen heiligen Hallen liegt. Und ich möchte wissen, was das alles zu bedeuten hat.«

»Das weiß ich doch nicht, Herr Kommissar«, schreit er. »Ich habe keine Ahnung, wie der hierherkommt.«

»Aber erkannt hast den schon, oder?«

»Ja, ja, den habe ich vor ein paar Wochen in einer Discothek kennengelernt. Aber wir hatten nur dieses eine Mal miteinander zu tun. Seitdem habe ich ihn nicht mehr gesehen.«

»Bruno Fischer, du hast den angezeigt, weil er dich so verdroschen hat, dass du dich in ärztliche Behandlung begeben hast müssen. Und dann ziehst die Anzeige einfach so wieder zurück. Und jetzt liegt der hier in deinem Gebäude und ist mausetot. Du musst doch zugeben, dass das schon seltsam ist.«

Er flennt noch mehr, und ich kriege kein Wort mehr aus dem raus. Ich gebe ihm vorsichtshalber eine Mordswatsch'n, so wie es der Kreithmeier gestern gemacht hat, nicht dass mir der gleich wieder umkippt. Aber es hilft alles nix, der fängt zu zittern an und kriegt einen ganz glasigen Blick. Also hole ich wieder den Kreithmeier. Der haut ihm auch noch eine runter, aber heute zeigt das keinerlei Wirkung.

»Schock«, diagnostiziert der Kreithmeier trocken, »der muss ins Krankenhaus.«

»Ja wie, kann ich den nicht weiter vernehmen?«

»Aus dem kriegst kein Wort mehr raus«, erklärt mir der Kreithmeier. »Der braucht ärztliche Betreuung, das hilft nichts.«

Er zückt sein Telefon und fordert einen Krankenwagen an. Dann legt er den Bruno Fischer auf den Boden und lagert die Beine hoch. Wie ein kleines Kind lässt der alles mit sich machen, während es ihn schüttelt. Wo kommen wir denn da hin, wenn jeder sich in einen so blöden Schock flüchtet, wenn ich ihn befragen will. Da kannst jede vernünftige Polizeiarbeit vergessen.

Meine Laune sinkt immer mehr dem Gefrierpunkt entgegen.

»Kannst schon was sagen, Kreithmeier?«, frage ich gereizt.

»Wir haben es wohl mit einem identischen Tathergang zu tun, Dimpfelmoser. Der Tote wurde niedergeschlagen und gefesselt, und er hat die gleiche Einstichstelle wie die erste Leiche. Ob dem auch das Blut rausgesaugt wurde, kann ich dir erst nach der Obduktion sagen.«

»Pass bloß auf, dass du da keinen Serienmörder hast«, schreit der Mühlbauer dazwischen.

Dabei glitzern seine Schweinsäuglein, als ob er gerade das Christkind gesehen hätte. Der ist halt auch völlig narrisch, der Mühlbauer. Der lebt für seinen Beruf und freut sich über jeden Tatort, an dem er sich austoben darf.

»Schau, Dimpfelmoser, da hast wieder den gleichen Zettel mit deiner Bibelstelle wie gestern und ...«

»Es heißt denselben, Herr Mühlbauer«, sagt jetzt der Reindl, der zu uns getreten ist.

Wir starren ihn alle verständnislos an.

»Der gleiche und derselbe ist ein gewaltiger Unterschied. Da sollten wir schon korrekt bleiben, meine Herren.«

Kurz verschlägt es uns die Sprache.

»Reindl, hau bloß ab, sonst vergesse ich mich«, knurre ich ihn an.

Der will noch etwas sagen, aber als er meinen Blick sieht, verzieht er sich schleunigst wieder.

»Wir haben wieder nur lauter Kleinkram in den Taschen und eine Brieftasche ohne Ausweispapiere gefunden«, redet der Mühlbauer weiter. »Der Zettel mit deiner Bibelstelle ist da, und ansonsten hatte der Tote diesen leeren Flachmann hier in seiner Jacke.«

Er hält mir einen weiteren Beutel unter die Nase.

»Das ist einer vom Weinzinger, von der Schnapsbrennerei an der Landkreisgrenze«, sage ich. »Das ist seine Exklusivflasche, die kriegst nur direkt bei ihm im Laden zu kaufen.«

»Tragisch ist das, was mit dem seinen Sohn passiert ist, der liegt seit Freitag im Klinikum in Regensburg«, wirft der Kreithmeier ein. »Ist der Rudi nicht ein Bekannter von dir?«

»Wir sind zusammen in die Grundschule gegangen, der Rudi und ich. Aber dass der einmal einen Motorradunfall hat, das war zu erwarten, so wie der immer rumgerast ist.«

Von draußen nähert sich eine Sirene. Ich gehe raus und schau zu, wie die Sanitäter den immer noch zitternden und heulenden Bruno Fischer in den Krankenwagen verfrachten.

»Wo bringt's den hin, und wann kann ich den vernehmen?«, frage ich die Sanitäter.

»Mir fahren den ins Kreiskrankenhaus, aber mit dem Vernehmen, da müssen'S noch mindestens bis morgen warten«, erklärt mir einer der Sanitäter, und dann brausen sie auch schon wieder mit Blaulicht davon.

Das ist schon etwas übertrieben, weil es besteht ja keine akute Lebensgefahr für den Herrn Fischer. Aber wahrscheinlich freut sich der Fahrer genauso wie ich, wenn er endlich mal eine Gelegenheit hat, sein fahrerisches Können unter Beweis zu stellen. Jetzt steht schon wieder der Reindl da und tut ganz aufgeregt.

»Reindl, bist schon fertig mit deinen Befragungen?«

»Die sagen alle das Gleiche. Sie sind heute hierhergefahren, um die Baustelle zu begutachten, und dabei haben sie die Leiche entdeckt. Mehr kann keiner zur Sache sagen. Aber einer von denen ist im Polizeicomputer gespeichert«, platzt es gleich aus ihm raus. »Den haben die Kollegen vor einem Jahr wegen gefährlicher Körperverletzung verhaftet.«

Oha, das wird ja immer besser. Schon wieder einer, den wir kennen. Mein untrüglicher Instinkt sagt mir, dass da ein Zusammenhang besteht.

»Und drei der Bauarbeiter haben angeblich ihre Arbeitserlaubnis verloren, das müssen wir noch genauer überprüfen«, merkt der Reindl noch so nebenbei an.

Er erwartet wohl ein Lob von mir, dafür dass er seine Arbeit macht, aber da kann er lange warten.

»Du verhaftest die ganze Bande erst einmal und fährst mit denen zu unserem Revier. Die sperrst alle ein, und dann sollen sie sich bis morgen überlegen, was sie uns sagen, Reindl.«

Der Reindl wird kreidebleich.

»Wie verhaften, die sind zu sechst! Wie soll ich die denn alleine verhaften?«

»Geh, stell dich doch nicht so dumm an. Wofür warst denn auf der Polizeischule, wenn du dann gar nix praktisch kannst?«

Ich zücke meine Pistole und gehe langsam auf die Bauarbeiter zu. Die schauen mich unsicher an und werden gleich ganz nervös.

»So, ab in den Bus. Ihr seid's alle erst einmal verhaftet«, schrei ich sie an.

»Das dürfen Sie nicht«, wirft einer frech ein.

Und ob ich das darf. Ich bin wirklich wütend und

schieße ein paar Mal knapp an den Männern vorbei. Bei denen besteht akute Fluchtgefahr, und da darf ich das sehr wohl. Außerdem ist mir das sowieso wurscht, so geladen, wie ich inzwischen bin.

»Ab in den Bus und Maul halten«, schreie ich. »Hier geht es um zweifachen Mord und da habt's mitzukommen, habt's mich verstanden?«

Auf einmal sind sie ganz schnell und springen in ihren Bus.

»Reindl, raus mit deiner Pistole, und ab zu denen in den Bus«, kommandiere ich weiter. »Du fährst bei denen mit und bringst sie hinter Schloss und Riegel. Und wenn dir einer blöd kommt, dann schieß denen ein paar Löcher in ihren Scheißbus. Und jetzt ab mit dir, aber dalli.«

Widerspruchslos zückt der Reindl seine Pistole und setzt sich in den Bus. Ich drehe mich um und merke, dass der Kreithmeier, der Mühlbauer und seine Leute das ganze Spektakel staunend beobachten. Der Bus fährt endlich ab, und ich entspanne mich etwas.

»Gafft's nicht so blöd, habt's keine Arbeit mehr?«, blaffe ich sie an.

»Dimpfelmoser, du bist schon ein Sauhund«, sagt der Kreithmeier anerkennend. »Deine Einsätze sind besser als jeder Kinofilm, das kannst mir glauben.«

»Das freut mich, wenn ich zu eurer Unterhaltung beigetragen habe«, sage ich. »Meldet's euch, wenn ihr was für mich habt.«

Ich steige in mein Polizeiauto und verlasse mit quietschenden Reifen den Hungersacker. Für heute reicht es mir. Ich beschließe, Feierabend zu machen und nach Hause zu fahren. Gemächlich fahre ich mit offenem Fenster durch die Gegend. Noch ist es warm, obwohl sich die ersten Blätter schon langsam verfärben und den nahenden Herbst ankündigen. Da reißt mich das Klingeln meines Handys aus meiner Ruhe.

»Huber, was wollen Sie?«, frage ich, und mir schwant schon, dass da noch Arbeit auf mich zukommt.

»Dimpfelmoser, mein Lieber, ich habe es schon gehört. Zwei heimtückische Morde, die Sie da bearbeiten. Wie gehen denn die Ermittlungen voran? Haben Sie schon eine Spur?«

»Hab ich, Huber. Aber deswegen rufen'S wohl nicht an, oder?«

Er hüstelt und druckst erst einmal rum, bevor er zur Sache kommt.

»Dimpfelmoser, dass Sie mir ja die Sache mit dem Landrat nicht aus dem Auge verlieren. Wenn Sie Hilfe für die Mordfälle brauchen, schicke ich Ihnen gerne jemand zur Unterstützung. Aber dass Sie mir ja an der Sache mit dem Landrat und der Frau Distler dranbleiben.«

»Geht ihm der Arsch auf Grundeis, dem werten Herrn Landrat?«, frage ich ganz unschuldig dazwischen.

»Ich muss doch sehr bitten, Dimpfelmoser. Wie Sie sich wieder ausdrücken. Nicht nur dem Herrn Landrat ist unwohl, auch ich mache mir ernsthaft Sorgen, dass Ihre Ermittlungen unter dem Druck der Mordsache leiden. Ich muss Sie nicht daran erinnern, dass nichts an die Öffentlichkeit gelangen darf. Da verlasse ich mich auf Sie. Und übrigens habe ich mit dem Psychologen geredet. Er wäre bereit, Sie aus seiner Beobachtung zu entlassen, wenn Sie sich in der Sache mit dem Landrat keinen Fehler erlauben.«

»Ist der auch ein Spezi vom Landrat, oder haben'S was gegen den in der Hand, Huber?«

Es ist immer das Gleiche, eine Vetternwirtschaft ist das, da könntest glatt meinen, wir sind in irgendeinem korrupten Land in Südamerika oder Afrika und nicht in unserem schönen Bayern.

»Huber, ich kümmere mich gleich noch darum, dass eventuelles Beweismaterial nicht an die Öffentlichkeit kommt.«

»Sie haben freie Hand, Dimpfelmoser. Tun Sie einfach alles, was notwendig ist, damit die leidige Sache erledigt ist, und wie gesagt, ich verlasse mich auf Sie.«

Damit ist mein Feierabend auch wieder dahin. Ich fahre also zurück nach Wörth in die Taxisstraße und läute beim Zeitungsfritzen unseres lokalen Käseblattes. Stefan Winter, der gleichzeitig Besitzer, Reporter und Fotograf von der Zeitung ist, öffnet mir nichtsahnend die Türe. Als er mich sieht, will er sie mir vor der Nase zuschlagen, aber damit habe ich natürlich gerechnet, und mein Fuß verhindert es. Ich schmeiße mich mit meinem ganzen Gewicht dagegen, so dass der Winter rücklings in den Hausgang fliegt und unsanft auf dem Boden landet.

»Servus, Winter, hast schon mit meinem Besuch gerechnet?«

»Servus, Dimpfelmoser. Musst immer gleich so rabiat sein? Und warum hätte ich mit dir rechnen sollen? Ich habe nichts Ungesetzliches gemacht.«

»Du warst nicht zufällig am Sonntag bei der Jagdhütte vom werten Landrat?«, frage ich leise und beobachte genau seine Reaktion.

Seine Augen flattern kurz, dann hat er sich wieder im Griff.

»Du, wie kommst jetzt da drauf? Was hätte ich denn da machen sollen?«

»Winter, erzähl mir keinen Scheiß, sondern die Wahrheit. Wo warst du am Sonntagvormittag und -mittag?«

»Hier war ich, Dimpfelmoser. Ich muss halt auch am Sonntag arbeiten, damit meine Zeitung rechtzeitig am Donnerstag erscheinen kann.«

»Hast da einen Zeugen?«

»Ich arbeite immer alleine, da habe ich also auch keinen Zeugen. Aber sag einmal, was du eigentlich von mir willst. Ich mache normale Recherchen, und das ist ja nicht verboten, oder?«

»Wenn du nix Verbotenes gemacht hast, dann kannst mir ja auch sagen, ob du beim Landrat seiner Hütte warst oder nicht.«

»Ich muss dir gar nichts sagen, Dimpfelmoser. Ich habe nichts angestellt und nichts Ungesetzliches gemacht. Also verschwinde hier, und lass mich in Ruhe mit deinem Schmarrn.«

So braucht er mir nicht kommen, der windige Schreiberling. Ich packe ihn gleich einmal an seinen eh zu langen Haaren und schüttle ihn etwas unsanft hin und her, damit er weiß, mit wem er es zu tun hat.

»Winter, wo sind die Fotos, die du doch sicherlich gemacht hast?«

»Welche Fotos meinst jetzt?«, fragt er etwas verunsichert und schaut mich ängstlich an.

»Winter, ich weiß, dass du der Spanner hinter dem Busch warst. Nur du frisst eine Leberkässemmel und rauchst gleichzeitig dieses Kraut, das bis zum Arber rauf stinkt, obwohl du zweihundert Kilometer entfernt davon bist. Damit kannst einen ausgewachsenen Ochsen umbringen.«

»Und selbst wenn ich da war, das ist nicht verboten.«

»Du elender Spanner«, schreie ich ihn an. »Mir ist des völlig wurscht, ob des verboten ist oder nicht. Andere bei ihren Sexspielchen beobachten und auch noch fotografieren, das ist doch wirklich das Hinterletzte, auch wenn es der depperte Landrat ist, zefix. Und im Übrigen ist das Landfriedensbruch, wenn du dich da unerlaubt auf dem seinen Grundstück rumtreibst, und das ist sehr wohl verboten.«

»Es ist meine Aufgabe, die Bevölkerung über die moralische Integrität ihrer Amtspersonen aufzuklären«, fängt er gleich wieder an.

»Vielleicht sollte ich einmal deine Frau über deine moralische Integrität aufklären, Winter. Die interessiert sich sicherlich brennend dafür, was du da draußen beim ›La Luna‹ zu suchen hast.«

Jetzt ist er still, und unter seinem Schädeldach arbeitet es. Ich habe ja keine Ahnung, ob der wirklich auch im ›La Luna‹ war. Ich habe beim Spazierengehen in der Nacht, wenn ich nicht schlafen kann, öfter sein Auto in der Nähe gesehen. Aber scheinbar liege ich mit meiner Vermutung goldrichtig, weil er handzahm wird und einlenkt.

»Was willst du also, Dimpfelmoser?«

»Du gibst mir alle Fotos, die du gemacht hast, und löschst alle Bilder und Artikel, die du bisher über den Vorfall geschrieben hast, von deinen Festplatten. Du veröffentlichst nichts über den Landrat und sagst mir, wer der zweite Mann war.«

»Wen meinst da?«, fragt mich der Winter irritiert.

Jetzt langt es aber. Stellt der sich wieder so blöd, anstatt bei der Wahrheit zu bleiben. Ich hole meine Pistole aus dem Halfter und ziele auf seine teure Kamera, die auf dem Schreibtisch liegt.

»Winter, hör halt auf mit der Lügerei, ich weiß, dass du nicht alleine warst, und jetzt sagst mir den Namen von dem Mann, aber dalli.«

»Dimpfelmoser, ich schwöre«, kreischt er, »da war kein zweiter Mann dabei. Ich war alleine, und außer dem Landrat mit seiner Geliebten war niemand vor Ort. Darauf gebe ich dir mein Wort.«

Das muss ich ihm wohl glauben. Wahrscheinlich war der erste Mann, den die Sophia gesehen hat, tatsächlich früher da und schon wieder weg, als der Winter erschienen ist. Das macht die Sache etwas komplizierter, weil ich natürlich nicht weiß, ob der andere nicht auch ein Paparazzo war und schon irgendwohin seine Schmuddelbildchen verkauft hat.

»Wirf deinen Computer an, und gib mir die Speicherkarte von deinem Fotoapparat. Und dann schaue ich dir zu, wie du alles löschst.«

Widerstandslos gibt er mir eine Speicherkarte und löscht einige Dateien von seinem Rechner. Wahrscheinlich hat der so Angst vor seiner Frau, dass er alles tun würde, damit er nicht auffliegt. Ehrlich gesagt, vor diesem Bomber würde ich mich auch fürchten. Aber sie ist halt reich, und von ihrem Geld lebt auch der Stefan Winter. Mit seinem blöden Käseblatt, da verdient der ja so gut wie nichts. Im Wirtshaus geht das Gerücht um, dass er finanziell völlig von ihr abhängig ist.

»Winter, ein Sterbenswörtchen an die Öffentlichkeit und ich schieße dir deinen Laden hier kurz und klein, da kannst dich darauf verlassen. Und deiner Frau müsste ich dann auch die Wahrheit sagen, hast mich verstanden?«

»Dimpfelmoser, du mieser Hund, so was nennt man

Erpressung«, quetscht er zwischen seinen Zähnen heraus.

»Nenn es, wie du willst, Winter. Da bist schon selber schuld, wenn du deine Hormone nicht im Griff hast, gell«, verabschiede ich mich.

Gerade als ich ins Auto einsteige, läutet schon wieder mein scheiß Telefon. Ich weiß schon, warum ich das normalerweise nicht mitnehme, aber während einer laufenden Mordermittlung, da bleibt mir halt nichts anderes übrig.

»Xaver, mein Held«, flötet mir die Jutta ins Ohr.

Die hat mir gerade noch gefehlt. Bevor ich noch etwas sagen kann, säuselt sie schon weiter.

»Ich habe schon gehört, wie souverän und männlich du heute wieder warst.«

Hat der Kreithmeier wieder mal sein Maul nicht halten können, denke ich mir.

»Komm doch noch bei mir in der Pathologie vorbei. Ich mache gleich Feierabend, und wir könnten uns einen schönen Abend machen, Xaver. Ich sehne mich so nach deinen starken Armen.«

»Jutta, vergiss es halt einfach. Such dir einen anderen, und hör endlich auf, mich zu stalken, sonst werde ich echt ungemütlich«, schreie ich ins Telefon.

Das war leider wieder falsch, merke ich sofort, weil die Jutta halt nicht ganz dicht ist.

»Xaver, ich liebe es, wenn du so wütend bist. Da spüre ich deine animalische, unterdrückte Kraft. Lass mich dir dabei helfen, deine schlummernden Kräfte ganz zu entfesseln.«

»Leck mich doch am Arsch«, schrei ich ihr noch ins Telefon und beende die Verbindung.

Das war sicher auch wieder falsch, wahrscheinlich nimmt sie das wörtlich und stachelt ihre Fantasie nur noch mehr an. Tatsächlich kommt sofort eine SMS von ihr: »Xaver, wenn du das möchtest, jederzeit«, schreibt sie mir. Die schreckt echt vor nichts zurück, die ist gemeingefährlich und gehört weggesperrt. Aber darum kann ich mich nicht auch noch kümmern. Ich schalte das Handy, das schon wieder klingelt, aus. Jetzt mache ich aber Feierabend. Der Tag war lang genug, und die blöde Jutta hat mir echt den Rest gegeben. Nix als Ärger hat man mit der.

Zu Hause hat mir die Eva eine Gulaschsuppe gekocht, die ich mir genüsslich mit einer Halben Bier schmecken lasse. Nach einer ausgiebigen Dusche schalte ich meinen Computer ein und lege die Speicherkarte vom Winter ein, die ich konfisziert habe. Mal schauen, ob sich darauf etwas Verwertbares befindet. Ich kann zuerst gar nicht glauben, was ich dann zu sehen bekomme: lauter gestochen scharfe Bilder vom Landrat und der Sophia. Und auf allen Bildern sind die beiden nackt in eindeutigen Posen abgebildet. Ich verschlucke mich vor Schreck an meinem zweiten Bier und bekomme einen fürchterlichen Hustenanfall. Die Eva kommt in mein Zimmer gerannt, um zu schauen, ob ich gerade ersticke oder anderweitig Hilfe brauche. Als sie die Bilder auf meinem Computer sieht, erstarrt sie mitten in der Bewegung. Sie dreht ihren Kopf in Zeitlupe zu mir her und schaut mich an, als wäre ich auf den Fotos abgebildet.

»Xaver, das hätte ich nicht von dir erwartet, dass du dir heimlich so schmuddelige Porno- und Sexbilder anschaust. Mir erzählst du immer, dass das nicht so einfach ist bei dir mit dem Sex, aber an so dreckigen Bildchen kannst dich schon aufgeilen. Hast es so nötig?«

Sie wirft mir noch einen vernichtenden Blick zu und verlässt mein Zimmer. Oha, wie soll ich ihr das jetzt erklären? Wenn sie einmal eingeschnappt ist, dann wird es schwierig mit ihr, aber das habe ich ja schon erwähnt. Da muss ich gleich einschreiten, weil ich einen Stress mit der Eva nach dem heutigen Tag nicht auch noch brauchen kann. Also gehe ich rüber zu ihr und klopfe an ihre Türe.

»Hau ab, du Lustmolch«, schreit sie durch die Türe, gefolgt von einem theatralischen Schluchzen, das den Himalaja zum Zittern bringen würde.

»Eva, mach die Türe auf, und lass dir erklären, was das für Bilder sind. Das ist sichergestelltes Beweismaterial. Das muss ich mir doch dienstlich anschauen.«

»Dienstlich Pornobilder anschauen? Ja glaubst, ich bin völlig verblödet?«, schreit sie noch lauter und schluchzt hemmungslos weiter.

Jetzt langt es, ich werfe mich gegen die Tür, die mit einem Krach aufspringt. Das Schloss ist hinüber, aber da kann man auch nichts machen.

»Eva, du hörst mir jetzt zu, ob dir des passt oder nicht«, herrsche ich sie an und setze mich zu ihr auf das Bett.

Dann erzähle ich ihr die ganze Geschichte. Auf die Eva kann ich mich da verlassen. Sie kann schweigen wie ein Grab, wenn es um Dienstgeheimnisse geht. Während ich ihr den ganzen Hergang schildere, hört sie langsam auf mit ihrem Geflenne und rückt immer näher. Dann küsst sie mich unvermittelt mitten auf den Mund und drückt sich an mich, dass mir ganz heiß wird. Erschrocken springe ich auf und renne zu mir rüber. Diesmal bin ich es, der die Verbindungstüre zwischen unseren Wohnungen absprerrt. Verwirrt sinke ich in mein Bett und kann lange nicht einschlafen.

Kapitel 5

Dienstag, 6.00 Uhr

Am nächsten Morgen wache ich etwas früher auf als gewöhnlich. Ich lausche in die Dunkelheit, aber von der Eva ist nichts zu hören. Leise schleiche ich mich in mein Bad. Hernach kommt ja die schöne Sophia zu mir in mein Büro. Da möchte ich natürlich auch einen guten Eindruck machen. Also gehe ich zuerst unter die Dusche und drehe das Wasser an. Vor mir sehe ich schon die Sophia, da trifft mich ein eiskalter Strahl mitten ins Gesicht.

»Kruzenesen, was ist mit dem warmen Wasser los!«, schreie ich erschrocken und springe aus der Dusche.

Nackt wie ich bin laufe ich zum Boiler und muss feststellen, dass der nicht eingeschaltet ist. Ich drehe am Regler und drücke auf den Einschaltknopf, aber nichts rührt sich. Das Scheißteil ist wohl hinüber, denke ich mir, und meine Laune sinkt in den Keller. Dann halt kalt duschen, obwohl ich das hasse. Gerade als ich mich umdrehe, steht die Eva feixend im Gang und lacht mich aus.

»Geh, Xaver, was rennst denn heute schon splitternackt durch die Wohnung? Das ist doch sonst nicht deine Art, oder schaust dir wieder deine Pornobildchen an?«

»Hast du den Boiler ausgeschaltet?«, ist alles, was ich rauskriege.

»Geh, die Sicherung ist halt geflogen, die musst halt wieder reinmachen.«

Sie grinst mich noch immer an, und ich bin mir sicher, dass sie es war. Wahrscheinlich hat sie gestern, nachdem sie aus meinem Zimmer gerannt ist, die Sicherung rausgetan, weil sie ganz genau weiß, dass ich da überhaupt keinen Spaß verstehe, wenn ich mich nicht gescheit und ausgiebig duschen kann. Sie ist halt nachtragend, und ihre Art, sich zu rächen, ist manchmal nicht besonders lustig.

»Eva, das ist gar nicht witzig, ich habe es eilig, ich muss zum Dienst«, rufe ich ihr nach, aber sie hört es gar nicht mehr, weil sie sich lauthals lachend in ihren Teil der Wohnung zurückgezogen hat.

Ich gehe also auf den Hausflur zum Sicherungskasten, und tatsächlich ist die Sicherung draußen. Ich schalte sie wieder ein und drehe mich um, da steht die Frau Kramer aus dem zweiten Stockwerk mit weit aufgerissenen Augen vor mir und starrt mir zwischen die Beine.

»Frau Kramer, die Sicherung ...«, erkläre ich lahm, während die alte Schachtel ganz glänzende Augen bekommt und mich immer noch ungeniert anstarrt.

»Xaver, so ein Prachtstück habe ich ja schon lange nicht mehr gesehen«, erklärt sie mir und kichert dabei wie ein pubertierendes Schulmädchen. »Da hast mir eine echte Freude gemacht mit meinen 89 Jahren.«

Spinnen die Weiber denn alle?, frage ich mich und

verziehe mich schleunigst wieder in meine Wohnung. Jetzt ist aber höchste Eile geboten. Ich quäle mich unter die kalte Dusche, ziehe mein kariertes Lieblingshemd an, das die Eva schon wieder sauber gewaschen und gebügelt hat, und laufe um acht Uhr ohne zu frühstücken rüber in die Dienststelle.

Dort verschlägt es mir erst einmal die Sprache. Der Oberberger, den ich als Erstes sehe, schaut aus, als wäre ein Panzer über ihn gefahren. Seine Uniform ist an mehreren Stellen zerrissen, und sein Gesicht, das er sich mit einem Eisbeutel kühlt, ist geschwollen wie ein praller Luftballon.

»Was ist denn mit dir passiert?«, frage ich besorgt.

Da kommt der Viereck gerade rein, der an der Stirn blutet.

»Abhauen wollt die Saubande, die verreckte«, schreit er. Ich sehe, dass ihm auch ein Schneidezahn fehlt.

»Aber mia haben alle wieder eingesperrt, da kennen mia nix.«

Jetzt grinst auch der Oberberger trotz seiner lädierten Gesichtszüge. Mir schwant nichts Gutes, und ich gehe zu den Arrestzellen. Eine Türe steht offen, und ich erkenne sofort, dass sie aufgebrochen worden ist. Ich werfe einen Blick in die Zelle daneben, in der jetzt die sechs verhafteten Bauarbeiter sitzen. Auch hier hat jeder eine Beule, ein geschwollenes, blutiges Gesicht oder zerrissene Kleidung. Als sie mich sehen, fangen sie gleich lauthals zu schimpfen an und verlangen einen Arzt und einen Anwalt.

»Abhauen wolltet's also. Das schaut dann gar nicht gut aus für euch«, rufe ich in die Zelle und ignoriere ihre Forderungen geflissentlich. Ich gehe wieder zu meinen Männern und lasse mir erst einmal berichten, was überhaupt passiert ist.

»Der Reindl, der Depp, hat die doch gestern alle eingesperrt. Wir haben ihnen alles abgenommen, was sie bei sich gehabt haben. Aber der Reindl hat sich geziert und keine gescheite Leibesvisitation gemacht, und da hat dann einer einen Schraubenzieher mit reingeschmuggelt. Das Ergebnis siehst ja. Die haben die ganze Nacht am Schloss rumgefummelt, und gerade als wir heute früh gekommen sind, wollten sie abhauen«, erzählt der Viereck.

»Wir haben uns natürlich gleich auf sie gestürzt und sie gescheit verdroschen«, erzählt der Oberberger weiter, »da ist ihnen das Fliehen gleich wieder vergangen, und dann haben wir sie alle wieder eingesperrt.«

Das hätte ich mir ja denken können, dass der Reindl nicht mal eine Verhaftung gescheit hinbekommt.

»Wo ist er denn, der Reindl?«, frage ich.

»Der legt dir gerade die Berichte aus der Pathologie auf den Schreibtisch, die sind heute Morgen schon abgegeben worden«, sagt der Viereck. »Einen schönen Gruß von einer Jutta soll ich dir ausrichten, sie hat extra für dich die Nacht durchgearbeitet, damit du gleich am Morgen an sie denkst.«

Der Reindl kommt wie ein begossener Hund reingeschlichen.

»Es tut mir leid, Chef«, nuschelt er.

»So, es tut dir also leid?«, schreie ich ihn an. »Du Hornochse, du depperter, kannst denn gar nix richtig machen? Aber da hältst deinen Kopf beim Huber selber hin, dass das klar ist! Du schreibst einen Bericht, und da wird nichts beschönigt.«

Wie ein kleiner Schulbub steht er da mit hochrotem Kopf und stiert den Boden an. Fast tut er mir ein bisschen leid, aber das hilft auch nix mehr, da muss er selber schauen, wie er aus der Sache wieder rauskommt.

Während ich noch überlege, wie ich mit der Situation umgehen soll, läutet die Sophia schon an der Türe.

»Männer, holt's erst einmal den Dr. Sattler, der soll euch und die Bande dahinten untersuchen, nicht dass noch jemand ernsthaft verletzt ist. Aber seid's nicht zimperlich mit denen.« Alle drei nicken, dann kann ich mich endlich der Sophia widmen. Galant öffne ich ihr die Türe.

»Herr Kommissar, Sie sind aber fesch heute«, flötet sie gleich und drückt mir einen Kuss auf die Backe.

Sofort spielen meine Hormone wieder verrückt. Wie macht die das bloß? Ich mag ja den Anblick schöner Frauen gerne, aber die haben normalerweise keine solche Wirkung auf mich.

»Frau Distler, wie schön, Sie zu sehen«, hauche ich. »Jetzt kommen'S erst einmal herein, und dann machen wir uns gemeinsam an die Arbeit.« Ich reiche ihr die Hand und führe sie in mein Zimmer, vorbei an den lädierten Kollegen.

»Schauen Ihre Kollegen immer so aus?«, fragt sie leicht irritiert.

»Nein, nein, liebe Frau Distler. Meine Männer haben nur unter meiner Leitung eine Verbrecherbande dingfest gemacht, und da geht es schon einmal etwas härter zur Sache.«

»Eine Verbrecherbande? Du bist ja ein richtiger Held, Xaver«, flötet sie wieder und geht ganz selbstverständlich zum ›Du‹ über. »Du kannst mich ruhig Sophia nennen, da sind wir doch gleich viel intimer.«

Dabei wirft sie mir einen Blick zu, dass mir gleich wieder ganz anders wird.

»Willst etwas trinken, bevor wir mit der Arbeit anfangen?«, frage ich sie galant.

»Einen Prosecco, wenn du für mich hättest ...«

Einen Prosecco habe ich jetzt natürlich keinen in der Dienststelle.

»Tät's ein Mineralwasser oder ein Kaffee auch, Sophia?«, frage ich sie.

»Geh, Xaver, wir müssen doch auf das ›Du‹ und deinen Erfolg bei der Verbrechensbekämpfung anstoßen«, säuselt sie weiter. »Hol doch schnell einen vom Feinkost Ruppert nebenan, die haben meine Lieblingsmarke, den Valdo Marca Oro.«

Die ist so scharf, ich kann der einfach keinen Wunsch abschlagen.

»Warte hier, ich bin sofort zurück«, rufe ich und laufe schnell rüber zum Ruppert.

»Einen Valdo Marca Oro, aber dalli«, blaffe ich die Frau Ruppert an. »Und zwei Gläser dazu.«

»Soll ich Ihnen das einpacken?«

»Wieso einpacken, ich will den trinken«, antworte ich irritiert.

»Herr Dimpfelmoser, dürfen Sie das denn überhaupt im Dienst?«, fragt sie mich und schaut mich missbilligend an.

»Jetzt geben'S das Zeug schon her, ich habe es eilig«, blaffe ich zurück.

Sie schiebt mir die Flasche und die Gläser rüber.

»Macht dann 39,95 Euro.«

Ich glaube, ich habe mich verhört. Für so einen Prosecco und zwei lausige Gläser 39,95 Euro. Da könnte ich ja 15 Halbe dafür trinken. Aber das ist auch egal. Ich knalle ihr 40 Euro auf den Tisch und laufe schleunigst wieder zurück in die Dienststelle. Die Sophia hat es sich inzwischen auf meinem Sessel hinter meinem Schreibtisch bequem gemacht. Ich öffne die Flasche, und wir stoßen zuerst einmal an. Sie besteht auf einen Bruderschaftskuss, und so saugen wir uns kurz aneinander fest. Sie will mir ihre Zunge zwischen die Zähne schieben, aber das geht mir doch zu weit, ich will ja nicht mit ihr rumschmusen, auch wenn sie so ein heißer Feger ist. Aber da bin ich eisern und habe so meine Prinzipien.

»Jetzt machen wir zwei uns an die Arbeit«, sage ich und schiebe sie etwas von mir weg.

Sie rückt gleich wieder zu mir, aber ich stehe auf und sorge für klare Verhältnisse.

»Sophia, wir machen jetzt gemeinsam das Phantombild. Dafür bist du ja gekommen«, sage ich und versuche, möglichst bestimmt zu klingen.

Sie ist gleich merklich kühler und geht auf Abstand. Das ist sie scheinbar nicht gewohnt, dass sie ein Mann zurückweist. Aber wo kommen wir denn da hin, wenn ein jeder mit jedem rumschmust. Wenn ich mir vorstelle, dass da vorgestern noch der Landrat rumgesaugt hat, ja, da legst dich nieder.

»Dann machen wir uns halt an die Arbeit«, mault sie. »Wenn dir das lieber ist als meine Nähe.«

Das ist mir lieber, aber garantiert. Ich fahre den Rechner hoch und starte das Malprogramm vom Heinz. Alles funktioniert prima, und in kürzester Zeit haben wir das Phantombild von dem Mann, der vor dem Winter da war.

»Genauso sah er aus«, freut sich die Sophia und tut wieder ganz normal. »Ich bin mir sicher, dass so ein wundervoller Kommissar schnell diesen Mann findet«, flötet sie weiter, während sie einen Blick auf die Uhr wirft und aufspringt. »Jetzt muss ich aber schnell nach Hause, lieber Xaver. Mein Mann kommt heute von seiner Geschäftsreise zurück, und da möchte ich ihn natürlich gebührend in Empfang nehmen.«

Sie verabschiedet sich, schüttet noch schnell ihren Prosecco in sich hinein, und dann ist sie auch schon verschwunden. Ich lasse das Bild erst einmal durch unsere Verbrecherdatei laufen, und siehe da, der Sauhund ist tatsächlich gespeichert. Es handelt sich um den sogenannten »blonden Willi«, den die Regensburger Kollegen schon öfter verhaftet haben. Er wurde in der Vergangenheit wegen Diebstahls, schwerer Körperverletzung und Zuhälterei schon mehrmals verurteilt. Ich gehe rüber zum Reindl, der immer noch völlig geknickt hinter seinem Computer sitzt, und gebe ihm das Bild.

»Reindl, den lässt jetzt zur Fahndung ausschreiben wegen der Morde.«

»Was hat der damit zu tun?«, fragt er irritiert.

»Der hat was mit der Geheimsache vom Landrat zu tun, aber das können mir ja nicht offiziell in die Fahndung reinschreiben, sonst ist es ja gleich vorbei mit dem Geheimnis. Machst einen Vermerk dazu, dass nur der Huber persönlich oder ich den vernehmen dürfen.«

»Aha«, sagt er nur und gibt den blonden Willi in die Fahndungsliste ein.

»Keine schlimmen Verletzungen, Dimpfelmoser«, schreit mir plötzlich der Doktor Sattler ins Ohr, der ohne anzuklopfen einfach eingetreten ist. Der hat einfach keinen Respekt vor Amtspersonen, aber so war er schon immer.

»Du brauchst dir keine Sorgen zu machen, Dimpfelmoser. Alles nur kleinere Verletzungen, die heilen ganz von alleine wieder«, und schon rauscht auch der wieder ab.

»Dann machen wir in fünf Minuten eine Dienstbesprechung, Reindl«, sag ich und laufe in mein Zimmer.

Dort will ich noch schnell den Prosecco und die Gläser wegräumen, aber da geht die Türe schon auf, und der Viereck und der Oberberger poltern herein.

»Dimpfelmoser, du bist mir ja einer«, grinst der Viereck.

»Prosecco im Dienst, da brauchst aber nicht glauben, dass wir uns weiter an dein Alkoholverbot halten, wenn du ...«

»Ihr Deppen«, fahre ich sie an. »Der war doch nicht für mich, sondern für die Sophia, damit die eine gescheite Aussage machen kann.«

»Hast was mit der laufen, Xaver?«, tut mir gleich der Viereck her.

Zum Glück kommt der Reindl in mein Zimmer, sonst hätte ich mich glatt vergessen und dem Viereck eine in seine eh schon geschwollene Fresse gelangt.

»Also, Männer, was haben wir bisher an Ermittlungsergebnissen?«, frage ich in die Runde, und wie zu erwarten, macht nur der Reindl den Mund auf.

»Eigentlich haben wir so gut wie gar nichts. Wir wissen nur, dass der erste Tote niedergeschlagen und gefesselt und ihm das Blut aus dem Körper gesaugt wurde. Wir können davon ausgehen, dass der zweite Tote vom selben Täter ermordet wurde, das lässt zumindest die genau gleiche Vorgehensweise vermuten. Die Berichte aus der Pathologie sind vorhin erst gekommen, von der Spurensicherung sind die Ergebnisse bis in einer Stunde zugesagt. Ansonsten wissen wir, dass der Herr Fischer den zweiten Toten, den Helmut Meier, wegen gefährlicher Körperverletzung angezeigt hat. Aus bisher nicht bekannten Gründen hat er die Anzeige allerdings wieder zurückgezogen. Da haben wir aber noch nicht weiter recherchiert, und der Herr Fischer schweigt zu der Angelegenheit. Und dann gibt es noch diesen ominösen dritten Mann, über den wir aber nichtswissen.«

»Des könnt ja ein satanischer Serienmörder sein«, wirft der Viereck ein.

»Erspare uns deine unsachlichen Bemerkungen, und lass mich erst einmal alles zusammenfassen«, fährt der Reindl gleich wieder dazwischen. »Die Spurensicherung hat am Fundort der Leichen nichts gefunden, was uns irgendeinen Hinweis gibt.«

»Wir haben also wirklich nichts«, bemerke ich. »Der einzige Punkt, an dem wir ansetzen können, ist die Anzeige wegen Körperverletzung. Da klemmst dich jetzt dahinter, Reindl, und schaust, dass wir die Akte hierherbekommen.«

»Und wir, was sollen wir machen?«, fragt der Viereck und glotzt mich wie ein Ochse an.

»Ihr zwei Helden macht's das, was ihr immer macht. Ihr geht's jetzt auf Streife und haltet die Augen und die Ohren offen. Redet's mit den Leuten, aber bitte unauffällig, vielleicht ist ja irgendjemand was aufgefallen. Falls was ist, dann ruft's mich auf dem Handy an. Ich fahre noch einmal zur Rosi raus, vielleicht fällt der noch etwas ein«, sage ich und verlasse meine Männer. »Und passt's mir gut auf die Gefangenen auf, dass die nicht wieder abhauen.«

Die Rosi freut sich riesig, mich schon wieder zu sehen.

»Xaver, magst einen Kaffee, der schmeckt dir doch so gut?«

Da sage ich nicht nein.

»Gern, Rosi, wenn es nicht zu viel Arbeit ist für dich.«

»A geh, Xaver, einen Kaffee, des mach ich doch gerne für dich«, und schon ist sie in der Küche verschwunden.

Kurz darauf kommt sie mit einer dampfenden Kanne wieder zurück und hat noch einen Gugelhupf dabei, da läuft mir doch gleich das Wasser im Mund zusammen. Gott sei Dank ist der Reindl nicht dabei, dann bleibt für mich mehr übrig.

Während wir Kaffee trinken und den Gugelhupf genießen, erzählt die Rosi erst einmal ein wenig von früher, als sie noch jung war und mit der Oma den Männern den Kopf verdreht hat. Ich lasse sie reden und kaue genüsslich am Gugelhupf, bis nichts mehr da ist. Dann muss ich doch noch dienstlich werden und die Ausführungen von der Rosi unterbrechen.

»Du, Rosi, jetzt hätt ich noch ein paar Fragen zu den Verbrechern, die bei dir gewohnt haben, weil der zweite inzwischen auch ermordet worden ist.«

»Xaver«, schreit sie, »da habe ich ja richtig Glück gehabt, dass mir nichts passiert ist. Das ist ja nicht ganz ungefährlich, mit solch einem Gesindel unter einem Dach zu wohnen.«

»Jetzt sind's ja nicht mehr gefährlich, sondern tot. Aber was ich dich fragen wollte: Ist dir vielleicht inzwischen noch irgendwas eingefallen, was wir noch nicht wissen?«

Die Rosi überlegt angestrengt und schüttelt dann den Kopf.

»Xaver, ich bin zwar alt, aber mein Hirn, das funktioniert noch prima. Ich habe dir alles gesagt, was ich weiß.«

»Ja dann danke für den Kaffee, und wenn du dich noch an was Wichtiges erinnerst, dann meldest dich bei mir.«

Ich erhebe mich und will schon gehen, da fällt mir noch was ein. Also ziehe ich das Fahndungsbild vom blonden Willi aus der Tasche und halte es der Rosi unter die Nase.

»Rosi, kennst den vielleicht?«

Sie schaut sich das Bild genau an.

»Das ist der dritte Mann, der die Kamera mitgenommen hat.«

»Wie kommst denn darauf, du hast den doch bloß von hinten gesehen?«

»Xaver, er ist es, da bin ich mir ganz sicher, jetzt wo ich das Bild sehe. Ich habe ganz kurz den Kopf von der Seite gesehen, und schau dir die Narbe an, die da vom Hals zur Backe raufläuft. An die erinnere ich mich wieder ganz genau.«

»Rosi, jetzt hast mir echt geholfen, da hast was gut bei mir. Aber nicht dass du glaubst, ich lasse dir das noch einmal durchgehen, wenn du wieder jemand nicht anmeldest.«

»Xaver, das ist doch Ehrensache«, grinst sie mich an, und dann brause ich wieder zurück nach Wörth.

Irgendwie verstehe ich langsam gar nichts mehr. Was hat der blonde Willi mit den Ermordeten zu tun? Der ist doch in die Affäre mit dem Landrat verwickelt, und jetzt kennt der plötzlich unsere zwei Toten und war vielleicht sogar einer der Letzten, der die lebend und wohlauf gesehen hat. Vielleicht ist es ja nur ein Zufall, dass die sich kennen, aber mein Instinkt sagt mir, dass da mehr dran ist. Aber mehr als nach dem zu fahnden, können wir da momentan nicht tun.

Als ich um halb zwei Uhr die Dienststelle betrete, sitzen die anderen drei schon wieder am Konferenztisch. »Seid's schon fertig mit euren Vernehmungen und Recherchen?«, frage ich sie.

»Die Vernehmungen haben nichts ergeben. Gerade als wir anfangen wollten, ist so ein geschleckter Rechtsverdreher reinmarschiert. Er ist von der Baufirma von denen«, berichtet der Reindl. »Drei hat er gleich wieder mitgenommen, der Mistsack. Gegen zwei liegt nichts vor, und der Dritte ist zwar vorbestraft, aber wir hatten keine Möglichkeit, sie länger hierzubehalten, weil sie ja eigentlich nicht verdächtig sind und wir nichts gegen sie in der Hand haben«, redet der Reindl weiter. »Und nachdem der Rechtsanwalt die Männer mitgenommen hat, haben die übrigen drei plötzlich die Aussage verweigert und so getan, als ob sie uns nicht verstehen würden.«

Der Oberberger und der Viereck schweigen wie immer, und nur an ihrer Mimik und ihrem dämlichen Kopfnicken oder -schütteln erkennt man, dass sie überhaupt bei der Sache sind.

»Und was ist mit den restlichen drei Bauarbeitern, wieso sind die noch da«, frage ich, »gegen die haben wir schon was in der Hand?«

»Die drei haben falsche Papiere und keine Arbeitserlaubnis, drum können wir die hierbehalten. Der Herr Rechtsanwalt behauptet zwar, dass es sich dabei sicherlich um ein Missverständnis handelt, weil die Firma

Schwarzer-Bau keine Illegalen beschäftigt und seriös ist, aber das kann er seiner Großmutter erzählen.«

»Da ist was oberfaul«, werfe ich ein.

»Des stinkt bis zum Himmel«, lässt sich jetzt auch der Oberberger herab, etwas zum Gespräch beizutragen.

»Oberberger, hol die Berichte aus der Pathologie her, dann schau'n mir, ob uns die weiterhelfen«, fahre ich ihn an, um weitere unnütze Kommentare zu vermeiden.

»Warum ich, die kann doch auch der Viereck holen«, mault der.

»Hol sie einfach, bevor ich mich vergesse. Und du, Reindl, du suchst die Adresse von der sauberen Baufirma, und da fahren wir dann hernach raus.«

Die beiden trotten los, während der Viereck nur weiter vor sich hin stiert. Manchmal bezweifle ich wirklich, dass der Oberberger und der Viereck einen IQ von mehr als 80 haben. Aber was willst machen, gutes Personal ist eben nicht so leicht zu finden heutzutage. Und etwas Gutes haben die beiden ja wirklich. Sie kennen Gott und die Welt hier und sind mit fast jedem über ein paar Ecken verwandt. Die Leute vertrauen ihnen, und das ist bei den Sturköpfen hier in der Gegend oft mehr wert als alles andere.

»Die Adresse hab ich«, rauscht der Reindl wieder rein. »Und stellt euch vor, wer als Besitzer eingetragen ist.«

Dann sagt er wieder nix mehr, der Depp.

»Raus damit, oder meinst, mir spielen hier heiteres Beruferaten«, schnauze ich ihn an.

»Ein Heribert Schwarzer. Und dieser werte Herr ist auch kein Unbekannter. Er ist im Zusammenhang mit über 20 Straftaten immer wieder verhaftet worden, aber bisher konnte ihm nie etwas nachgewiesen werden. Im

Rotlichtmilieu von Regensburg ist der wohl auch eine Größe.«

Der Oberberger ist immer noch nicht aus meinem Zimmer zurück, also gehe ich nachschauen, wo er bleibt. Als ich ins Zimmer eintrete, fällt mir die Klappe runter, und ich starre ungläubig den Oberberger an, wie er gerade die letzten Tropfen von meinem Prosecco aus der Flasche trinkt.

»Bist du jetzt völlig narrisch! Du bist im Dienst, und der Prosecco gehört mir!«, schrei ich ihn an.

Der Oberberger setzt langsam die Flasche ab, lächelt glücklich und lässt einen Rülpser raus, da kommt kein röhrender Hirsch mehr mit.

»Xaver, des ist das beste Zeug, des ich seit langem getrunken habe«, sagt er und geht lächelnd an mir vorbei. Dabei drückt er mir die Berichte von der Pathologie in die Hand, und mit einem erneuten Rülpser setzt er sich wieder hin, als ob nichts gewesen wäre. Da fällt mir auch nix mehr ein, und deshalb überfliege ich erst einmal die Obduktionsberichte. Im ersten steht auch nichts drin, was uns weiterhelfen würde. Der zweite Bericht enthält nur ein paar belanglose Stichpunkte und eine Nachricht von der Jutta: *Mein liebster Xaver, wenn du die genauen Details des Berichtes haben willst, dann musst du schon persönlich bei mir vorbeikommen. Ich freue mich schon auf dich. Deine Jutta.*

Da legst dich echt nieder. Das Weib hat die Tollwut. So jemand ist doch gemeingefährlich, wie die unschuldige Menschen nervt. Aber da kümmere ich mich später drum, jetzt müssen wir erst einmal zur Baufirma Schwarzer fahren.

Nach einer halben Stunde Fahrt, diesmal ohne Blaulicht, erreichen wir endlich das abgelegene Firmengelände vom Heribert seiner Firma.

»Das schaut eher aus wie eine Festung«, stellt der Reindl fest.

»Mindestens zweieinhalb Meter hoch ist der Maschendrahtzaun«, schätze ich. »Und siehst die Kameras? Die überwachen das ganze Gelände. Wenn die ganz sauber sind, dann fress ich einen Besen.«

Das Zufahrtstor steht offen, und so fahren wir auf das Firmengelände bis zu einem Gebäude, das wie ein Büro ausschaut. Gerade als wir aussteigen wollen, höre ich hinter mir ein bedrohliches Knurren. Ich erstarre mitten in der Bewegung und drehe mich vorsichtig um. Vor mir steht ein Hüne, der ausschaut wie der Rübezahl, und er hat einen von diesen Kampfhunden an der Leine, der immer noch sein bedrohliches Grollen hören lässt und mich mit blutunterlaufenen Augen anschaut. Vorsichtig zücke ich meine Pistole, weil auf den Reindl kann ich eh nicht zählen. Der hat sich schleunigst wieder ins Auto zurückgezogen und sitzt jetzt zitternd auf dem Beifahrersitz.

»Wenn du das Mistvieh nicht gleich wegtust, dann kannst gleich eine Grube für ihn ausheben, da kenn ich nix«, sage ich leise, aber bestimmt.

Rübezahl stiert mich an, als wäre ich vom Mars, und überlegt wohl, ob ich es ernst meine. Ich hebe die Pistole und ziele auf das Monster.

»Jetzt aber dalli, da kannst du Gift drauf nehmen, dass ich dein Scheißvieh abknalle.«

Er zögert noch kurz, dann nimmt er den Köter mit und sperrt ihn in einen Zwinger neben dem Bürogebäude. Jetzt traut sich auch der Reindl wieder aus dem Auto.

»Wo finden wir den Schwarzer Heribert?«, frage ich und halte dem Hünen die Pistole unter die Nase.

»Geradeaus und dann die letzte Türe links.«

Wir gehen also in das Gebäude zum Zimmer vom Heribert.

»Reindl, deine Pistole raus und entsichern. Du bleibst vor der Türe und knallst gleich jeden ab, der hier rein will, während ich mich mit dem Schwarzer unterhalte«, fordere ich den Reindl auf.

»Xaver, das kann ich doch nicht machen«, protestiert der Reindl gleich ganz entrüstet.

Der versteht aber auch gar keinen Spaß. Ich lasse ihn einfach stehen und gehe unaufgefordert durch die Türe in das Büro vom Schwarzer.

»Die Polizei, dein Freund und Helfer, was verschafft mir die Ehre?«, fragt der Fettwanst hinter dem Schreibtisch, der wohl der Schwarzer ist, kombiniere ich. Daneben steht im feinen Zwirn so ein Lackaffe. Das muss der Rechtsverdreher sein.

»Bist du der Schwarzer, der Chef von der Saubande, die wir gestern verhaftet haben?«, blaffe ich den Dicken an.

Sofort räuspert sich der Gelackte. »Ich muss doch sehr bitten, würden Sie sich bitte ausweisen und uns den Grund Ihres Erscheinens nennen? Mein Name ist übrigens Karl Rohrstopfer. Ich bin der Rechtsbeistand vom Herrn Schwarzer«, stellt der sich vor.

Jetzt entfleucht mir erst einmal ein Grinsen, bevor ich mich wieder im Griff habe und ich ihm meinen Dienstausweis vor die Nase knalle, den er erst einmal eingehend studiert.

»Rohrstopfer also, ist das Ihr echter Name, oder wie soll ich das verstehen?«

Er schaut leicht irritiert, geht aber nicht weiter auf meine Bemerkung ein. Ich wende mich wieder dem Schwarzer zu.

»Also, ich warte ...«

»Ja, ja, ich bin der Herr Schwarzer, und für das Verhalten meiner Männer möchte ich mich entschuldigen«, schleimt er mit einem fiesen Lächeln. Dabei verzieht er sein Gesicht, dass er ausschaut wie eine Bulldogge, über die ein Auto gefahren ist.

»Soso, entschuldigen willst dich.«

Ich lasse mich auf den Stuhl vor seinem Schreibtisch fallen, wobei ich die Pistole weiter in der Hand behalte. Die sollen nur gleich wissen, dass mit mir nicht zu spaßen ist, der Schwarzer und der Rohrstopfer.

»Was sagst dazu, dass du Leute beschäftigst, die gefälschte Papiere haben, ha?«

»Glauben Sie ernsthaft, ich hätte davon etwas gewusst, Herr ... wie war doch gleich Ihr Name?«

»Das glaube ich, so oft wie du schon bei uns in den Akten aufgetaucht bist. Dimpfelmoser heiß ich«, schiebe ich noch nach, man will ja nicht unhöflich sein.

»Herr Dimpfelmoser, die Papiere, die uns die drei Bauarbeiter bei der Einstellung vorgelegt haben, schienen absolut echt zu sein. Woher sollten wir wissen, dass es sich dabei um Fälschungen handelt?«, mischt sich der Rohrstopfer wieder ein.

Da kann ich ihnen nix anhängen. Die Ausweise der Rumänen und deren Arbeitserlaubnisse sind von Profis gefälscht und für Laien als solche einfach nicht zu erkennen.

»Und dass du Leute beschäftigst, die straffällig geworden sind …?«

»Bitte, Herr Dimpfelmoser«, entrüstet er sich gleich, »ich bin ein Mann mit einer sozialen Ader. Irgendwer muss doch den armen Menschen eine zweite Chance geben. Ich beschäftige mehrere ehemalige Verbrecher, die alle ihre Strafe abgesessen haben und jetzt ein neues Leben beginnen wollen.« Er grinst noch mehr, und dabei verschwinden seine Schweinsaugen hinter seinen Fettpolstern, das ist ja echt ekelhaft.

»Aber den Bruno Fischer, den kennst schon, oder?«, frage ich weiter.

Die zwei Nasen werfen sich schnell einen flüchtigen Blick zu, und der Schleimanwalt schüttelt fast unmerklich den Kopf.

»Ich kenne den Herrn Fischer nicht persönlich«, sabbert der Schwarzer los. »Wir haben vom Herrn Fischer einen größeren Auftrag erhalten, um den Hungersacker zu sanieren, aber das hat mein Geschäftsführer, der Herr Reithinger, mit dem Herrn Fischer besprochen.«

»Und wo finde ich Ihren Herrn Reithinger?«

»Der ist auf den Seychellen. Er kommt erst in vier Wochen zurück.«

»Was ist mit denen?«, frage ich weiter und lege dem Heribert Schwarzer Fotos von den zwei Toten vor.

Er und der Rohrstopfer schauen sich die Bilder ganz interessiert an und schütteln dann gleichzeitig die Köpfe.

»Nie gesehen, die beiden«, erklärt der Schwarzer, und auch der Anwalt betont, dass ihm die Männer gänzlich unbekannt sind.

Langsam werde ich echt wütend. Die zwei verarschen

mich nach Strich und Faden, und ich kann nix machen, weil ich rein gar nichts gegen die in der Hand habe. Also knalle ich das Bild vom blonden Willi auf den Tisch.

»Den, kennst den auch nicht?«, presse ich zornig heraus.

Wieder werfen sich die beiden einen Blick zu, nur dass der Rohrstopfer diesmal leicht nickt.

»Doch, den kenne ich. Wir hatten früher einmal geschäftlich miteinander zu tun, aber ich habe schon lange nichts mehr von dem gehört.«

Er grinst mich dämlich an und nickt zufrieden mit seinem Gschwollschädel. Mich zerreißt es fast, aber vor dem Anwaltfuzzi mag ich auch keinen Fehler machen, nicht dass ich dann wieder Ärger mit dem Huber kriege, der ja so seine Probleme mit meinen Ermittlungsmethoden hat. Aber inzwischen ist es ja auch schon später Nachmittag, und mein Magen hängt in den Kniekehlen. Wie sollst dich da noch zammreißen, da kriegst ganz automatisch eine schlechte Laune.

Plötzlich bricht vor der Türe ein Radau los, vermischt mit dem wütenden Gebell eines Hundes. Der Rohrstopfer rennt raus, um zu sehen, was da los ist. Ich nutze sofort die Gelegenheit, um meinem aufgestauten Ärger Luft zu machen, zücke wieder meine Waffe und jage eine Kugel in das Regal neben dem Dicken. Ich wundere mich noch, warum der Schuss so einen langen Nachhall hat, da kippt der Schwarzer vor lauter Schreck mitsamt seinem Stuhl nach hinten um und liegt wie eine Schildkröte, die auf ihren Panzer gefallen ist, mit allen vieren wild rudernd in seinem Stuhl eingeklemmt auf dem Boden und schnappt nach Luft. Ich fummle mit meiner Pistole vor ihm herum, da pinkelt sich der vor lauter Angst doch glatt in die Hose. Und der soll eine große Nummer im Rotlichtmilieu sein?

»Fällt dir immer noch nix ein, was mir weiterhelfen könnte?«, schreie ich ihn an und wundere mich gleichzeitig, warum der Tumult vor der Türe immer lauter wird.

Jetzt sprudelt es auf einmal aus seinem dicken Maul heraus, wie wenn sich die Niagarafälle ergießen würden.

»Ich habe eine sehr großzügige Vereinbarung mit dem Herrn Fischer getroffen«, lallt er vom Boden her. »Ich saniere ihm erst einmal kostenlos seine Gebäude im Hungersacker mit meinen Leuten, und Herr Fischer zahlt mir dann nur 50 Prozent der tatsächlich angefallenen Kosten zurück. Dafür hat er die Anzeige wegen Körperverletzung gegen den Helmut Meier zurückgezogen.«

»Kennst den jetzt doch, den Helmut Meier?«, schnauze ich ihn an.

»Ja, ich kenne den«, gibt er zerknirscht zu, »aber wieso der tot ist oder wer den umgebracht hat, das kann ich mir beim besten Willen nicht erklären. Der Helmut war einer meiner Türsteher im Disco-Park. Der Laden gehört mir auch, und da geht es halt manchmal an der Türe etwas rabiat zu. Der Herr Fischer wollte unbedingt rein, aber er war völlig besoffen. Und damit wir im Laden keinen Ärger haben, kommen solche erst gar nicht rein. Aber der Herr Fischer hat angefangen, zu stänkern, und da hat ihm der Helmut halt ein paar gelangt.«

»Soso, ein paar gelangt. Das müssen aber ganz schöne Mordswatsch'n gewesen sein«, werfe ich ein. »Immerhin war der Herr Fischer in ärztlicher Behandlung, wie ich im Protokoll der Kollegen gelesen hab, die die Anzeige aufgenommen haben.«

»Darum haben wir ihm ja den Deal mit der Sanierung angeboten. Sozusagen als Entschädigung und Schmerzensgeld. Ich bin halt ein Menschenfreund und helfe, wo ich kann. Der Herr Fischer hat ja selber überhaupt kein Geld, und da ist doch uns beiden geholfen.«

»Und des soll ich dir glauben?«, frage ich den Schwarzer. »Kannst des beweisen, dass des so war?«

»Wenn Sie mir endlich einmal aufhelfen würden«, heult er, »dann könnte ich Ihnen den Beweis zeigen.«

Da ich ja kein Unmensch bin, helfe ich dem Herrn Schwarzer, dass der endlich aus seinem Stuhl hochkommt, in dem er immer noch eingeklemmt am Boden liegt. Mir graust es zwar vor seiner nassen Hose, aber ich lasse mir nicht nachsagen, ich würde Menschen in Not nicht helfen in meiner Funktion als Polizist. Der Schwarzer geht gleich zu einem Tresor in der Ecke und holt einige Papiere heraus.

»Das sind die Verträge über die Vereinbarung, die wir getroffen haben, und der Schuldschein, den der Herr Fischer unterschrieben hat.«

Ich kann es nicht fassen, wie blöd muss einer sein, dass er einem zwielichtigen Sack wie dem Schwarzer so etwas unterschreibt. Ich lese mir den Vertrag kurz durch, der bestätigt, dass der Dicke die Wahrheit gesagt hat. Beim Schuldschein bleibt mir dann doch die Spucke weg.

»400 000 Euro, und das soll die Hälfte der anfallenden Sanierungskosten sein? Du willst mir jetzt nicht erzählen, dass du dem Herrn Fischer also 400 000 Euro nachgelassen hast dafür, dass der die Anzeige zurückzieht.«

»Wie gesagt, ich bin ein echter Menschenfreund«, fängt der wieder an.

»Und wenn der kein Geld hat, wie soll er dir das jemals zurückzahlen?«, frage ich, und dann geht mir ein Licht auf. Im Schuldschein ist ja vereinbart, dass der ganze Hungersacker in den Besitz vom Schwarzer übergeht, wenn der Fischer nicht innerhalb eines halben Jahres zahlt.

»Du, des ist doch des Hinterletzte«, schrei ich den Schwarzer an. »Der kann des nie zurückzahlen, der naive Depp der! Und des weißt du ganz genau! Du hast des alles nur gemacht, um an den Hungersacker zu kommen, du ausg'schamter Sauhund, du verreckter!«

Kurzerhand stecke ich den Vertrag und den Schuldschein ein und verabschiede mich unter dem Protest vom Schwarzer.

»Schau, dass du deine verpisste Hose ausziehst«, rate ich ihm noch im Hinausgehen, »nicht dass du noch eine Blasenentzündung bekommst.«

Vor der Zimmertüre wird mir schlagartig klar, warum mein Schuss so einen Nachhall hatte. Es war der Reindl, der gleichzeitig mit mir geschossen und dabei die hündische Kampfmaschine niedergestreckt hat.

»Ich habe ihn umgebracht«, flüstert er und stiert mit weit aufgerissenen Augen auf das tote Vieh.

Der Rübezahl hat sich auf den toten Hund geschmissen und heult Rotz und Wasser, während der Rohrstopfer versucht, ihn wegzuziehen.

»Das tut mir leid, dass das Vieh sterben hat müssen«, sage ich im Vorbeigehen zum Rechtsanwaltsfuzzi, »aber das war Notwehr, wenn das Ungetüm meinen Kollegen angreift.«

Ich habe zwar keine Ahnung, ob das stimmt, aber das kann mir der Reindl ja später erklären. Jetzt verschwinden wir hier erst einmal, bevor es noch mehr Ärger gibt. Der Rohrstopfer glotzt mich zornig an, sagt aber kein Wort. Ich schiebe den immer noch völlig perplexen Reindl ins Auto, und dann brausen wir davon und lassen die unselige Baufirma hinter uns.

»Reindl, was war da los auf dem Gang?«, frage ich den Kollegen.

»Ich habe ihn umgebracht«, flüstert der Reindl ununterbrochen mit starrem Blick, und er zittert am ganzen Körper. Langsam mache ich mir ernsthaft Sorgen. Wahrscheinlich hat der auch so einen Schock wie der Bruno Fischer und kippt mir gleich ganz aus den Latschen. In meiner Not schalte ich schon wieder das Blaulicht und die Sirene ein, gebe Vollgas und fahre in neuer Bestzeit die 30 Kilometer nach Regensburg in die Pathologie, wo wir ja eh noch hinmüssen. Soll sich doch der Kreithmeier um den Reindl kümmern, denke ich mir, der hat ja Erfahrung mit Schockzuständen.

Ich muss den Reindl wie ein kleines Kind an die Hand nehmen und reinführen, während er immer noch vor sich hin brabbelt und ihm die Spuckefäden aus dem Mund laufen.

»Wo ist der Kreithmeier?«, blaffe ich die schöne Praktikantin an, die den Reindl ganz entsetzt anstarrt.

»Der ist heute nicht da, Herr Dimpfelmoser, der ist auf einem Kongress in München.«

Auweh, damit habe ich nicht gerechnet. Aber es hilft nichts, dann muss die Jutta ran. Ich zerre den Reindl hinter mir her in den Sezierraum, wo Jutta sich gerade über eine Leiche gebeugt hat und dabei ist, Organe zu entnehmen.

»Jutta, ich brauch deine Hilfe«, sag ich zu ihr.

Sie wirbelt herum, und dabei tropft das Blut von ihren Handschuhen überall auf den Boden.

»Xaver, das ist aber schön, dass du mich besuchst«, haucht sie gleich, aber dafür ist jetzt echt keine Zeit.

»Jutta, lass einmal kurz deine Spielchen, und schau dir meinen Kollegen an«, erwidere ich genervt. »Mit dem stimmt irgendwas nicht, ich glaube, der hat einen Schock oder so.«

»Leg ihn mir auf den freien Seziertisch, dann schauen wir mal, was deinem Kollegen fehlt.«

Ich hieve den Reindl auf den Tisch. Die Jutta zieht sich die blutverschmierten Handschuhe aus, desinfiziert ihre Hände und misst dann Puls und Blutdruck.

»Und, was ist?«, will ich gleich wissen.

Sie leuchtet ihm in die Augen und überprüft ein paar Reflexe, dann geht sie zu einem Schrank und holt eine große Spritze.

»Du hast recht, Xaver. Der hat einen ausgewachsenen Schock«, sagt sie und zieht die Spritze mit einer gelblichen Flüssigkeit auf.

»Soll ich ihn gleich rüber ins Krankenhaus bringen?«, frage ich besorgt, während sie dem Reindl die Spritze nicht besonders gefühlvoll in den Arm rammt.

»Ach wo, der wird gleich wieder, da brauchst dir keine Sorgen machen.«

Ich mache mir aber Sorgen.

»Was hast dem gerade gespritzt?«

»Das ist ein Beruhigungsmittel für Rinder«, sagt sie trocken und grinst mich an.

»Spinnst du!«, schrei ich entsetzt, »du kannst dem doch nicht was für Tiere spritzen.«

»Xaver, bist du der Arzt oder ich?«, fragt sie mich spitz, »ich weiß schon, was ich tue.«

Tatsächlich hört der Reindl mit seinem Gesabber auf und steht vom Tisch auf, als ob nichts gewesen wäre. Wie er die Jutta sieht, verzieht er das Gesicht, dass ich fürchte, den haut es gleich wieder um. Aber stattdessen geht er auf sie zu, nimmt sie in den Arm und küsst sie einfach auf den Mund. Die ist so perplex, dass sie erst gar nicht reagieren kann. Ich muss zugeben, das hätte ich dem Reindl nicht zugetraut, dass der sich gleich so ins Zeug schmeißt.

»Danke, du holde schöne Frau«, schleimt er los. »Du hast mich gerettet. Darf ich dich heute Abend zum Essen einladen?«

Das glaube ich jetzt nicht, und mir fällt die Kinnlade runter. Anstatt auf der Schleimspur vom Reindl auszurutschen oder ihm eine zu scheuern, breitet sich ein Lächeln auf dem Gesicht von der Jutta aus.

»Wenn Sie mich so nett und galant fragen, da komme ich gerne mit. Ich heiße übrigens Jutta, und wie ist Ihr Name?«

»Harald, liebe Frau, ich heiße Harald.«

Die zwei verschlingen sich mit den Augen und haben ganz vergessen, dass ich auch noch da bin. Das ärgert mich schon, dass die Jutta mich einfach so links liegen lässt. Zuerst kann sie gar nicht genug kriegen, und auf einmal bin ich Luft für die. Also räuspere ich mich lautstark, weil mir nix Besseres einfällt, aber keiner von den beiden reagiert auf meine Bemühungen, wieder auf eine dienstliche Ebene zurückzukehren.

»Jutta, wie wäre es mit dem Bericht zur zweiten Leiche?«, frage ich.

»Xaver, du ungehobelter Klotz«, tut sie mir gleich her, »wie kannst du nur mit so profanen Angelegenheiten einen so zauberhaften Moment zerstören?«

Auch der Reindl schaut mich strafend an.

»Ja zefix!«, schreie ich die beiden an. »Seid's alle narrisch worden? Mia san immer noch im Dienst, oder? Her jetzt mit dem Bericht, und dann fahren wir wieder ins Revier.«

Wortlos reicht mir die Jutta den Ordner.

»Steht was drin, was wir noch nicht wissen?«

»Es ist genau dasselbe Vorgehen wie bei der ersten Leiche. Den Rest kannst du ja selber lesen«, blafft sie mich an und wendet sich wieder dem Reindl zu.

»Da haben Sie ja sicher viel zu erzählen, wenn Sie tagtäglich mit so einem Rüpel arbeiten müssen, mein lieber Harald«, flötet sie wieder und drückt ihm einen Zettel mit ihrer Telefonnummer in die Hand. »Rufen Sie mich später an, wenn Sie Ihre Arbeit beendet haben, ich freue mich schon …«

Sie fährt sich verführerisch mit ihrer Zunge über die Lippen und zwinkert dem Reindl zu, dann rauscht sie aus dem Sezierraum und lässt uns mit der aufgeschnittenen Leiche zurück.

Dem Reindl läuft wieder der Sabber runter, wie er der Jutta hinterherschaut, die so betont mit ihren Hüften wackelt, dass sie einem Kamel damit Konkurrenz machen könnte. Vielleicht ist das gar nicht schlecht, denke ich mir, wenn die plötzlich auf den Reindl steht, dann habe ich wenigstens meine Ruhe, und der Reindl muss auch nicht mehr während der Dienstzeit im Internet nach Liebschaften suchen. Der Gedanke macht mir Hoffnung, und so fahre ich mit dem Reindl zurück ins Revier.

»Jetzt erzähl einmal, wie ist das mit dem Hundsvieh vorhin passiert, der war doch im Zwinger?«, will ich vom Reindl wissen.

»Von wegen Zwinger. Da ist eine direkte Verbindung, so eine Hundeklappe vom Zwinger in den Hausgang, und die war nicht verschlossen. Und da ist das Vieh plötzlich auf mich zugeschossen und wollte sich auf mich stürzen. Da habe ich halt geschossen.«

»Sehr schön«, lobe ich den Reindl. »Hast also doch schon was gelernt von mir. Du, und mit der Jutta, da schaust, dass du die heut Abend rumkriegst.«

»Xaver, du wieder«, mault er, »wie du dich ausdrückst.«

Bevor wir ins Revier fahren, halte ich noch kurz bei einem Bratwurststand und kaufe mir vier Bratwurstsemmeln mit original Händlmaier Senf aus Regensburg, die ich unter dem missbilligenden Blick vom Reindl während der Rückfahrt verdrücke. Da ist dann die Welt für mich wieder in Ordnung.

Kapitel 6

Dienstag, 19.00 Uhr

Als wir an der Kirche vorbeifahren, sehe ich sofort, dass irgendetwas nicht stimmt. Vor der Kirche hat sich eine Menschenmenge versammelt, und auf den Stufen steht wild fuchtelnd der Pfarrer Eberdinger und brüllt irgendwas daher.

Ich mische mich mit dem Reindl unauffällig unter die Leute und bekomme sofort ein Flugblatt in die Hand gedrückt, das der tollwütige Pfarrer verfasst hat. Jetzt dreht der auch noch völlig durch, denke ich mir, während ich ihm mit immer größerem Missbehagen zuhöre.

»... der Hungersacker ist ein Platz des Teufels«, schreit er von den Stufen herunter. »Wir dürfen es nicht zulassen, dass sich wieder so ein Satansanhänger hier breitmacht und Unfrieden in unsere Stadt bringt. Es hat bereits zwei Tote gegeben, und ich sage euch, das ist erst der Anfang. Leute, wir müssen uns wehren und den Hungersacker endgültig dem Erdboden gleichmachen.«

Das geht aber entschieden zu weit, das ist ja ein Aufruf zu einer Straftat, denke ich mir, da muss ich dann halt einschreiten. Also springe ich zum Pfarrer auf die

Stufen und zerre ihn unter dem Protest des Mobs zur Kirchentüre.

»So, ihr schleicht's euch alle, und vergesst's den Schmarrn vom Pfarrer«, rufe ich den Leuten zu, die aber keine Anstalten machen zu gehen.

»Reindl, du sicherst wieder den Eingang, während ich mich mit dem Eberdinger unterhalte, da hast inzwischen ja Übung darin.«

Tatsächlich stellt sich der Reindl breitbeinig und mit strenger Miene vor die Kirchentüre, die eine Hand für alle sichtbar an der Pistole. Da schau her, vielleicht wird doch noch ein gescheiter Polizist aus dem, denke ich mir und schiebe den Pfarrer in seine Kirche.

»So, Eberdinger, jetzt hörst mir einmal genau zu. Wenn du nicht aufhörst mit deiner Hetzerei, dann sperr ich dich ein wegen Anstiftung zu einer Straftat, hast mich verstanden?«

Der Eberdinger schaltet auf stur und schaut mich mit zusammengekniffenen Augen an.

»Dimpfelmoser, gerade du solltest wissen, dass ich recht habe und wir schleunigst was unternehmen müssen. Anstatt dass du den Polizisten raushängen lässt, solltest lieber daran denken, was der Hungersacker mit deiner Familie gemacht hat. Und jetzt kommt da so ein Abkömmling von dieser Höllenbrut hier an und will wieder dem Teufel einen Tempel errichten. Dimpfelmoser, es ist unsere Pflicht, etwas zu unternehmen, und du musst dabei an vorderster Front stehen. Du hast damals deine Eltern an den Teufel verloren, und nur durch das beherzte Eingreifen von deinem Großvater bist du, deine Schwester und die Eva der Verdammnis entronnen.«

Da hat er mich eiskalt erwischt, der scheinheilige Herr Pfarrer. Er ist Weltmeister darin, dass sich die Menschen bei seinen Moralpredigten, die er jeden Sonntag hält, gleich ganz schuldig fühlen. In meinem Oberstübchen meldet sich auch sofort eine Stimme, die mir zuflüstert, dass der Pfarrer doch eigentlich recht hat und es mir sicher guttäte, auf diese Weise die Wunden meiner Vergangenheit zu heilen.

»Eberdinger, lass meine Familie aus dem Spiel. Du kannst dich nicht einfach über das Gesetz stellen. Wo kämen wir denn da hin, wenn das jeder täte. Wenn du noch einmal zu so einer Selbstjustiz aufrufst, dann sperr ich dich ein, da kannst dich drauf verlassen.«

»Das wagst du nicht, Dimpfelmoser«, zischt er. »Ich bin ein Mann Gottes, und du weißt genau, dass ich recht habe.«

»Du bist um keinen Deut besser, als es der erleuchtete Erwin damals war«, entgegne ich. »Du bist genauso fanatisch wie der, und da ist es egal, auf welcher Seite du stehst. Ich habe dich jedenfalls gewarnt, Eberdinger.«

Ich lasse ihn einfach stehen und verlasse die Kirche. Draußen steht immer noch der Reindl mit der Hand an der Pistole und schaut zu, wie sich die Versammlung auflöst.

»Saubere Arbeit, Kollege«, sehe ich mich genötigt, ihm einmal ein Kompliment zu machen.

Dann gehen wir rüber in unsere Dienststelle und erfahren vom Viereck, dass der Pfarrer in der ganzen Stadt seine Hetzblätter verteilen hat lassen. Ich habe die leise Befürchtung, dass da noch was auf uns zukommt. Also schicke ich den Oberberger und den Viereck los, um möglichst viele von den Drecksblättern wieder einzusammeln und um mäßigend auf die Bürger einzuwirken. Den Reindl schicke ich nach Hause, damit der sich für sein Treffen mit der Jutta fertig machen kann. Das ist natürlich nicht ganz uneigennützig, aber ich würde ja fast alles dafür tun, dass ich die Jutta los bin, bevor ich sie im Affekt umbringen muss, damit endlich Ruhe ist mit der.

Weil mir momentan nichts Besseres einfällt, beschließe ich, noch zum alten Weinzinger rauszufahren. Vielleicht kann der mir was zur Herkunft von dem Flachmann sagen, den wir beim zweiten Toten gefunden haben. Aber bevor ich losfahre, lese ich mir den Bericht vom Motorradunfall von seinem Sohn, dem Rudi, durch, damit ich da nicht ins Fettnäpfchen trete. Der Viereck und der Oberberger haben den Unfall aufgenommen und den Bericht verfasst. Daraus ersehe ich, dass der Rudi am Freitagnachmittag aus der Todeskurve geflogen ist, vermutlich wegen überhöhter Geschwindigkeit. Ein Fremdverschulden ist jedenfalls auszuschließen, und der Rudi wurde mit schwersten Verletzungen mit dem Hubschrauber nach Regensburg ins Klinikum gebracht. Diese scheiß Todeskurve, denke ich mir, jedes Jahr sterben da ein paar Motorradfahrer, da müsste dringend einmal etwas baulich verändert werden. Ich fahre die Kurve mit dem Polizeiauto auch immer wieder, wobei ich natürlich darauf achte, dass die Reifen schön quietschen, so dass es den Rauch davonhaut, aber ich bin halt geübt und weiß, wie weit ich gehen kann. Wie ich weiter aus dem angehefteten medizinischen Bericht erfahre, hatte der Rudi zum Unfallzeitpunkt 1,8 Promille. Tragisch ist das, aber da brauchst dich eigentlich nicht zu wundern, wenn die Leute immer so viel saufen und dann etwas passiert. Jetzt weiß ich also Bescheid und mache mich auf den Weg zur Schnapsbrennerei vom alten Weinzinger. Vielleicht kann der sich ja an den Toten erinnern, falls der den Flachmann, den wir bei der zweiten Leiche gefunden haben, bei ihm gekauft hat.

Trotz der tragischen Umstände und obwohl es schon so spät ist, steht der Weinzinger tatsächlich an seinem Destillierapparat und kümmert sich um seine Schnapsproduktion. Er schaut fürchterlich aus, seine Haare stehen wirr ab, aus seinem Gesicht sprießt ein Bart, da könntest jedem Affen Konkurrenz machen, und er riecht säuerlich, als hätte er sich seit Tagen nicht mehr gewaschen. In einem Eck seiner ansonsten fein säuberlich aufgeräumten und blitzblanken Brennerei liegen wahllos übereinandergeworfene Plastikfolien und andere Utensilien. Das ist so gar nicht der Weinzinger, den ich kenne, denke ich mir.

»Servus, Weinzinger ... ich hab mir dacht ... ich komm einmal bei dir vorbei und schau, ob du Hilfe brauchst«, stottere ich zuerst daher, bevor ich mich fange und trotz der bitteren Umstände wieder zu meiner Professionalität finde.

»Ich brauch niemand«, schnappt er, doch als er mich erkennt, geht ein kurzes Leuchten über sein graues Gesicht.

»Dimpfelmoser, jetzt erkenn ich dich erst, Bub. Dich hab ich ja schon lange nicht mehr hier heraußen gesehen. Trinkst einen Schnaps mit mir auf den Rudi?«

Das sind besondere Umstände, und so sitze ich gleich darauf mit dem Weinzinger am Tisch, und wir stoßen mit seinem Klaren an.

»Ui«, entfleucht es mir, und ich muss einen aufkommenden Hustenanfall unterdrücken, nicht dass der Weinzinger noch glaubt, mir würde sein Zeug nicht schmecken. Es brennt und rumort in meinen Eingeweiden, aber dann stellt sich eine wohlige Wärme ein.

»Der ist gut, gell, Dimpfelmoser«, stellt der Weinzinger fest und schenkt gleich noch einmal nach.

»Trinken wir auf das Leben und auf den Tod«, sagt er und schaut dabei ganz komisch.

»Weinzinger, das tut mir leid, was mit deinem Sohn passiert ist«, sage ich.

Da beginnt der Weinzinger von sich aus zu erzählen.

»Weißt, Dimpfelmoser, das Leben ist ein Scheißspiel. Der Rudi hat nie jemandem etwas zuleide getan, und jetzt liegt er mit einem irreparablen Hirnschaden im Krankenhaus. Nur die scheiß Beatmungsmaschine hält ihn am Leben. Der wird nie wieder aufwachen, und wenn doch, dann ist er für den Rest seines Lebens hilflos wie ein Baby.«

»Das tut mir leid«, nuschle ich.

Das trifft mich auch, dass der Rudi nie wieder wird.

»Jetzt habe ich halt gar niemanden mehr«, redet der Weinzinger weiter.

Da fällt es mir wieder ein: Seine Frau ist vor drei Monaten an Krebs gestorben.

»Zuerst die Frau, Dimpfelmoser. Sie war echt tapfer, meine Theresa, hat bis zum Schluss trotz der unmenschlichen Schmerzen nicht gejammert. Ich habe versucht, es ihr so leicht wie möglich zu machen, aber am Ende ist sie jämmerlich verreckt.«

»Dass du da überhaupt arbeiten kannst unter den Umständen«, werfe ich ein.

»Dimpfelmoser, ich habe mein ganzes Leben hart gearbeitet. Die Arbeit lenkt mich ab von meinen Gedanken. Ich glaube, ich würde sonst komplett durchdrehen, wenn ich nix tun würde. Ich arbeite praktisch ohne Unterbrechung und höre nur zum Schlafen auf. Dann brauche ich nicht darüber nachdenken, warum mich das Leben so hart erwischt.«

»Weinzinger, magst dir einmal die zwei Bilder anschauen«, frage ich und lege ihm die Fotos der zwei Toten vor.

Der Weinzinger schiebt sich seine Brille auf die Nase und betrachtet sie eingehend.

»Den hier kenne ich«, sagt er und deutet auf das Bild unserer zweiten Leiche. »Der war bei mir im Laden. Aber warum willst das wissen?«

Ich erzähle ihm kurz vom Fund der beiden Toten im Hungersacker und vom Flachmann, den wir bei dem Mann gefunden haben.

»Da siehst es, so schnell ist es vorbei mit dem Leben«, kommentiert der Weinzinger, und ich habe den Eindruck, dass ein leichtes Lächeln über sein bärtiges Gesicht zieht.

Der hat wahrscheinlich so ein Trauma, was aber nicht verwunderlich ist bei seinem Familiendrama.

»Kannst mir ein bisserl was erzählen über den Mann?«, frage ich weiter.

»Da gibt es nicht viel zu erzählen, Dimpfelmoser. Am Sonntag habe ich doch meinen Laden vorne immer für die Touristen geöffnet. Und vorgestern ist der Kerl bei mir im Laden aufgetaucht. Es war so gegen drei Uhr am Nachmittag. Ich weiß das noch so genau, weil ich mir gerade einen Kaffee eingeschenkt hab, so wie ich das schon immer um drei Uhr mache. Weil der so in den Laden geschossen ist, als wäre der Leibhaftige hinter ihm her, habe ich mir was von meinem Kaffee über die Hose geschüttet, weil ich mich so erschreckt habe. Der Mann hat immer wieder nervös durchs Fenster rausgeschaut, und dann hat er wortlos einen von meinen Spezialflachmännern gekauft. Beim Rausgehen hat er den auf einen Zug ausgetrunken, und dann ist er in sein Auto eingestiegen und weggefahren.«

»Du weißt nicht zufällig, was das für ein Auto war?«, frage ich weiter.

»Ein BMW 2002«, kommt es wie aus der Pistole geschossen, und kurz blitzen seine Augen.

»Woher weißt des so genau?«, frage ich.

»Das ist ein richtiger Oldtimer, Dimpfelmoser. Ich habe selber früher so ein Modell gefahren, und meine Augen funktionieren noch immer prima, das kannst mir glauben.«

»Dann erinnerst du dich ja sicher auch noch an die Farbe. Und an das Kennzeichen ...?«, frage ich hoffnungsvoll weiter.

Vielleicht kann mir der Weinzinger wichtige Hinweise in dem Fall geben.

»Der BMW ist weiß lackiert, und das Kennzeichen hat mit M-MM begonnen. Die Zahlen weiß ich aber wirklich nicht mehr. Mir ist nur die ungewöhnliche Buchstabenfolge aufgefallen, und darum erinnere ich mich noch so genau.«

»Weinzinger, da hast mir echt weitergeholfen«, bedanke ich mich bei ihm. »Wenn dir noch irgendetwas einfällt, dann rufst mich bitte an. Und wenn du irgendeine Hilfe brauchst ...«

»Ich brauche keine Hilfe«, schnappt er wieder und scheint gar nicht mehr richtig anwesend zu sein.

Er starrt mit zusammengekniffenen Augen auf seinen Müllhaufen in der Ecke und nimmt mich gar nicht mehr wahr.

Ich fahre los und rufe den Reindl an. Der hat schließlich die ganze Woche Bereitschaft. Er meldet sich erst nach mehrmaligem Läuten, was sonst gar nicht seine Art ist.

»Reindl, du musst sofort einen Wagen zur Fahndung ausschreiben …«, erkläre ich ihm und wundere mich, dass im Hintergrund klassische Musik zu hören ist. Seit wann hört der Reindl sich so Zeug an?, frage ich mich. Da fällt mir ein, dass der sich für heute Abend mit der Jutta verabredet hat. Da will ich natürlich nicht lange stören, nicht dass aus den beiden nix wird.

»Reindl, bist in einem Restaurant mit der Jutta?«

»Dimpfelmoser, was für ein Rasseweib«, erklärt er leise. »Wir brechen jetzt gleich auf und gehen zu ihr.«

Lange fackeln tut sie nicht, die Jutta. Aber vom Reindl bin ich wirklich überrascht, dass der sich so ins Zeug legt.

»Dann wünsch ich euch noch einen schönen Abend, Reindl. Aber treib's nicht zu wild, gell. Nicht dass du nicht mehr arbeitsfähig bist morgen. Um neun Uhr bist da, und dann machen mia eine Besprechung.«

Also fahre ich noch schnell selber in der Dienststelle vorbei und schreib den weißen BMW 2002 zur Fahndung aus. Dann gebe ich noch dem Viereck und dem Oberberger Bescheid, dass die ihre Augen offen halten und morgen zur Besprechung antanzen, bevor ich auch endlich nach Hause gehe. Müde wie ich bin, mache ich mich schnell fertig fürs Bett, da steht plötzlich die Eva hinter mir und lächelt mich an.

»Bist auch endlich da, ich hab schon gedacht, du kommst heute gar nicht mehr heim«, trällert sie und drängt sich an mich. Jetzt muss ich die Notbremse ziehen, weil sonst komm ich wieder nicht zum Schlafen, und das ist bei den laufenden Mordermittlungen gar nicht gut, wenn ich wegen Übermüdung keinen klaren Kopf mehr habe.

»Eva, ich muss sofort schlafen. Der Tag heut war wirklich anstrengend, des kannst mir glauben ...«, beginne ich vorsichtig.

»Verstehe, deine Arbeit ist dir wieder einmal wichtiger«, keift sie gleich los. »Dann geh halt ins Bett und schlaf. Ich hätt dir eine saubere Brotzeit hergerichtet, aber die ess ich dann selber. Und dann schaust, wie du die nächsten Tage zu was Essbarem kommst.«

Bevor ich noch reagieren kann, ist sie schon abgerauscht und wirft die Verbindungstüre krachend zu. Ich überlege, ob ich ihr nachlaufen soll, aber ich bin einfach zu fertig, und so beschließe ich, die Versöhnungsaktion mit der Eva auf den morgigen Tag zu verschieben.

Kapitel 7

Mittwoch, 7.00 Uhr

Als ich am nächsten Morgen aufwache, steht die Eva vor meinem Bett. Ich überlege kurz, ob ich ihren Auftritt von gestern nur geträumt habe, aber da grinst sie mich verschmitzt an.

»Xaver, es tut mir leid wegen gestern. Ich weiß ja, dass du enorm unter Druck stehst wegen den Morden und wegen dem Hungersacker. Aber mir geht das alles auch ganz schön nahe. Ich hab halt gedacht, dass der Hungersacker für mich erledigt ist, aber jetzt merke ich, dass da alte Wunden wieder aufreißen. Und da kann ich nicht gut damit umgehen. Deshalb bin ich vielleicht ein bisserl ungerecht gewesen gestern Abend.«

»Jetzt ist es ja gut«, brumme ich. »Magst uns vielleicht ein Frühstück machen?«, schiebe ich noch schnell hinterher.

»Kommst in einer Viertelstunde in die Küche, dann ist alles fertig, gell«, flötet sie und springt aus dem Zimmer.

Die Eva ist schon ein wunderbares Weib. Launisch zwar, aber das Herz hat sie am rechten Fleck. Bestens gelaunt gehe ich unter die Dusche. Der Geruch von Eiern mit gebratenem Speck zieht bis in mein Bad, und mir läuft das Wasser im Mund zusammen. Nach einem ausgiebigen Frühstück mache ich mich auf den Weg in die Arbeit.

Als ich unsere Dienststelle betrete, sitzt der Reindl schon wieder hinter seinem Schreibtisch und ist ebenfalls bestens gelaunt.

»Dimpfelmoser, das ist ein wunderbarer Morgen, findest nicht?«, flötet er und strahlt übers ganze Gesicht. Dabei verzieht er seine Mundwinkel bis hinter die Ohren, da könntest ihn glatt mit einem Breitmaulfrosch verwechseln.

»Hast einen schönen Abend gehabt mit der Jutta?«

»Einen schönen Abend, Dimpfelmoser? Den Himmel auf Erden hab ich heute Nacht erlebt. Du kannst dir gar nicht vorstellen, wie wild die Jutta ist. So etwas habe ich mein ganzes Leben lang noch nicht erlebt, Xaver. Ich habe keine Sekunde geschlafen, aber ich sprühe vor Energie und Lebensfreude.«

»Ja, Kollege, das sind wirklich sehr gute Nachrichten«, freue ich mich ehrlich, und gleichzeitig fühle ich mich unendlich erleichtert. Dann brauche ich mir wegen der Jutta keine Gedanken mehr machen, wie ich die wieder loswerde.

»Xaver, ich werde ihr einen Heiratsantrag machen«, schwärmt der Reindl ganz versonnen weiter. »Das Suchen hat endlich ein Ende. Ich habe meine Traumfrau gefunden, ist das nicht wunderbar?«

Dass der gleich so spinnen muss, denke ich mir, halte aber zur Abwechslung meinen Mund. Ich will ihm seine wunderbare Stimmung ja nicht gleich wieder vermiesen. Aber nach nur einer Nacht gleich vom Heiraten zu reden, da langst dir doch wirklich ans Hirn. Der hat doch einen Vogel, der liebestolle Kollege!

Pünktlich um neun Uhr tauchen tatsächlich der Viereck und der Oberberger auf. Sie sind nicht wirklich taufrisch und haben beide eine Fahne. Der Reindl rümpft angewidert die Nase, aber ich sehe heute einmal großzügig darüber hinweg.

»Habt's schon was gehört wegen dem BMW?«, frage ich sie.

»Ja wie? Was soll'n mia da gehört haben?«, will der Viereck wissen, während der Oberberger erst einmal ausgiebig rülpst.

»Ich hab euch doch gestern beauftragt, dass ihr die Augen offen halten sollt's.«

»Augen offen halten ist was anderes als was hören«, wirft der Oberberger ein.

Ich bin wieder einmal sprachlos über so viel Dummheit.

»Habt's irgendwelche Informationen wegen dem BMW oder könnt's sonst irgendwas zu den Ermittlungen beitragen?«, schrei ich aufgebracht.

Beide schauen mich an und schütteln nur mit den Köpfen.

»Dann schleicht's euch, und befragt's die Leute, ob irgendwer den BMW gesehen hat, zefix noch mal.«

»Du immer mit deinen komischen Launen«, brummt der Oberberger im Gehen. »Zuerst sollen mir extra wegen deiner blöden Besprechung hier antanzen, und dann schickst uns gleich wieder los. Du weißt auch nicht, was du willst, Dimpfelmoser.«

Und schon sind die zwei wieder draußen. Ich frage

mich wieder einmal, womit ich so viel Dummheit verdient habe.

»Reindl, hast du irgendwas Neues?«

»Nichts, Dimpfelmoser. Wir sind genauso weit wie gestern.«

Ich überlege kurz und beschließe, endlich unsere Gefangenen zu vernehmen.

»Reindl, wir befragen jetzt unsere verbliebenen Bauarbeiter. Vieleicht sind sie wieder gesprächig und wir erfahren von denen irgendetwas.«

Also holen wir den ersten von den Gefangenen in einen Vernehmungsraum, um mit der Befragung zu beginnen. Aber noch bevor wir anfangen können, läutet es Sturm an der Türe. Ich gehe raus und sehe den Rohrstopfer, der seinen Finger in unsere Klingel versenkt hat und wie wild rumzuckt. Vielleicht hat der so einen epileptischen Anfall, denke ich mir, weil er dazu seine Visage verzieht, dass mir gleich ganz anders wird. Also reiße ich die Türe auf, um ihm gleich zu helfen, auch wenn er ein Arschloch ist. Das ist schließlich meine Pflicht als Polizist.

»Rohrstopfer, geht es Ihnen nicht gut, oder warum zucken'S hier so wild vor der Tür? Und nehmen'S halt Ihren Finger von der Klingel, dann können wir uns gleich besser unterhalten.«

»Wilauaichohahjaauh«, jault er und zuckt noch mehr.

Da stimmt irgendwas nicht, stelle ich fest und begutachte seinen Finger etwas genauer.

»Rohrstopfer, das ist Staatseigentum, das Sie da mit Ihrem dicken Finger beschädigt haben!«, rufe ich.

Hat der Depp doch tatsächlich seinen Finger so tief im Klingelknopf versenkt, dass er zur Hälfte in der Öffnung versunken ist, wo normalerweise der Knopf rausschaut. Jetzt ist schnelles Handeln gefragt. Ich ziehe sofort an dem seinen Arm, was ihn noch mehr jaulen und zucken lässt, aber das hilft halt auch nix, der Finger muss raus.

»Rohrstopfer, halt einmal still, ich will dir doch nur helfen«, schreie ich ihn an, aber der jault nur immer weiter und haut mit seiner freien Hand nach mir, als wollt' er mich erschlagen.

»Reindl, komm raus«, ruf ich den Kollegen. »Ich brauche deine Hilfe.«

Der kommt sofort angerannt und hat doch tatsächlich seine Pistole gezogen. Schau an, der Reindl hat schon richtig dazugelernt, freue ich mich.

»Hören Sie sofort auf mit dem Theater«, brüllt er den Rohrstopfer an, was der aber gar nicht wahrnimmt vor lauter Schmerzen.

»Sauber, Reindl«, lobe ich den. »Aber deine Pistole kannst wieder einpacken. Der Rohrstopfer gebärdet sich nur wegen seiner misslichen Lage wie ein tollwütiger Hund.«

Jetzt erkennt auch der Reindl die Situation. Ich hau dem Rohrstopfer ein paar runter und halte ihn dann eisern fest, während der Reindl gleichzeitig an ihm zieht. Endlich löst sich der Finger, allerdings gleich mit der ganzen Klingel.

»Des müssen'S bezahlen, Rohrstopfer«, erkläre ich ihm.

Wo kommen wir denn da hin, wenn ein jeder einfach fremde Klingeln zerstört. Der Rohrstopfer schaut mich mit schmerzverzerrtem Gesicht an, während er an den Resten der Klingel an seinem Finger zieht, die sich aber keinen Millimeter bewegt. Sein Finger ist schon ganz blau angelaufen.

»Geht sie nicht mehr ab?«, fragt der Reindl und grinst den Rohrstopfer an.

»Helfen Sie mir lieber, anstatt dumm daherzureden.«

»Kommen'S rein«, besänftige ich ihn. »Wir haben Werkzeug da. Dann schau'ma, was sich machen lässt.«

Jetzt muss ich mich auch noch als Handwerker betätigen bloß wegen dem seiner Dummheit. Ich hole den Seitenschneider aus dem Werkzeugkasten, und mit einem gekonnten Schnitt ist der Finger vom Rohrstopfer wieder frei. Der schaut allerdings gar nicht gut aus. Er blutet, und das Fleisch schaut aus, als wäre er auf der Schlachtbank gelandet. Wie der Rohrstopfer das sieht, wird er kreidebleich und kippt einfach um.

»Nicht schon wieder so einer«, brumme ich und haue ihm noch mal ein paar runter, vielleicht hilft es ja.

Aber er bleibt röchelnd am Boden liegen.

»Reindl, ruf einen Krankenwagen und gleich einen Elektriker wegen der Klingel«, beauftrage ich den Kollegen.

Keine fünf Minuten später wird der Rohrstopfer von den Sanitätern rausgetragen, und auch der Elektriker taucht gleich auf, um unsere Klingel zu reparieren.

»Du, was wollte der eigentlich?«, fragt der Reindl.

»Das hat er mir nicht gesagt, der ungehobelte Klotz. Wenn es wichtig war, dann meldet der sich schon wieder«, bin ich mir sicher. »Dann können wir endlich mit den Befragungen beginnen, Reindl.«

Also holen wir einen nach dem anderen aus den Zellen, aber die vermeintlichen Schwarzarbeiter tun so, als würden sie uns nicht verstehen, und schütteln nur auf jede Frage verständnislos mit dem Kopf. Dabei weiß ich genau, dass die Deutsch können, weil bei der Festnahme, da haben sie noch auf alle Fragen geantwortet, und auch später in den Zellen konnten sie sich ganz prima in unserer Sprache ausdrücken.

»Da soll sich die Ausländerbehörde darum kümmern«, brumme ich genervt. »Reindl, veranlasse alles Nötige, damit die zu denen überstellt werden.«

Ich bin sauber angefressen. Da haben es der Rohrstopfer mit seinem Theater und die drei Deppen doch tatsächlich geschafft, mir meine gute Laune zu verderben. Also beschließe ich aufgrund meines desolaten Gemütszustandes, ausnahmsweise an einem Wochentag zum Schorsch-Wirt rüberzugehen und mir ein paar Bratwürste zu kaufen. Auch wenn die Heidi unter der Woche nicht da ist, schmecken die Würste und das Kraut trotzdem ausgezeichnet, und genau das brauche ich jetzt, um meine Stimmung wieder zu bessern. Ich gehe also rüber und betrete den Gastraum. Nur der Pfarrer Eberdinger sitzt mit ein paar Männern an einem Tisch. Sie sind ganz in ihr Gespräch vertieft, so dass sie gar nicht mitkriegen, dass ich mich ein paar Tische weiter hinten in meine Nische setze. Voller Vorfreude bestelle ich mein Essen und eine Halbe Bier, und gleich darauf weht aus der Küche ein wunderbarer Duft zu mir rüber. Da kriegst gleich wieder gute Laune, freu ich mich. Am Tisch vom Pfarrer ist das Gespräch inzwischen lauter, und ich spitze meine Ohren, weil ich mitbekomme, dass die sich über den Hungersacker unterhalten. Das interessiert mich natürlich so rein dienstlich, aber dummerweise kommt die Lisel gerade mit dem Essen.

»Dimpfelmoser, lass es dir schmecken«, schmettert sie durch den Gastraum.

Jetzt haben mich die Nasen und der Pfarrer auch bemerkt, und sofort tuscheln sie nur noch. Ich tue ganz uninteressiert und konzentriere mich auf mein Essen, während ich meine Lauscher ausfahre, aber die ganze Runde zahlt und verlässt den Gastraum. Wenn da nicht was faul ist, denke ich mir, genieße dann aber in Seelenruhe mein Essen.

Frisch gestärkt kehre ich in die Dienststelle zurück und lege mich erst einmal auf mein Sofa, damit alles gut verdaut werden kann. Dabei kreisen meine Gedanken um den Fall, und ich wälze alle Fakten hin und her, ohne wirklich eine zündende Idee zu bekommen. Vor meinem Zimmer höre ich immer wieder den Reindl, aber da ansonsten nix passiert und mir auch nix einfällt, beschließe ich, erst einmal zur Oma rauszufahren, nicht dass der Kaffee schon wieder ausfallen muss. Das mag die Oma nämlich überhaupt nicht, wenn so heilige Rituale wie der Nachmittagskaffee nicht eingehalten werden.

Der Opa und sie sitzen schon am Tisch und unterhalten sich aufgeregt.

»Servus miteinander«, sage ich und spitze die Ohren, weil ich meinen Namen gehört habe.

Die zwei schauen mich so komisch an und sagen erst einmal gar nichts mehr.

»Ist irgendwas?«, frage ich irritiert und schaue an mir herunter, aber mir fällt nichts auf.

»Xaver, wir müssen mit dir reden«, fängt jetzt der Opa an.

Da bin ich aber gespannt. Wenn der Opa einmal mit

einem reden will, was nicht besonders oft vorkommt, dann muss es wirklich wichtig sein.

»Xaver, die Oma und ich, mir haben vom Pfarrer so ein Flugblatt bekommen, da geht es um den Hungersacker«, beginnt er vorsichtig, und beide beobachten mich ganz genau.

Sie wollen wohl wissen, wie ich darauf reagiere.

»Ja und, die habe ich auch schon gesehen.«

Ich rutsche nervös auf meinem Stuhl hin und her und merke, dass meine Hände feucht werden. Dieser scheiß Hungersacker geht mir wirklich langsam auf den Sack. Da habe ich 25 Jahre nix mehr damit zu tun gehabt. Nur in meinen Alpträumen tauchen immer noch die Erinnerungen aus meiner Kindheit auf, die sich unauslöschlich in meine Seele gebrannt haben.

»Vergesst's bloß den Schmarrn vom Pfarrer, das ist ein Aufruf zu einer Straftat«, erkläre ich ihnen, damit ich auch irgendetwas sage und sie nicht merken, wie nahe mir die ganze Angelegenheit geht.

»Xaver, wir machen uns Sorgen um dich« redet der Opa weiter. »Nicht dass da jetzt die alten Wunden aufgerissen werden. Damals hat es zwei Jahre gedauert, bis du wieder zu sprechen angefangen hast. Und jetzt muss das doch wie ein Déjà-vu für dich sein.«

Da schau her, wenn der Opa sogar schon mit Fremdwörtern um sich schmeißt, dann muss es ihm wirklich ernst sein.

»Die Situation ist doch so ähnlich wie damals«, redet er weiter. »Wie ich dich, deine Schwester und die Eva da rausgeholt hab, da bist schon zwei Tage lang in dem dunklen Keller neben den Leichen gesessen.«

»Und der Psychologe damals hat gesagt, dass die Zeit

da sicher viel heilen wird, aber dass da auch jederzeit wieder was hochkommen kann, wenn du wieder mit so was in deinem Leben konfrontiert wirst«, ereifert sich auch die Oma.

»Glaubst nicht, dass es gescheiter wäre, wenn du den Fall dem Reindl abgibst und dich da raushältst?«

Daher weht also der Wind. Ich bin echt tief gerührt, dass sich die zwei solche Sorgen um mich machen. Aber es hilft halt nix, ich muss tun, was ich tun muss.

»Ihr braucht's euch da nix denken. Das ist überhaupt kein Problem für mich nach so langer Zeit«, lüge ich und wundere mich selber, dass ich das so überzeugend rüberbringe. »Gerade den Fall, den muss ich bearbeiten, weil von den anderen Ochsen ist keiner in der Lage, eine vernünftige Ermittlung zu führen.«

»Dein Wort in Gottes Ohr«, sagt die Oma und schaut mich immer noch zweifelnd an.

»Eins musst uns versprechen, Xaver. Wenn du merkst, dass deine Alpträume wiederkommen und du wieder so körperliche Symptome kriegst wie damals, dann gehst gleich zum Arzt und lasst dich krankschreiben«, fordert mich der Opa auf und hält mir seine Hand hin, in die ich einschlagen soll.

Ich wische mir unauffällig den Schweiß an meiner Hose ab, damit er nix mitkriegt, und schlage ein.

»Opa, ich versprech es dir. Bevor mich der Fall umhaut, geb ich ihn ab und geh zum Doktor.«

Die beiden sind erst einmal beruhigt, und ich mache mich schleunigst wieder auf den Weg. Im Auto zittern mir die Knie, und ich schwitze, wie wenn ich in einer Sauna bei 100 Grad sitzen würde. So stelle ich mir das zumindest vor, weil ich würde mich ja niemals in einen solchen unhygienischen Kasten mit lauter Nackerten reinsetzen, wo dann ein jeder eine Fleischschau betreibt und sich alle gegenseitig auf die Brüste und zwischen die Beine starren. Echt ekelhaft ist so was.

Gerade als ich vor der Dienststelle parke und aussteige, kommt der Reindl rausgelaufen.

»Xaver, wir haben ihn«, kreischt er hysterisch.

»Ja wen meinst jetzt?«

»Den Wagen, Dimpfelmoser. Wir haben den Wagen gefunden. Der Viereck und der Oberberger sind vorhin Streife gefahren, und da haben die den Wagen draußen auf dem Waldhäusel-Parkplatz entdeckt.«

»Ich fahr gleich hin, und du rufst den Mühlbauer an, dass der mit seinen Leuten rauskommt.«

Mit Blaulicht und Sirene und der Helene Fischer auf voller Lautstärke rase ich raus zum Fundort des Autos. Das ist einfach die beste Therapie, die es gibt. Da kann der Psychologenfuzzi noch so oft sagen, ich würde damit meine Probleme nur verdrängen. Dieses gestelzte Geschwätz von dem depperten Seelenverdreher, das hat mir jedenfalls nicht geholfen. Damals als Kind schon nicht und die letzten zwei Jahre beim Polizeipsychologen gleich gar nicht. Da brauchst ein gescheites Auto, eine gescheite Musik, den Fahrtwind um die Nase, und dann ist die Welt wieder in Ordnung.

Am Parkplatz glaube ich, mich laust der Affe. Da sitzen der Viereck und der Oberberger seelenruhig in ihrem Streifenwagen, während es auf dem Parkplatz zugeht wie auf dem Stachus in München. Die ganzen Wanderfetischisten nutzen das wunderbare Herbstwetter, um sich zu Fuß durch die Natur zu quälen, und trampeln um den BMW drum herum, der mitten auf dem Parkplatz steht.

»Ja, seid's deppert!«, schrei ich und reiße die Tür von ihrem Fahrzeug auf. »Wieso sperrt's denn den Fundort nicht ab? Ihr Hornochsen seid's einfach zu gar nichts zu gebrauchen!«

Die zwei glotzen mich an, als wäre ich ein Ufo.

»Da brauchst nix mehr absperren«, erklärt mir der Viereck in aller Seelenruhe.

»Da findest eh keine Spuren mehr«, wirft auch der Oberberger ein. »Da trampeln die ganze Zeit die Leute drüber, da kannst dir die ganze Arbeit gleich sparen.«

Womit habe ich das nur verdient? Die zwei Deppen und den Reindl, den Preiß'n, da brauchst nix mehr, wennst so wunderbare Kollegen hast. Jetzt kommt auch schon der Mühlbauer mit seinem Team angebraust. Er springt wie von der Tarantel gestochen aus seinem Wagen. Sein Kopf ist so rot wie eine Tomate, als er das Chaos hier sieht.

»Absperren«, brüllt er, dass es alle Wanderer reißt, die sich gerade auf dem Parkplatz befinden.

Dann schießt er in einer Geschwindigkeit, die ich ihm mit seinem Bierbauch gar nicht zugetraut hätte, auf den BMW zu und fuchtelt dabei wie ein Irrer mit den Armen rum. Die armen Wanderer ziehen sich schnell zurück und beobachten aus sicherer Entfernung das Spektakel. Dem Mühlbauer sein Team sperrt den ganzen Parkplatz mit einem Polizeiband ab und vertreibt die Schaulustigen, die sofort wieder näher rücken, wie sie sehen, dass hier ein Polizeieinsatz läuft. Dann schießt der Mühlbauer auf uns zu.

»Wollt's ihr elendes Pack mich wohl in den Herzinfarkt treiben?«, schreit er und schnauft dabei wie ein wildgewordenes Walross.

»Ist doch eh zu spät«, wirft der Viereck ein.

»Viereck, du Rindvieh, du deppertes, es ist nie zu spät, einen vermeintlichen Tatort oder wichtigen Fundort zu sichern, das sollte selbst in deinem Spatzenhirn angekommen sein.«

Er schnauft noch ein paar Mal und schnappt nach Luft, dann dreht er sich plötzlich unvermittelt um und beginnt mit seiner Arbeit. Ich warte in sicherer Entfernung, um ihn nicht noch mehr auf die Palme zu bringen. Es dauert nicht lange, da kommt er wieder zu mir rüber und wedelt mit einer Plastiktüte vor meinem Gesicht.

»10 000 Euro sind da drin«, sagt er und reißt die Tüte auf.

Ich versenke meinen Kopf darin, und tatsächlich sind da zehn Bündel mit jeweils 1000 Euro.

»Aha«, sage ich nur und überlege, was das wohl zu bedeuten hat.

»Habt's sonst noch was gefunden?«, frage ich den Mühlbauer, aber der schüttelt erwartungsgemäß den Kopf.

»Das Auto ist ansonsten leer, Dimpfelmoser. Nichts, aber auch rein gar nichts ist da drin. Wir nehmen das Auto mit und untersuchen es bei uns in der Halle. Falls wir noch irgendetwas Relevantes finden, dann geben wir dir Bescheid.«

»Dann braucht's mich ja nicht mehr hier«, sage ich.

»Lass deine zwei hirnamputierten Schergen da, die sollen die Wanderheinis fernhalten, solange wir hier noch beschäftigt sind.«

»Geht klar«, sage ich und gehe zum Viereck und zum Oberberger rüber, die gerade mit einem Pulk von Menschen aufgeregt diskutieren.

»Gibt's irgendwelche Probleme?«, frage ich, und da erkenne ich, dass sich unter den Hitzköpfen der Landrat Hinterbirner befindet.

»Lasst's mich jetzt sofort durch, ihr Hornochsen. Ich habe gleich einen Termin mit dem Ministerpräsidenten, den kann ich nicht warten lassen.«

»Nix gibt's«, brüllt ihm der Viereck entgegen, »wo kemma mia denn da hin, wenn ein jeder dahergelaufene Landrat sich über die Polizeianweisungen stellt?«

Dem Landrat verschlägt es die Sprache, während er dunkelrot anläuft und nach Luft schnappt. Eigentlich hat er ja recht, der Viereck, aber ich weiß ja, wie nachtragend der Landrat sein kann. Und dass der eine Verabredung mit dem Ministerpräsidenten hat, dass kann er seiner Großmutter erzählen, der hinterfotzige, verlogene Sauhund. Zufällig habe ich heute im Radio gehört, dass der Ministerpräsident auf einer Konferenz in Berlin weilt. Daher greife ich lieber einmal ein, nicht dass der sich hinterher noch über uns beschwert und ich dann wieder den ganzen Ärger am Hals habe.

»Kommen'S, Hinterbirner, jetzt regen Sie sich halt nicht so auf. Meine Männer tun ja nur ihre Pflicht. Was machen'S denn überhaupt hier heraußen?«

»Wandern halt, da bekommt man den Kopf wieder frei. Das würde Ihren blindwütigen Männern auch einmal nicht schaden.«

»Wo haben'S denn Ihre Verabredung, ich fahre Sie gleich mit Blaulicht hin, dann kommen'S sicher nicht zu spät.«

Wie ich vermutet habe, kommt er gleich in Verlegenheit und hüstelt vor sich hin.

»Dimpfelmoser, das ehrt Sie«, schleimt er. »Aber das braucht es wirklich nicht, dass Sie sich die Mühe machen. Wenn ich es mir recht überlege, habe ich schon noch etwas Zeit, und dahinten kommt ja auch schon der Abschleppwagen. Da wird es ja nicht mehr besonders lange dauern.«

Du scheinheiliger Schleimscheißer, denke ich mir.

»Wie geht es denn der Frau Distler?«, kann ich mir dann doch nicht verkneifen.

Er läuft gleich wieder rot an. Das ist ihm wirklich peinlich, dass ich ihn darauf anspreche. Ich bin mir jetzt aber fast sicher, dass er zu einem Schäferstündchen mit der Sophia Distler unterwegs ist.

»Dimpfelmoser, ich habe die werte Frau schon länger nicht mehr gesehen«, lügt er gleich weiter. »Aber lassen Sie sich nicht länger aufhalten. Sie haben ja sicher noch eine Menge Arbeit mit den Mordfällen.«

Ich zwinkere ihm verschwörerisch zu und fahre bestens gelaunt zurück in die Dienststelle.

»Gibt's irgendwas Neues, Reindl?«, frage ich den Kollegen.

»Unsere drei Gefangenen sind wieder auf freiem Fuß«, erklärt er mir.

»Wie jetzt, hast die nicht der Ausländerbehörde übergeben?«

»So weit ist es gar nicht gekommen, Dimpfelmoser«, schimpft der Reindl los. »Kurz nachdem ich bei denen angerufen habe, ist der Rohrstopfer wieder hier reinmarschiert und hat mir einen Zettel von der Staatsanwaltschaft vorgelegt. Der Herr Schwarzer hat für die drei Schwarzarbeiter 100 000 Euro Kaution hinterlegt, und drum sind die wieder auf freiem Fuß.«

Es ist doch immer das Gleiche, denke ich mir. Die mit der Kohle können machen, was sie wollen, und unsereins schaut mit dem Ofenrohr ins Gebirge.

»Und was ist mit dem seinen Finger?«

»Nichts Gravierendes, Dimpfelmoser. Es sind nur ein paar Quetschungen und oberflächliche Verletzungen. Das hat schlimmer ausgeschaut, als es ist.«

»Hat er die Klingel gleich bezahlt, die ist ja schon wieder gerichtet?«

»Von wegen bezahlt«, mault der Reindl. »Der hat gesagt, dass er den Staat verklagen will, weil das ja nicht sein kann, dass an öffentlichen Gebäuden Klingelknöpfe angebracht sind, die keiner geltenden DIN-Norm entsprechen. Er hat sich richtig aufgeführt deswegen.«

»Soso, keine DIN-Norm also«, brumme ich und merke, dass mir der Rohrstopfer noch unsympathischer geworden ist, der elende Paragrafenreiter.

»Reindl, ich hab noch was zu erledigen«, sage ich, »und dann mache ich Feierabend. Sagst unseren zwei Kollegen, dass wir morgen um acht Uhr eine Dienstbesprechung machen.«

»Du, ich mach dann auch Schluss für heute«, grinst mir der Reindl rüber. »Ich habe hernach noch eine Verabredung mit der wilden Jutta.«

Soll er halt seinen Spaß haben, wenn ich nur meine Ruhe vor der habe. Ich verabschiede mich und mache einer dunklen Ahnung folgend auf dem Nachhauseweg einen Abstecher zum Schorsch-Wirt. Es ist brechend voll, und mittendrin sitzt der Pfarrer Eberdinger. Alle diskutieren wild durcheinander, und das Bier fließt in Strömen. Als ich das Wirtshaus betrete, wird es schlagartig still, und alle schauen mich feindselig an.

»Servus beieinander«, grüße ich und bahne mir einen Weg zum Tresen, an dem der Schorsch mit dem Ausschenken gar nicht mehr nachkommt.

Ich nehme mir ein gerade frisch gezapftes Bier, trinke erst einmal einen kräftigen Schluck und schaue mich dann im Saal um. Überall liegen die Schmierblätter vom Pfarrer herum. Der kommt gleich zu mir rüber und schaut mich durchdringend an.

»Dimpfelmoser, es wäre besser, wenn du dich nicht gegen uns stellst«, reißt er gleich wieder seine Klappe auf. »Diese Versammlung hier, die ich einberufen habe, ist sich einig. Die Sache ist ernst, und niemand will den Herrn Fischer mit seinem Zentrum des Teufels hier haben. Wir haben soeben eine Bürgerinitiative gegründet, um dem elenden, gottlosen Treiben so schnell wie möglich ein Ende zu bereiten.«

Es ist mucksmäuschenstill im Lokal, und alle spitzen ihre Ohren, um ja nichts zu verpassen.

Ich ignoriere den Pfarrer und seine Rede einfach und wende mich direkt an die versammelte Mannschaft.

»Leute, ich warne euch. Lasst's eure Finger vom Fischer und vom Hungersacker. Wenn irgendwer auf die Idee kommt, etwas Ungesetzliches zu tun, den sperre ich höchstpersönlich ein und sorge dafür, dass er dementsprechend bestraft wird.«

Ein Raunen geht durch den Mob. Einige sehen betreten zu Boden. Aber ein paar Nasen werfen mir feindselige Blicke zu.

»Wenn die Polizei nicht für Recht und Ordnung in unserer Stadt sorgt, dann müssen wir das selber machen«, ruft der Pfarrer.

Seine Äußerung wird mit zustimmendem Kopfnicken im Saal quittiert.

»Ich habe euch alle gewarnt, Leute. Eine einzige eigenmächtige Handlung jenseits des Gesetzes, und ihr seid dran.«

Dann verlasse ich den Saal und gehe nach Hause. Bleierne Müdigkeit überkommt mich. Als ob ich nicht schon genug Arbeit hätte, muss ich mich auch noch mit dem Pfarrer und seiner scheiß Bürgerinitiative auseinandersetzen. Darin hat der Pfarrer leider recht: Der Hungersacker hat damals nur für Ärger gesorgt, und das tut er heute auch wieder. Ich bin hundemüde und will nur noch ins Bett.

»Da bist du ja endlich«, flüstert die Eva, als ich die Wohnung betrete. Sie sitzt völlig verheult in meinem Gang und schaut aus wie ein Häuflein Elend.

»Eva, was ist denn mit dir los?«, frage ich sie und nehme sie in den Arm.

Sie drückt sich an mich und schluchzt erst einmal ausgiebig. Dabei schüttelt es sie, als wäre sie nackert im Winter im Schnee gelandet.

»Ich muss dauernd an den Keller von damals denken, Xaver«, flüstert sie mir ins Ohr, bevor es sie wieder schüttelt.

Die Eva hat unsere Erlebnisse von damals genauso wenig wirklich verarbeitet wie ich, denke ich mir. Aber jetzt muss ich halt wieder wie damals stark sein und so tun, als hätte ich alles im Griff. Also hebe ich sie auf und trage sie in ihr Bett. Dort lege ich sie vorsichtig ab und mich gleich dazu. So liegen wir eng umschlungen da, und irgendwann geht ihr Schluchzen in eine regelmäßige Atmung über. Ich hänge noch eine Zeitlang meinen eigenen dunklen Erinnerungen nach, bevor ich mich zu mir rüberschleiche und endlich in meinem Bett einschlafe.

Kapitel 8

Donnerstag, 3.00 Uhr

Das Läuten des Telefons weckt mich aus meinen wirren Träumen. Ich muss mich erst einmal orientieren, weil es noch dunkel ist. Das Telefon läutet unentwegt weiter, während ich mich aus dem Bett schäle und in den Flur wanke.

»Wer stört?«, brülle ich in den Hörer.

Es ist natürlich der Reindl, der Bereitschaftsdienst hat.

»Dimpfelmoser, du musst sofort kommen. Wir haben schon wieder einen Toten.«

Sofort bin ich hellwach.

»Im Hungersacker?«

»Nein, nein, diesmal liegt die Leiche draußen vor der Jagdhütte vom Landrat.«

»Aha«, sage ich. »Ich bin in einer Viertelstunde in der Dienststelle. Da wartest auf mich, und dann fahren wir da raus. Ruf schon einmal den Kreithmeier und den Mühlbauer an, dass die sofort losfahren.«

»Ähem ..., Dimpfelmoser«, druckst der Reindl rum, »ich schaffe es nicht in einer Viertelstunde.«

»Wieso nicht?«, frage ich irritiert. »Von deiner Wohnung zum Revier, da brauchst doch zu Fuß nur fünf Minuten.«

»Dimpfelmoser, ich bin aber nicht in meiner Wohnung«, flüstert er verschwörerisch in das Telefon.

»Wo bist denn dann, Reindl?«

Im Hintergrund höre ich eine andere Stimme, die stöhnt und keucht, dass mir schon allein vom Zuhören ganz anders wird.

Da fällt es mir siedend heiß ein: Der Reindl war ja gestern schon wieder mit der Jutta verabredet.

»Bist du in Regensburg?«, frage ich vorsichtshalber.

»Genau, Dimpfelmoser, die Jutta und ich, wir waren noch mal gemeinsam beim Essen, nachdem die vorherige Nacht so schön war. Und es ist halt etwas später geworden.«

Soso, etwas später ist es geworden.

»Dann schwing deine Hufe, und wir treffen uns gleich draußen bei der Jagdhütte.«

»Du, Xaver, kannst da nicht alleine rausfahren? Das ist gerade ganz ungünstig. Wir haben gerade so viel Spaß hier, und ich möchte die Jutta ungern alleine lassen. Das ist ja eine ganz wilde Stute, die Jutta«, gurrt er weiter.

Ich glaub, mein Schwein pfeift. Bin ich der Einzige hier, der noch sein Hirn da hat, wo es hingehört? Der Jutta und dem Reindl ist ihres wohl zwischen die Beine gerutscht, so wie sie wieder im Hintergrund in den Hörer röchelt und er mir ins Ohr keucht.

»Reindl, schau, dass du hierherkommst, du Depp«, brülle ich. »Wer hat denn hier Bereitschaft, du oder ich? Du bist im Dienst, wenn ich dich daran erinnern darf, oder haben dir deine Hormone den letzten Funken Verstand weggefressen? In einer halben Stunde bist da, sonst setzt es was.«

Ich knalle den Hörer auf die Station und drehe mich um, da sehe ich die Eva im Türrahmen stehen. Ganz verschlafen ist sie, und so wunderschön, da wird mir ganz warm ums Herz.

»Eva, ich muss los, wir haben schon wieder eine Leiche.«

»Wieder im Hungersacker?«, fragt sie ängstlich.

»Nein, diesmal zum Glück nicht. Leg dich wieder hin, und schlaf weiter, es ist ja erst drei Uhr.«

Ich gehe kurz ins Bad und mache mich frisch, dann sitze ich auch schon im Auto und fahre zur Jagdhütte vom Landrat Hinterbirner raus.

Als ich bei der Jagdhütte ankomme, ist von den Kollegen noch keiner da. Nur der Neumeier, seines Zeichens Förster und Jäger und zuständig für das Gelände hier, sitzt rauchend in seinem Auto. Als er mich sieht, steigt er gemächlich aus.

»Servus, Dimpfelmoser«, begrüßt er mich. »Hast jetzt die Leichen im Abo beim Großhändler bestellt? Das hört ja gar nicht mehr auf«, lacht er in seinem dröhnenden Bass, dass gleich die Bäume zum Zittern anfangen.

Dem sein Humor ist auch etwas eigen, denke ich mir.

»Servus, Neumeier, hast du die Leiche gefunden?«

»Siehst sonst jemand hier? Um diese Zeit bin normalerweise nur ich hier heraußen.«

Und der Landrat, wenn ihm seine Hormone durchgehen, aber natürlich sage ich nichts davon.

»Komm mit, dahinten liegt er.«

Er marschiert zu dem Holzstoß, hinter den der

Reindl bei unserem letzten Einsatz am Sonntag gekotzt hat, und tatsächlich liegt da eine Leiche. Während mir der Neumeier mit einer Taschenlampe leuchtet, schaue ich den Toten, der auf dem Rücken liegt, etwas genauer an.

»Leuchte doch einmal kurz in sein Gesicht«, bitte ich den Neumeier.

Als der Strahl der Taschenlampe den Toten trifft, erkenne ich sofort, wer da das Zeitliche gesegnet hat. Vor mir liegt der blonde Willi mausetot. Ich untersuche ihn kurz und staune nicht schlecht. Der Willi hat wie die anderen Leichen die Striemen und die Einstichstelle im Arm. Auch den Zettel mit dem Hinweis auf die Bibelstelle finde ich gleich in seiner Brieftasche, und die Ausweispapiere fehlen. In seinen Taschen befindet sich wie schon bei den anderen beiden Toten lauter Kleinkram. Bevor ich mir noch weitere Gedanken machen kann, fährt eine Kolonne von drei Autos den Zufahrtsweg zur Hütte herunter. Der Kreithmeier springt als Erster aus seinem Fahrzeug, dicht gefolgt vom Mühlbauer und seinem Team.

»Dimpfelmoser, meinst nicht, dass dir die ganze Angelegenheit langsam über den Kopf wächst?«, fragt mich der Mühlbauer, während seine Leute ihre Strahler aufbauen und mit ihren Untersuchungen beginnen.

»Ein Serienmörder, sag ich dir, da musst Verstärkung holen«, gibt auch noch der Kreithmeier seinen Senf ungefragt dazu.

»Macht's ihr eure Arbeit, und ich mach die meine«, blaffe ich die zwei an. Das saudumme Gerede von den beiden hat mir gerade noch gefehlt um diese Uhrzeit. Ich schiele zum dritten Auto rüber, in dem ich den Reindl ausmache, der aber – anstatt auszusteigen –, wie wild rumfuchtelt und, so weit ich das sehen kann, mir signalisieren will, dass ich zu ihm rüberkommen soll. Also schlendere ich zu seinem Wagen und reiße die Fahrertür auf.

»Reindl, bist auch schon da?«, schreie ich ihn an, bevor es mir die Sprache verschlägt.

Ich kann nur ungläubig in den Wagen starren, während der Reindl stur an mir vorbeischaut. Neben ihm sitzt die Jutta zusammengekrümmt und seltsam verrenkt auf dem Beifahrersitz, und so viel ich im Dämmerlicht sehen kann, hat sie unter der Jacke, die sie sich übergeworfen hat, obenrum nix weiter an.

»Ist dir schlecht, Jutta, oder warum hängst so halb nackt auf dem Sitz rum?«, frage ich sie, da sehe ich, dass sie dem Reindl seine Uniformhose anhat.

Ihre Hände sind mit Handschellen an ihre Beine gefesselt, und der Reindl sitzt doch tatsächlich im Minirock von der Jutta im Dienstwagen. Das ist ja ekelhaft, denke ich mir.

»Wieso hat die deine Uniformhose an?«, frage ich ungläubig. »Und du der ihren Minirock?«

»Ja mei, Dimpfelmoser, wir waren gerade so schön in Fahrt, als ich die Meldung von dem Toten bekommen habe. Ich habe dich sofort informiert, und du wolltest doch, dass ich mich beeile, aber ich war halt so beglückt, da haben wir wohl meine Hose mit dem Rock von der Jutta verwechselt«, tut er zuerst noch ganz forsch.

»Wie kannst deine Hose mit einem Minirock verwechseln, und vor allem warum fesselst danach die Jutta mit deinen Handschellen?«

Jetzt fängt er richtig zum Schwitzen an, der Reindl, und schnauft theatralisch, während die Jutta in ihrer unnatürlichen Haltung weiter vor sich hin röchelt, als wäre es gleich vorbei mit ihr.

»Reindl, raus jetzt mit der Sprache, was soll das Affentheater?«

Er läuft knallrot an, während er schwitzt wie eine Sau.

»Dimpfelmoser, wenn du irgendjemand davon etwas erzählst, dann bringe ich dich eigenhändig um«, droht er mir.

Als ob wir nicht schon genug Leichen hätten, aber ich kann ihn in seiner lächerlichen Aufmachung einfach nicht ernst nehmen.

»Reindl, schau, dass du deine Hose anziehst, und dann kommst raus aus dem Wagen. Und du, Jutta, ziehst dich auch um, und dann kannst dem Kreithmeier helfen, wenn du schon da bist«, blaffe ich in den Wagen.

»Du, kannst mir einmal schnell deine Schlüssel für die Handschellen leihen?«, flüstert der Reindl jetzt her.

»Wo sind denn deine?«

»Tja, äh, die sind weg ...«

»Wie, weg?«

»Weg halt. Die sind mir vorhin in die Donau gefallen, als wir uns da amüsiert haben und du uns mit deinem scheiß Anruf gestört hast.«

Kommentarlos gebe ich ihm meine Schlüssel und knalle die Autotür zu. Nicht dass noch einer von den anderen was mitkriegt. Da wären die beiden für den Rest ihres Lebens das Gespött der gesamten Oberpfälzer Polizei. Der Reindl befreit die Jutta aus ihrer misslichen Lage, aber da kommt der Kreithmeier rüber. Also reiße ich die Autotür noch einmal auf.

»Schleich dich einfach, und fahr die Jutta heim, du

hormongesteuerter Hornochse, du depperter«, sage ich zu ihm und muss mir ein Grinsen verkneifen.

Wenn ich mir die Jutta und den Reindl vorstelle, wie sie ihr Rollenspiel an der Donau abziehen, das ist einfach zum Brüllen. »Um acht Uhr bist in der Dienststelle zur Lagebesprechung«. Bevor der Kreithmeier das Fahrzeug erreicht, fährt der Reindl davon.

»Dimpfelmoser, es ist alles genauso wie bei den anderen beiden Toten, nur zwei Kleinigkeiten sind mir aufgefallen«, fängt er an und wartet, dass ich ihn um weitere Informationen bitte.

»Kreithmeier, mir ist nicht nach Ratespielen zumute, also raus damit«, blaffe ich ihn an.

Er zieht gleich beleidigt seinen Rotz hoch, dass ich schon befürchte, es haut ihm den Dreck zu den Ohren raus.

»Die Einstichstelle der Kanüle ist dieses Mal am linken Arm, während sie bei den beiden anderen Toten rechts war. Und der Täter hat mehrere Versuche gebraucht, um die Ader zu treffen.«

»Aha«, sage ich, weil er jetzt wieder eine Kunstpause einlegt. »Sonst noch was?«

»Den genauen Bericht kannst heute Nachmittag haben. Ich bin zwar nicht im Institut, aber die Jutta hat hernach Dienst, die soll sich um die Obduktion kümmern.«

Das kann ja was werden, denke ich mir. Die kann nach der Nacht wahrscheinlich nicht einmal geradeaus schauen, wie will die da eine gescheite Obduktion machen? Natürlich schweige ich, weil da bin ich eisern in meinen Prinzipien. Keiner wird von mir was von der missglückten Liebesnacht von den beiden erfahren. Ich gehe noch zum Mühlbauer, der gerade irgendeine Masse in frische Reifenabdrücke gießt.

»Hast schon was?«, frage ich.

»Heute Nachmittag«, knurrt er mich nur an und wendet sich wieder seiner Arbeit zu.

Dann fahre ich auch wieder, weil hier gibt es erst einmal nichts mehr für mich zu tun. Inzwischen ist es sieben Uhr in der Früh. Ich fahre beim Rewe vorbei, der gerade aufmacht, und gehe an die Fleischtheke. Seit der Metzger vor einem Jahr seinen Laden dichtgemacht hat, gibt es nur noch hier gescheite Bratwürste zu kaufen, außer beim Schorsch-Wirt natürlich. Wie mich die Hildegard, die Verkäuferin, kommen sieht, verzieht sie gleich das Gesicht.

»Hast schnell ein paar für mich?«, frage ich sie und grinse sie so charmant an, wie es nach so einer Nacht eben geht.

»Für dich immer, Dimpfelmoser«, grinst sie zurück und verschwindet in der Küche.

Da ist der ganze scheiß Stress mit den Leichen gleich vergessen, wie ich das Gebrutzel höre. Keine zehn Minuten später halte ich meine drei Bratwurstsemmeln in der Hand und schlendere zufrieden zur Kasse.

Ich bin noch ganz beschwingt von meinem wunderbaren Frühstück, als ich bei meiner Dienstelle ankomme. Vor dem Eingang hat sich trotz der frühen Stunde bereits eine Meute von Journalisten versammelt, sogar ein Fernsehteam ist angerückt. Der dazugehörige Journalist fuchtelt wild vor der Kamera herum und erzählt gerade etwas von satanischen Morden, die hier passieren. Als sie mich sehen, stürzen sie sich wie ein wild gewordener Schwarm von Killerwespen auf mich und bestürmen mich mit Fragen.

»Kein Kommentar«, brülle ich, schiebe mich durch den Mob und erreiche den Eingang, aber da werden sie richtig wild und brüllen alle durcheinander, während ich mich durch die Türe flüchte und sie zuknalle.

Ich habe diese Schmierfinken so dermaßen gefressen, wie sie sich immer wichtigmachen und ohne jegliche Rücksicht versuchen, an Informationen zu kommen. Gerade als ich mein Zimmer betrete, läutet mein Diensttelefon.

»Herr Dimpfelmoser, san'S schon wieder fleißig am Ermitteln?«, fragt mich der Huber, wobei ich seinen lauernden Unterton gleich bemerke.

»Haben'S also schon gehört, dass noch eine Leiche gefunden worden ist? Und vor meiner Dienststelle haben sich lauter Pressefuzzis zusammengerottet.«

»Dimpfelmoser, kein Wort an die Presse, das mache ich hernach. Um zehn Uhr ist eine Pressekonferenz anberaumt, da schicken'S alle hin. Bei so einem satanischen Serienmörder müssen wir schon vorsichtig sein, was wir der Öffentlichkeit mitteilen, nicht dass sich da noch Panik ausbreitet«, fängt der jetzt auch noch an.

»Huber, wir wissen doch noch gar nicht, ob es sich bei der Leiche von heute Nacht überhaupt um denselben Täter handelt.«

»Gehen'S weiter, Dimpfelmoser, das liegt doch auf der Hand, dieselbe Vorgehensweise wie bei den anderen Morden.«

»Es gibt Abweichungen vom Muster, Huber. Und der Fundort ist ja auch ein anderer, wie Sie sicher auch schon wissen.«

»Dimpfelmoser, das darf auf gar keinen Fall an die Öffentlichkeit, dass das klar ist«, erklärt er mir eindringlich. »Und wir sollten schleunigst eine Sonderkommission einrichten, meinen'S nicht auch?«

»Ein blinder Aktionismus hilft uns auch nicht weiter, Huber«, versuche ich ihn wieder einzubremsen. »Jetzt warten wir erst einmal den Obduktionsbericht und die Ergebnisse vom Mühlbauer ab, und dann können wir immer noch schauen, ob wir mehr Personal brauchen. Ich fahre hernach zum Landrat und zur Sophia und befrage die beiden. Vielleicht waren die zwei ja wieder in ihrem Liebesnest und haben was beobachtet.«

»Das werden Sie nicht tun, Dimpfelmoser«, bellt er gleich.

»Und warum nicht? Immerhin liegt die Leiche auf dem Grundstück vom Landrat, und der Tote ist derjenige, der am Sonntag in der Nacht da rumgeschlichen ist. Finden'S das nicht auch merkwürdig, Huber?«

»Ein dummer Zufall, ja. Aber so was gibt es halt immer wieder. Da brauchen'S nicht gleich Ihre Objektivität verlieren, nur weil der Landrat betroffen ist. Sie halten den Landrat und die Frau Distler aus den Ermittlungen raus, Dimpfelmoser. Das ist ein dienstlicher Befehl, dass mir uns ganz klar verstehen«, keift er weiter. »Sie konzentrieren sich auf das Umfeld von dem Herrn Fischer und bleiben an der Baufirma dran. Bei den zwielichtigen Subjekten finden Sie unseren Täter, Herr Dimpfelmoser, da wette ich darauf.«

Mein Bauchgefühl sagt mir, dass da etwas mächtig stinkt, aber ich kann das momentan auch nicht begründen. Ich weiß nur, dass der Fall immer mysteriöser wird.

»Huber, besorgen Sie mir einen Durchsuchungsbeschluss für das Gelände der Baufirma, dann schauen wir mal, was mit dem Laden nicht stimmt und ob wir da was finden, was uns bei unseren Morden weiterhilft.«

»Ich schaue, dass ich einen Durchsuchungsbeschluss bekomme, und dann nehmen'S den Laden auseinander«, begeistert sich der Huber für die Idee. »Und für die Durchsuchung besorge ich Ihnen ein Sondereinsatzkommando aus München. Da finden'S ganz schnell Ihren Mörder, und dann sind'S mir dankbar, dass Sie nicht den Landrat mit reingezogen haben, den armen Mann. Der hat weiß Gott momentan genug um die Ohren.«

»Hat seine Alte was von dem seiner Affäre rausbekommen, oder wie meinen'S des jetzt?«

Der Huber findet das wieder einmal gar nicht lustig.

»Dimpfelmoser, ich muss doch sehr bitten«, schreit er. »Ich stehe beim Landrat im Wort, dass er da nicht mit reingezogen wird.«

Ich kann die Schleimberge fast körperlich spüren, die er wieder beim Landrat angehäuft hat.

»Huber, und ein Sondereinsatzkommando ist vielleicht ein bisserl übertrieben, meinen'S nicht?«, werfe ich vorsichtig ein. »Wir haben es ja nicht mit schwerbewaffneten Terroristen zu tun, sondern nur mit dem Heribert Schwarzer und seinen Leuten. Das sind Kleinkriminelle.«

»Sie wieder, Dimpfelmoser, wollen'S das wie immer im Alleingang mit Ihren Kollegen durchziehen? Da braucht es jetzt echte Profis. Sie glauben ja gar nicht, wie ich hier unter Druck stehe. Wir brauchen dringend Ergebnisse. Es ist doch auch zu Ihrem Besten. Wir dürfen uns keine Fehler mehr erlauben.«

»Ja wie meinen'S des jetzt? Hier hat keiner einen Fehler gemacht, Huber. Und wenn Sie mich nicht immer mit dem Privatkram vom Landrat beschäftigen würden, dann könnte ich den Fall viel schneller lösen. Auch ohne Sondereinsatzkommando oder Soko.«

Ich bin mir nicht sicher, ob er mir überhaupt noch zugehört hat, jedenfalls knallt er den Hörer auf den Apparat, dass es mir fast das Trommelfell zerreißt. Um den Mob vor der Türe wieder loszuwerden, gehe ich noch einmal raus und will den Termin der Pressekonferenz in Regensburg verkünden, aber da haben sich alle schon zur Kirche rüber verzogen, vor der der Pfarrer wieder große Reden schwingt. Das ist leider nicht mehr zu stoppen. Ich sehe die Schlagzeilen vom »Satansmörder in Wörth an der Donau« schon vor mir. Das wird dem Huber gar nicht gefallen. Inzwischen ist es fast neun Uhr, und meine Männer sind alle eingetroffen. Sie haben sich im Besprechungsraum versammelt, auch wenn es eher so ausschaut, als würden da ein paar Penner rumhängen. Der Reindl hat Augenringe in seinem kalkweißen Gesicht, da könnte er dem Graf Dracula Konkurrenz machen. Aber zumindest ist er wieder anständig angezogen. Und der Oberberger und der Viereck stinken wie die Donau voller Schnaps.

»Habt's schon einen Frühschoppen hinter euch?«, frage ich sie.

»Wir haben die ganze Nacht den Hungersacker observiert«, bellt der Viereck mich an.

»Ja warum das? Und seid's dabei in einen Alkoholsee gefallen, oder warum stinkt ihr zwei wie eine Badewanne voller Schnaps?«

»Mia ham halt gedacht, dass der Mörder da vielleicht wieder auftaucht, und da ham mia uns auf die Lauer gelegt und uns zwischendurch mit einem kleinen Schnaps aufgewärmt. Oder wie sonst hätten mia die Kälte aushalten sollen?«, fragt der Oberberger und findet das scheinbar völlig normal, sich während einer Bewachung volllaufen zu lassen, auch wenn die nicht dienstlich angeordnet war.

»Welche Kälte meinst damit?«, frage ich, weil die Nachttemperaturen um diese Jahreszeit immer noch extrem mild sind.

Wenn sogar der Reindl und die Jutta nackert an der Donau rummachen, wie kann es dann die zwei Nasen frieren? Aber ich sehe angesichts des Ernstes der Lage über diesen kleinen Lapsus hinweg und werde wieder dienstlich.

»Männer, wir haben seit heute Nacht einen dritten Toten innerhalb von fünf Tagen und immer noch keinen Mörder«, eröffne ich die Sitzung.

»Der hat sich bisher nicht bei uns vorgestellt, da können wir dann auch nix machen«, wirft der Viereck gleich ein.

»Wie wäre es mit ermitteln, du Depp!«, brause ich auf, aber der Viereck bohrt seelenruhig in der Nase, als ob ihn die ganze Angelegenheit nichts angehen würde.

Der Oberberger ist inzwischen auf seinem Stuhl eingeschlafen und fängt leise zum Schnarchen an.

»Achtung, stillgestanden«, brülle ich los.

Alle drei reißt es, und der Oberberger fällt vom Stuhl, aber tatsächlich springen sie dann auf und stehen stramm. Ich weiß ja, dass die noch bei der Bundeswehr waren und ihnen dieses Kommando in Fleisch und Blut übergegangen ist.

»Ihr Saubande, ihr verreckte«, brülle ich weiter, »wir

haben hier eine Besprechung und keine Verwöhnstunde mit Kuschelfaktor. Ich erwarte konstruktive Vorschläge von euch, und es ist mir völlig egal, wie ihr eure Nacht verbracht habt, habt's mich verstanden?«

Sie nicken betreten und setzen sich zumindest so hin, dass es so ausschaut, als ob sie ganz konzentriert bei der Sache wären.

»Also, Bericht von heute Nacht«, kommandiere ich weiter.

»Da war nix. Außer dem Herrn Fischer ist niemand dort aufgetaucht.«

»Was hat denn der Fischer dort mitten in der Nacht gemacht?«, frage ich.

»Nix hat der gemacht«, berichtet der Oberberger weiter. »Der ist mit seinem Auto so gegen halb drei in der Früh gekommen, hat einen Rundgang gemacht, auf die Wiese vor dem Hauptgebäude uriniert, und dann ist er wieder gefahren.«

»Er war alleine?«

»Glaubst, mir sehen nix mehr?«, regt sich der Viereck gleich auf. »Da war niemand anders dabei, da kannst dich drauf verlassen.«

»Dich, Reindl, brauche ich nicht zu fragen, ob du etwas Neues zu den Ermittlungen beitragen kannst«, wende ich mich an den Kollegen, der beschämt zu Boden schaut und knallrote Ohren bekommt.

»Was ist mit der dritten Leiche, wissen wir da schon was?«, fragt er und tut ganz interessiert, um von sich selber abzulenken.

»Dasselbe Muster mit kleinen Abweichungen«, erkläre ich.

»Die Einstichstelle ist auf der anderen Seite, dieses

Mal hat der Mörder mehrere Versuche gebraucht, um die Ader zu treffen, und nicht zu vergessen: der andere Fundort. Ansonsten ist alles wie gehabt. Die Striemen sind da, das Opfer wurde niedergeschlagen, und der Zettel mit der Bibelstelle ist auch da. Entweder ist es derselbe Täter, der diesmal gepfuscht hat, oder es ist ein Trittbrettfahrer, der die Details kennt.«

»Vielleicht hat der uns gesehen, wie er die Leiche ablegen wollte und hat dann kurzfristig seine Pläne geändert«, wirft der Oberberger ein.

»Wer weiß denn überhaupt Bescheid über die Details?«, fragt der Reindl.

»Jeder weiß Bescheid«, brummt der Viereck.

Mir schwant nichts Gutes.

»Wie jeder?«, hake ich nach.

»Ein jeder halt, was fragst da so saudumm«, giftet er.

»Habt's ihr euer Maul mal wieder nicht halten können?«

»Mei, Dimpfelmoser, reg dich ab«, mischt sich der Oberberger ein. »Du weißt doch, wie des bei uns ist. Alle fragen uns, und da können wir ja die Leute nicht einfach anlügen, sonst vertraut uns ja keiner mehr.«

»Und da habt's gleich sämtliche Details mit ausgeplaudert?«

»Ja mei«, wiederholt der Oberberger, bevor er verstummt.

»So viel Blödheit auf einem Haufen«, brülle ich, »euch haben's doch wirklich ins Hirn geschissen. Jeder in Wörth und der Umgebung kennt also jedes kleinste Detail von den Morden.«

Sie nicken nur noch stumm und starren zu Boden. Da fällt mir auch nichts mehr ein. Wie sollst da eine vernünftige Arbeit machen, wenn du mit solchen Kollegen gestraft bist.

»Jetzt machen wir uns an die Arbeit. Wir haben nur den Fischer und die Baufirma, und da laufen alle Fäden zusammen. Oberberger und Viereck, ihr fahrt's zum Fischer und befragt's den wegen des Schuldscheines, den er unterschrieben hat, und nehmt ihn einmal so richtig in die Zange wegen der Schlägerei und der Anzeige.«

Die zwei Nasen verziehen sich schleunigst. Sie sind wohl froh, dass sie so glimpflich davonkommen und ich nicht völlig ausflippe.

»Und du, Reindl, recherchierst noch einmal alles, was es vom Schwarzer, seinen Aktivitäten im Rotlichtmilieu, von dem seiner Baufirma und seinen Angestellten gibt. Schau auch, ob du irgendwas über diesen Rohrstopfer findest, der ist doch auch nicht ganz sauber.«

Ich überlege mir, ob ich den Landrat anrufen soll, da sehe ich, dass sich auf dem Stadtplatz vor der Kirche schon wieder eine beachtliche Menschenmenge versammelt hat. Da schau ich lieber einmal nach, nicht dass der Pfarrer Eberdinger wieder irgendeinen Unsinn verzapft. Gerade als ich nach draußen gehe, steigen sie alle in ihre Autos ein, und ein Konvoi setzt sich stadtauswärts in Bewegung. Im ersten Auto sitzt der Pfarrer. Meine Alarmglocken läuten auf höchster Stufe. Ich laufe zurück in die Dienststelle.

»Reindl, lass alles liegen und stehen, wir müssen sofort los. Da draußen braut sich gerade was zusammen.«

»Blaulicht und Sirene an, da ist Gefahr in Verzug«, kommandiere ich. »Und gib dem Oberberger und dem Viereck Bescheid, die sollen ihre Augen offen halten und den Zufahrtsweg zum Hungersacker blockieren, bis wir da sind.«

Ich rase mit 200 Sachen über die Landstraße. Schnell ist der Konvoi in Sichtweite, und wie ich befürchtet habe, fahren sie Richtung Hungersacker.

»Ja zefix, die Deppen lassen uns nicht vorbei«, fluche ich, weil die einfach nebeneinander fahren und die ganze Straße blockieren. Soweit ich das beurteilen kann, sind mindestens zehn vollbesetzte Autos unterwegs.

»Das sind mindestens vierzig Leute, Dimpfelmoser«, stellt auch der Reindl fest. »Soll ich Verstärkung anfordern?«

»Geh, Reindl«, sage ich großspurig, obwohl mir auch nicht ganz wohl ist, »des kriegen mir schon alleine hin.«

Inzwischen haben wir die Zufahrtsstraße zum Hungersacker erreicht, und der Konvoi stoppt, weil der Weg vom querstehenden Dienstwagen vom Oberberger und vom Viereck blockiert wird. Die beiden stehen wie zwei Sheriffs im Wilden Westen breitbeinig davor und haben ihre Hände an ihren Dienstwaffen.

»Reindl, auf geht's«, schreie ich ihm zu. »Da müssen wir jetzt vor.«

Inzwischen sind alle Männer aus ihren Fahrzeugen ausgestiegen und schauen uns feindselig an, während wir uns einen Weg nach vorne bahnen. Da steht der Pfarrer mit einem Kreuz in der Hand und redet beschwörend auf den Oberberger und den Viereck ein.

»Ich habe dich gewarnt, Eberdinger«, sage ich und packe ihn an der Schulter.

»Geht's uns aus dem Weg«, schreit der. »Wir fackeln den Hungersacker jetzt ein für alle Mal ab, damit da endlich Ruhe herrscht und es mit dieser Brutstätte des Teufels ein Ende hat«, brüllt er mit fanatisch glänzenden Augen und fuchtelt dabei mit seinem Kreuz rum.

Ich gebe ihm erst einmal eine Mordswatschn, so dass es ihm kurzzeitig die Sprache verschlägt und er vor Schreck sein Kreuz fallen lässt, das am Boden zerbricht. Die Zeit scheint kurz stillzustehen, und alle starren wie gelähmt auf das kaputte Kreuz.

»Gotteslästerung«, kreischt der Pfarrer mit überschnappender Stimme und stürzt sich auf mich.

Auch in den Mob kommt Bewegung. Alle schreien wild durcheinander und rücken näher an uns heran.

»Waffen raus«, kommandiere ich und nehme den wildgewordenen Pfarrer mit einer Hand in den Schwitzkasten, während ich gleichzeitig meine Pistole zücke und ein paar Warnschüsse in die Luft abgebe.

Der Mob bleibt zögerlich stehen.

»Macht euch den Weg frei, es ist Gottes Wille«, kreischt der Pfarrer weiter, woraufhin sich die vordersten Männer wieder in Bewegung setzen. Jetzt hilft halt alles nichts mehr.

»Knallt's die ganze Bagage einfach ab«, schreie ich zu meinen Männern, die neben mir mit ihren gezogenen Waffen stehen.

Zur Bekräftigung schieße ich ein paar Zentimeter vor dem Mob in den Sand, so dass ihnen der Dreck nur so um die Ohren fliegt.

»Wenn's euch nicht sofort schleicht's, dann passiert was«, schreie ich weiter und drehe dem Pfarrer seinen Arm weiter nach hinten, damit der endlich stillhält.

Zur Bekräftigung schieße ich noch einmal, und endlich kommt Bewegung in die Menge. Panisch drehen sie um und springen in ihre Autos. In kürzester Zeit hat sich der ganze Spuk aufgelöst. Nur ihren narrischen Pfarrer haben sie zurückgelassen.

»Sauber«, sagt der Oberberger, »denen haben mir es aber gezeigt.«

»Gut hast geschossen«, lobt mich auch der Viereck.

Selbst der Reindl nickt mir anerkennend zu. Jetzt kriecht auch der Fischer aus dem Auto vom Oberberger und Viereck, in dem er sich versteckt hat.

»Die wollten meinen Hungersacker plattmachen«, flüstert er schockiert.

»Hau endlich ab hier, Fischer«, kreischt der Pfarrer hasserfüllt. »Wir wollen dich und dein teuflisches Begegnungszentrum hier nicht haben. Hast das jetzt endlich verstanden?«

Ich haue ihm noch einmal eine runter, damit er endlich sein Maul hält.

»Du bist verhaftet, Eberdinger«, erkläre ich ihm und lege ihm Handschellen an. »Und wenn du dich weiter so aufführst, dann kriegst auch noch ein paar Fußfesseln, du Depp«, schreie ich ihn an, weil er doch tatsächlich nach mir tritt und immer noch keine Ruhe gibt.

Plötzlich sackt er zusammen wie ein Heißluftballon, dem alle Luft entweicht.

»Dimpfelmoser, das hat Konsequenzen für dich, das schwöre ich dir«, flüstert er.

»Der Einzige, für den das Konsequenzen hat, bist du, Eberdinger«, antworte ich ihm. »Dafür kannst ein paar Jahre ins Gefängnis gehen.«

Er sagt nichts mehr, sondern schaut nur noch desinteressiert an uns vorbei.

»Ist alles in Ordnung mit dir?«, frage ich den Fischer.

Nicht dass dem wieder sein schwacher Kreislauf wegkippt und mir auch noch einen Krankenwagen brauchen.

»Es geht schon wieder.«

»Wollen'S Anzeige erstatten, Herr Fischer?«, fragt der Reindl, aber der schüttelt nur den Kopf.

»Ich will nicht noch mehr Öl ins Feuer gießen. Ich werde keine Anzeige erstatten und hoffe, dass alle Beteiligten zur Vernunft kommen.«

»Dann nehmen wir den Pfarrer mit, und ihr zwei unterhaltet euch wie besprochen noch einmal mit dem Fischer«, sage ich zum Oberberger und Viereck.

Ich schiebe den Pfarrer zu unserem Auto und verfrachte ihn auf den Rücksitz, während der Reindl die Reste des Holzkreuzes einsammelt. Wir fahren schweigend zurück in die Stadt, während der Pfarrer auf dem Rücksitz ununterbrochen leise vor sich hin betet. Das ist richtig gruselig, weil er dazu so einen abwesenden, irren Gesichtsausdruck hat, da könntest glatt meinen, der ist aus der Irrenanstalt entsprungen. In der Dienststelle bringen wir den Pfarrer erst einmal in eine Arrestzelle.

»Was soll jetzt mit dem Herrn Pfarrer geschehen?«, fragt mich der Reindl.

»Wir lassen den erst einmal ein paar Stunden in seiner Zelle schmoren, und dann rede ich noch einmal mit ihm. Vielleicht bringt ihn das zur Vernunft«, antworte ich ohne viel Hoffnung.

Der Reindl widmet sich seiner vorhin unterbrochenen Internetrecherche, und ich ziehe mich in mein Zimmer zurück, um in Ruhe noch einmal über alles nachzudenken.

Lautes Klopfen und Rufen reißt mich aus einem Traum, in dem der Pfarrer Eberdinger gerade einen Scheiterhaufen anzündet, auf dem der Fischer und ich festgebunden sind. Ich schaue mich verwirrt um, während der Reindl die Türe aufreißt und hereinstürzt. Oha, da bin ich wohl eingeschlafen und habe drei Stunden geschlafen, wie mir ein Blick auf die Uhr zeigt. Ich wundere mich, dass mich tatsächlich niemand gestört hat, aber inzwischen ist es doch tatsächlich schon fünf Uhr.

»Dimpfelmoser, der Huber hat gerade angerufen. Er hat den Durchsuchungsbeschluss für die Baufirma. Hernach um acht Uhr geht es los.«

»Um acht, da habe ich keine Zeit«, entfleucht es mir, und ich denke siedend heiß daran, dass ich der Eva versprochen habe, sie heute ins Thing Yong, unserem chinesischen Lokal, auszuführen.

Das gibt wieder Ärger, da bin ich mir sicher. Aber der Dienst und die Mordermittlungen gehen vor, das hilft halt alles nichts.

»Wir sollen um acht Uhr hier auf die Kollegen warten, hat der Huber gesagt, und dir soll ich einen ganz speziellen Gruß ausrichten und dir sagen, dass das ein dienstlicher Befehl ist und du keinen Alleingang machen brauchst, wenn du noch länger Polizist sein willst.«

»Wie viel Kollegen schickt er uns denn?«, frage ich vorsichtshalber, damit ich weiß, was mich erwartet.

»Stell dir vor, die ganze Truppe vom Kollegen Heulerich rückt an.«

»Wie, alle dreißig Mann?«

»Alle«, bestätigt er.

»Sauber, der spinnt doch, der Huber. Dreißig Mann von der Spezialeinheit vom Heulerich«, grunze ich.

Der Heulerich ist ein Alphatier sondergleichen, und wenn der bei mir auftaucht, dann ist der Stress schon vorprogrammiert. Meine Laune sinkt unter den Gefrierpunkt. Anstatt Chinese und Eva den Heulerich sein Machogehabe, das ist doch richtig scheiße. Ich beschließe, mir erst einmal den Pfarrer zur Brust zu nehmen und dann der Eva Bescheid zu geben, dass der gemeinsame Abend ausfällt.

»Hol mir den Pfarrer, Reindl«, sag ich.

Kurz darauf sitzt der Eberdinger vor mir. Er beachtet mich überhaupt nicht, sondern betet immer noch leise vor sich hin.

»Eberdinger, jetzt hör halt auf mit deinem Schmarrn«, fange ich an. »Ich habe dich gewarnt. Du bist jetzt einfach zu weit gegangen. Eigentlich müsste ich die ganze Angelegenheit der Staatsanwaltschaft übergeben, aber wenn du mir dein Wort gibst, dass du mit der Hetzerei aufhörst, dann lasse ich dich noch einmal laufen.«

»Ich will mein Kreuz wiederhaben«, flüstert er nur, ohne mich anzuschauen.

»Dein Kreuz? Meinst du die übriggebliebenen Holzteile?«

»Genau die, das ist ein Erbstück von meinem Urgroßvater.«

»Die Holzteile kannst haben, die liegen drüben beim Reindl, aber erst versprichst mir, mit dem Schmarrn aufzuhören.«

»Dimpfelmoser, ich gehe in mich und überlege es mir«, presst er aus sich heraus. »Lass mich jetzt in Ruhe, ich bin völlig erschöpft und möchte in meine Kirche.«

Ich überlege kurz und entschließe mich dann, ihn gehen zu lassen.

»Also gut, Eberdinger. Aber lass es dir eine Lehre sein. Noch so ein Scheiß und du sitzt, das garantiere ich dir.«

Grußlos verlässt er mein Zimmer und verschwindet kurz darauf mit seinen Holzteilen aus der Dienststelle. Inzwischen ist es sechs Uhr abends und höchste Zeit, in die Höhle der Löwin zu gehen.

Kapitel 9

Donnerstag, 18.15 Uhr

Als ich zur Eva in ihrem Teil der Wohnung rübergehe, steht sie gerade in schwarzer Spitzenunterwäsche vor dem Spiegel und ist dabei, sich zu schminken.

»Xaver, das ist schön, dass du schon da bist«, gurrt sie. »Du, ich freue mich schon so auf unseren Abend beim Thing Yong. Da machst du mir eine narrisch große Freude.«

Ich habe es befürchtet. Wie soll ich ihr das jetzt beibringen, ohne dass sie gänzlich ausflippt?

»Eva«, beginne ich vorsichtig und schaue sie mit dem besten Dackelblick an, den ich momentan aufbieten kann.

Sie dreht sich wie in Zeitlupe zu mir um und reißt die Augen auf, dass ich schon befürchte, sie würden ihr aus den Augenhöhlen rausfallen.

»Xaver, das ist nicht wahr, oder?«, flüstert sie gefährlich leise und rückt mit ihrem Gesicht ganz nahe an meines.

»Eva, ich muss eine Razzia durchführen ...«

Ihre Augen zittern, ihre Lippen beben, dann drischt sie unvermittelt auf mich ein.

»Xaver, du Arschloch, du verschissenes, du kannst dir in Zukunft deinen Haushalt selber machen, das schwöre ich dir«, brüllt sie hysterisch mit überschnappender Stimme.

Wenn die Eva so ordinär wird, dann ist es besser, den Rückzug anzutreten.

»Eva ...«, setze ich noch einmal an, während ich rückwärts durch die Türe auf die Straße flüchte.

»Halt dein ungewaschenes Maul, du Penner«, kreischt sie und haut weiter auf mich ein. »Lass dich bloß nicht mehr in meiner Wohnung blicken. Jetzt ist es vorbei mit dem offenen Durchgang und dem Schmusekurs, Xaver. Jetzt lernst mich einmal richtig kennen.«

Sie steigert sich dermaßen in ihren hysterischen Anfall hinein, dass alle Nachbarn neugierig die Fenster aufreißen, um zu sehen, was da auf der Straße los ist. Unter den Schlägen von der Eva drehe ich mich um und spurte zu meiner Dienststelle. Das ist schon das zweite Mal in dieser Woche, dass mir die Eva wie eine wildgewordene Furie auf der Straße hinterherrennt. Sie bemerkt gar nicht, dass sie nur in Unterwäsche unterwegs ist. Inzwischen versammeln sich immer mehr Anwohner auf der Straße und feuern die Eva mit Pfiffen an, während ich mich in meine Dienststelle rette. Ich befürchte schon, dass die Eva wieder anfängt, die Türe zu malträtieren, aber bis auf das Gegröle auf der Straße passiert nichts weiter. Also schaue ich vorsichtig nach draußen und sehe gerade noch, wie die Eva in unserer Haustüre verschwindet, während die männlichen Zuschauer laut »Ausziehen, ausziehen« skandieren und dafür Rüffel und böse Blicke von den Frauen ernten.

»Dimpfelmoser, du hast dich nicht verändert seit unserer letzten Begegnung. Brauchst immer noch so peinliche Auftritte?«, reißt mich da eine Stimme aus meinem Schock.

Ich drehe mich um und blicke in die grinsende Fresse vom Kollegen Heulerich, der in voller Kampfmontur im Gang steht.

»Servus, Heulerich, warum bist du schon so früh da?«

»Dimpfelmoser, ich will die Taktik mit dir besprechen, wenn wir schon dazu gezwungen sind, diesen Einsatz gemeinsam zu leiten«, bellt er in seinem überheblichen Tonfall.

Ich finde ihn einfach zum Kotzen, wie er wie der Rambo persönlich umherstolziert und so tut, als wäre das hier seine Dienststelle.

»Da gibt es nix zu besprechen, Heulerich. Wir gehen da rein, beschlagnahmen die Akten und die Computer, und dann gehen mir wieder. Das ist eine Baufirma mit ein paar Kleinkriminellen, die sich da rumtreiben. Ich verstehe eh nicht, warum der Huber unbedingt auf ein Sondereinsatzkommando besteht. Von mir aus kannst mit deinen Männern hier warten, bis wir wieder zurück sind.«

»Dimpfelmoser, nix da. Ich habe Anweisung von ganz oben, dass ich ganz besonders auf dich aufpasse, damit du nicht wieder irgendeinen Alleingang oder was Ungesetzliches machst.«

»Von ganz oben, aha«, antworte ich resigniert.

»Du glaubst ja gar nicht, was heute auf der Pressekonferenz in Regensburg los war. Alle überregionalen Sender sind inzwischen auf die Satansmorde aufmerksam geworden und haben den Huber ganz schön ins Schwitzen gebracht mit ihrer Fragerei. Der braucht jetzt schnellstens Ergebnisse, und deswegen bin ich hier. Und ich werde sie ihm heute Abend liefern«, protzt er, der alte Angeber.

Er breitet einen Lageplan von den Gebäuden der Baufirma aus.

»Schau her, Dimpfelmoser. Mein Plan ist, dass wir von vier Seiten gleichzeitig das Gelände stürmen.«

Er markiert die vier Stellen mit einem Textmarker.

»Da musst aber lauter Löcher in den Zaun schneiden, Heulerich«, werfe ich ein. »Das ist völlig unnötig. Es reicht auch, wenn mir einfach von vorne durch das Tor reingehen, weil der Zaun ist ja so hoch und dicht, da kann eh keiner raus, da müssen mir nicht auch noch den Zaun kaputtmachen.«

»Wer ist jetzt der Fachmann für das Stürmen von so einem Gelände, du oder ich?«, fragt der Heulerich und plustert sich auf wie ein Gockel auf der Balz. »Meine Truppe und ich, das sind lauter Profis und keine einfachen Dorfpolizisten.«

Er ist und bleibt halt einfach ein Arschloch, der Heulerich.

»Die sitzen in der Mausefalle. Wenn wir vorne reingehen und sich deine Männer nicht völlig deppert anstellen, dann haben wir alle im Sack, und keiner kann uns entwischen, geht das nicht in dein aufgeblasenes Hirn rein?«, gifte ich ihn an.

»Entweder wir machen es auf meine professionelle Art, oder du bleibst mit deinen Männern hier, hast das verstanden, du sturer Trottel, du sturer!«, brüllt er mich an.

Was streite ich mich eigentlich mit dem Affen? Soll er doch seinen Schädel hinhalten, wenn etwas schiefgeht.

»Leck mich am Arsch«, sage ich und gehe raus, wo sich bereits meine Leute und die ganze Truppe vom Heulerich versammelt haben.

Der Heulerich rennt mir hinterher.

»Du und deine Männer, ihr haltet euch im Hintergrund, sonst warst die längste Zeit Polizist«, droht er mir leise und stellt sich dann breitbeinig vor die Truppe.

»Männer, es geht los!«, schreit er und reißt dabei seine Arme theatralisch in die Luft. »Wir fahren mit vier Bussen zum Einsatzort. 500 Meter davor parken wir die Fahrzeuge, und dann gehen Team A, B, C und D in ihre jeweilige Startposition. Wenn ich das Kommando über Funk gebe, dann wird der Zaun aufgeschnitten und Team A stürmt das Eingangstor. Wichtig ist, dass sofort alle anwesenden Personen verhaftet werden. In Anbetracht der fortgeschrittenen Stunde werden wir wahrscheinlich nicht viele dieser Verbrecher antreffen. Hat noch wer Fragen?«

»Dir ist schon klar, Heulerich, dass wir nur einen Durchsuchungsbeschluss haben und es nur darum geht, dass wir irgendwas finden, was uns in den Mordfällen weiterhilft«, bemerke ich. »Du benimmst dich wie in einem Krieg.«

Er ignoriert meinen Einwand einfach und schaut sich selbstzufrieden grinsend um.

»Und was machen mia?«, will der Oberberger wissen.

»Sie werden mit Ihrem Chef warten, bis wir das Gelände gestürmt haben. Danach können Sie mit Ihren Kollegen mit der Durchsuchung der Büroräume beginnen, während wir das restliche Gelände auseinandernehmen.«

»Wie, mia dürfen nicht mitmachen?«, nuschelt der

Viereck rüber. »Die haben den Spaß, und mia sollen zuschau'n?«

»Halt's Maul, mia fahr'n jetzt hinter denen her, und dann schau'n ma mal, was es für uns zu tun gibt«, flüstere ich meinen Männern zu. »Die ganze Aktion ist doch eh völliger Schwachsinn, aber so einer wie der Heulerich wird das wohl nie verstehen.«

»Und los geht es!«, schreit der Heulerich. Alle springen in die Einsatzwägen und brausen davon. Wir warten noch ein bisschen, dann fahren auch wir mit unseren zwei Polizeiautos los und dem blöden Heulerich und seinen Männern gemächlich hinterher.

In einer Kurve fünfhundert Meter vor dem Gelände der Baufirma stellen wir unsere Fahrzeuge ab und steigen aus.

»Ihr bleibt hier und wartet, bis wir das Gelände gesichert haben, ist das klar?«, ermahnt uns der Heulerich. »Ich schicke einen meiner Männer zu euch, wenn ihr nachkommen dürft.«

Dann verschwindet er mit seinen Männern in der Dunkelheit.

»Und mia sollen jetzt echt hier warten?«, fragt mich der Viereck.

»Mia warten natürlich nicht. Dem Heulerich sein Plan ist doch der absolute Wahnsinn«, erkläre ich meinen Männern.

»Wenn der von vier Seiten das Gelände stürmt und das alles ohne wirkliche Beleuchtung, da kann sich doch ein jeder hinter irgendwelchem Gerümpel, das da rumliegt, verstecken und abhauen, und genau das werden wir verhindern.«

»Aber der kann uns ein Disziplinarverfahren anhängen, wenn wir gegen seinen ausdrücklichen Befehl eigenmächtig etwas unternehmen«, wirft der Reindl ein.

»Reindl, mir ist das völlig wurscht. Der Heulerich ist ein Depp und nicht mein Vorgesetzter, von dem lasse ich mir gar nichts sagen«, erwidere ich, und dann marschieren wir los.

Irgendetwas ist komisch, das merke ich mit jedem Meter, den wir näher an das Gelände herankommen. Das Gelände ist nicht wie erwartet besonders dunkel. Die große Lagerhalle ist von außen hell erleuchtet. Um das ganze Gebäude hängen bunte Lichterketten, und auch das Eingangstor erstrahlt in rötlichem Lichterglanz. Ich habe keine Zeit, mir Gedanken zu machen, was das bedeuten könnte, denn gerade in dem Moment beginnt auf dem Gelände ein fürchterlicher Lärm, weil die Männer vom Heulerich das Gelände stürmen und alle wild durcheinanderschreien und einen ohrenbetäubenden Krach veranstalten. Sie werfen sogar ein paar Blendgranaten in das Gelände, so dass alles plötzlich taghell erscheint.

»Do legst di nieder«, staunt der Oberberger, »die ziehen da eine Show ab, als würden sie eine Terroristenhochburg erstürmen.«

Wir sind inzwischen kurz vor dem Eingang angelangt.

»Wir warten hier und schau'n einmal, ob der Heulerich alles im Griff hat. Gebt's Obacht, ob da jemand das Chaos zur Flucht nutzt.«

Wir warten einige Minuten, während auf dem Gelände wütende Schreie und Befehle zu hören sind, da sehe ich doch tatsächlich eine Gestalt, die sich durch das offene Tor davonstehlen will.

»Da will einer abhau'n, den kaufen wir uns«, flüstere ich meinen Männern zu.

Wir brauchen nicht einmal viel tun, weil der Flüchtige uns direkt in die Arme läuft. Der Viereck und der Oberberger stürzen sich auf ihn, und der Reindl verpasst ihm Handschellen. Das hat er ja ausgiebig mit der Jutta geübt, und das klappt tatsächlich wie am Schnürchen.

»Wo willst denn so schnell hin?«, frage ich unseren Gefangenen und leuchte ihm erst einmal mit meiner mitgebrachten Taschenlampe ins Gesicht.

»Ja, der Schwarzer höchstpersönlich, einen guten Abend wünsch ich«, grinse ich ihn an.

Er schaut mich böse an, sagt aber kein Wort.

»Dann gehen wir jetzt wieder gemeinsam rein und schau'n, ob mir was Brauchbares finden in deinem Laden«, sage ich zu ihm und führe ihn zurück zum Bürogebäude.

Dort steht der Heulerich und betrachtet selbstzufrieden die ganze Szenerie um sich herum.

»Kruzefix, hab ich nicht gesagt, ihr sollt ...«, beginnt er, aber als er unseren Gefangenen sieht, verschlägt es ihm erst einmal die Sprache, und sein Riesenmaul bleibt mitten im Satz offen stehen.

»Heulerich, der Vogel wollte gerade entfleuchen«, grinse ich ihn an. »Da habt's aber einen sauberen Bock geschossen, wenn euch bei der Monsteraktion, die ihr da aufführt's, der wichtigste Mann entkommen kann. Wenn das der Huber erfährt ...«

Jetzt wird er zuerst kreidebleich und dann puterrot, der Heulerich.

»Dddas kkkann nnnicht ...«, stottert er los.

Ich koste unseren kleinen Triumph noch einen Moment aus, dann gehe ich wieder zu meiner Professionalität über.

»Meine Männer und ich, wir vergessen den kleinen Zwischenfall einfach, gell, Heulerich«, erkläre ich ihm, und meine Männer nicken geflissentlich. »Also, habt's schon einen Überblick, wer sich alles auf dem Gelände aufgehalten hat? Und kannst mir erklären, warum die Lagerhalle so komisch beleuchtet ist?«

»Dimpfelmoser, da ist uns ein ganz großer Schlag gelungen«, beginnt der Heulerich und ist schon wieder ganz das großspurige Arschloch, das er halt einfach ist. »Du wirst es nicht glauben, aber die Lagerhalle ist keine Lagerhalle, sondern beherbergt in ihrem Inneren einen illegalen Puff.«

Das erklärt natürlich die Lichterketten, denke ich mir.

»Wir haben sieben Freier und sieben Nutten festgenommen, einen Türsteher und einen Barkeeper. Was wir bis jetzt in Erfahrung bringen konnten, haben die heute eine kleine Privatfeier abgehalten.«

»Und außer dem Schwarzer, der euch ja entwischt ist, war sonst niemand mehr auf dem Gelände?«

Er hüstelt verlegen und schüttelt dann energisch den Kopf.

»Dimpfelmoser, wenn vorne durch das Tor sonst keiner abgehauen ist, dann können wir ausschließen, dass sich weitere Personen auf dem Gelände befunden haben. Die drei Stellen, an denen wir den Drahtzaun durchschnitten haben, wurden von jeweils einem meiner Männer bewacht, da ist keiner rausgekommen.«

»Aha, und wieso war dann niemand am Tor?«, kann ich mir die Frage doch nicht verkneifen.

»Da haben wir wohl einen kleinen Fehler gemacht«, gibt er kleinlaut zu. »Der Einsatzleiter vom Team A ist davon ausgegangen, dass ich jemanden dazu abgestellt habe, und ich dachte, er hat einen Mann dort postiert.«

»Saubere, professionelle Arbeit«, merkt der Reindl trocken an.

Manchmal überrascht mich der Kollege. Vielleicht wird doch noch ein guter Polizist aus dem, denke ich mir, während es den Heulerich fast zerreißt.

»Wir müssen jetzt arbeiten, Heulerich«, sage ich und lasse ihn einfach stehen.

Den Schwarzer schubse ich vor mir her.

»Oberberger, Viereck, ihr nehmt's euch die Räume auf der rechten Seite vom Gang vor, Reindl, du nimmst den zweiten Raum links«, kommandiere ich und schubse den Schwarzer in sein Büro.

»Ich möchte sofort meinen Anwalt sprechen«, fordert der frech.

»Hast einen neuen Bürostuhl?«, frage ich ihn, ohne auf seine Forderung einzugehen, schubse ihn auf den Stuhl und fessle seine Hände mit den Handschellen hinter der Lehne, damit er keinen Unsinn macht. »War dein alter Stuhl zu verpisst?«, frage ich weiter, und jetzt droht er gleich zu explodieren, der Schwarzer.

»Das darfst du nicht, das ist Freiheitsberaubung!«, schreit er los.

»Akute Fluchtgefahr, da darf ich noch viel mehr, und wenn du nicht dein Maul hältst, dann klebe ich es dir zu«, antworte ich ihm und beginne, seinen Schreibtisch zu zerlegen.

»Ich habe ein Anrecht auf meinen Anwalt«, probiert er es noch einmal.

»Gerade hast auf gar nix ein Anrecht«, fahre ich ihn an, und jetzt ist er endlich still und schnauft nur noch wie eine Dampflokomotive.

Ich durchsuche das ganze Büro, aber soweit ich feststellen kann, sind in den wenigen Akten tatsächlich nur Unterlagen, Pläne und sonst lauter Kram, die die Baufirma betreffen. Nirgendwo ist irgendein Hinweis oder etwas Verdächtiges zu finden, was uns bei unseren Morden weiterhelfen könnte. Auch über den illegalen Puff ist nichts zu finden. Der Tresor ist mit einem modernen elektronischen Zahlenschloss gesichert, und der Computer, den ich hochgefahren habe, ist natürlich mit einem Passwort geschützt.

»Pass auf, Schwarzer, wenn du uns hilfst und mit uns kooperierst, dann kannst deinen Anwalt anrufen. Du gibst uns die Kombination von deinem Safe und das Passwort für deinen Computer, und ich binde dich dafür los, und du kannst telefonieren. Und du weißt ja, dass sich eine Zusammenarbeit mit uns strafmindernd auswirkt.«

»Welche Strafe?«, braust er gleich wieder auf. »Ich habe gar nichts gemacht, und ihr habt's gar nichts gegen mich in der Hand.«

»Schwarzer, du betreibst hier ein illegales Bordell«, versuche ich es erneut, aber da lacht er nur.

»Das musst mir erst einmal nachweisen. Bloß weil meine Lagerhalle hier zu Wohnzwecken ausgebaut ist und meine Gäste da ein kleines privates Fest feiern, ist das noch lange kein Puff.«

»Und außerdem wolltest du fliehen, das stinkt doch bis zum Himmel«, probiere ich es noch einmal.

»Ich wollte nicht fliehen«, erklärt er. »Ich dachte,

meine Firma wird von Verbrechern überfallen, und da habe ich halt Angst bekommen. Man weiß ja nie, was für Gesindel einen heutzutage auf seinem eigenen Grund und Boden überfällt«, tut er ganz entrüstet. »Wenn ich gewusst hätte, dass es sich um die Polizei handelt, wäre ich selbstverständlich überhaupt nicht auf die Idee gekommen davonzulaufen.«

Wahrscheinlich können wir dem Sauhund tatsächlich nichts nachweisen, befürchte ich, aber das ist mir gerade völlig wurscht. Wir nehmen den hernach einfach mit, und dann kann er in unserer Zelle übernachten. Vielleicht fällt ihm morgen irgendwas ein, was uns weiterhilft. Ich gehe zum Schwarzer rüber und beuge mich ganz nah zu dem seinen Ohr, während ich ihn an seiner blöden Krawatte packe und ein bisschen anziehe, so dass er gleich nach Luft schnappt.

»Schwarzer, wenn du irgendwas mit den Morden zu tun hast, dann krieg ich dich, das garantiere ich dir, dann bist fällig«, flüstere ich ihm zu. »Da hilft dir dann dein sauberer Anwalt auch nix.«

Er wird kreidebleich, und sein ganzer, fetter Körper zittert.

»Drohst du mir etwa?«, würgt er heraus.

»Des kannst nennen, wie du willst, des ist mir völlig wurscht.«

Er röchelt ein bisschen, aber dann beruhigt sich seine Atmung wieder, und er schaut mich böse an.

»Das zahle ich dir heim«, raunzt er mir noch zu, als der Reindl das Büro betritt.

»Was ist denn hier los, Dimpfelmoser?«

Ich lasse die Krawatte vom Schwarzer los und drehe mich zu ihm um.

»Dem Schwarzer seine Krawatte war ihm zu eng, da habe ich ihm geholfen, dass er wieder gescheit Luft kriegt.«

Der Reindl schaut mich skeptisch an, aber nachdem der Schwarzer nichts sagt, wendet er sich wieder an mich.

»Dimpfelmoser, wir haben nichts Relevantes gefunden. Und du sollst kurz zum Heulerich rauskommen. Die sind so weit auch fertig mit der Durchsuchung des Geländes.«

»Bleib du solange bei dem Schwarzer, nicht dass der noch versucht, mit seinem Stuhl davonzurollen«, befehle ich dem Reindl. »Und schau dir einmal den Computer an, vielleicht kannst da was machen, dass wir an die Daten rankommen.«

Ich werfe dem Schwarzer noch einen vernichtenden Blick zu und gehe dann raus zum Heulerich.

»Und, habt's was gefunden, was uns weiterhilft?«, frage ich ihn.

»Bis auf den Puff nichts, Dimpfelmoser«, gibt er zähneknirschend zu. »Auf dem Gelände wird ansonsten nur Baumaterial gelagert, was für eine Baufirma normal sein dürfte.«

»Ein an drei Stellen zerstörter Zaun, ein beinahe geflüchteter Verdächtiger …«, zähle ich so für mich auf, »und nix gefunden auf dem Gelände, das ist ein echter Erfolg und rechtfertigt natürlich den Einsatz einer ganzen Sondereinheit.«

»Immerhin haben wir das illegale Bordell ausgehoben.«

»Du, wir sind eigentlich wegen der Mordfälle hier«, erinnere ich ihn. »Wir haben übrigens auch nix gefunden. Schickst ein paar Männer rein, die sollen den ganzen Kram aus dem Büro vom Schwarzer mitnehmen. Den Tresor und den Computer fahrt's zum Mühlbauer. Die sollen den Safe knacken und das Passwort von dem Computer herausfinden.«

»Seit wann erteilst du mir Befehle?«, braust der Heulerich gleich auf und bläst sich auf wie ein Luftballon.

»Heulerich, lass halt wenigstens jetzt dein blödes Gehabe. Wenn überhaupt, dann finden wir da etwas, was uns weiterhilft, und da kümmerst dich einfach drum«, schnauze ich ihn an und lasse ihn einfach stehen, den Hornochsen.

Gerade will ich wieder in das Büro gehen, da kommt einer der Männer vom Heulerich angelaufen.

»Dimpfelmoser, magst einmal mitkommen zu den verhafteten Männern. Da ist einer dabei, der nuschelt die ganze Zeit deinen Namen. Vielleicht kannst ja was aus dem rauskriegen.«

Also gehe ich zu dem Mannschaftswagen, in dem die verhafteten Freier sitzen. Wie ich die Türe aufmache, falle ich fast rückwärts wieder raus, weil ich sofort von einer Dunstwolke aus Schnaps umhüllt werde, das haut den stärksten Ochsen um. Im Wagen sitzen sieben Männer.

»Habt's alle einen schönen Abend gehabt?«, frage ich, was mit einem grölenden Johlen beantwortet wird.

»Wo kommt's denn her, ihr seid's nicht aus der Gegend?«

Aus dem nun folgenden Gebrabbel höre ich heraus, dass es sich um Geschäftsfreunde vom Schwarzer handelt, die aus Nürnberg angereist sind und nun ihren Abend hier ausklingen lassen wollten. Die finden die ganze Angelegenheit anscheinend ziemlich lustig, jedenfalls singen und lachen sie alle durcheinander, dass du fast taub wirst. Nur den siebten, der völlig steif zwischen den anderen sitzt und auf den Boden starrt, den kenne ich sehr wohl.

»Wolltest nicht eigentlich ins Bett gehen, weil du so müde bist?«, frage ich ihn.

Anstatt einer Antwort rülpst der Pfarrer Eberdinger, dass der Bus wackelt. Ich ziehe ihn erst einmal mit nach draußen, weil im Bus die Stimmung weiter steigt und du dein eigenes Wort nicht mehr verstehst.

»Was machst denn hier heraußen mitten in der Nacht? Wolltest die Prostituierten hier bekehren und auf den rechten Weg bringen, Pfarrer?«

Er dreht und windet sich, während er wankend dasteht.

»Der Herr Schwarzer hat mich für heute Abend eingeladen, um über die Sanierung des Pfarrhauses mit mir zu sprechen. Aber das ist topsecret, Dimpfelmoser. Mir liegt ein sehr großzügiges Angebot von ihm und seinen Geschäftsfreunden, die heute hier sind, vor.«

»Eine Geschäftsbesprechung also. Aber so eine Besprechung, die findet normalerweise nicht im Puff statt, Eberdinger.«

»Wir wollten halt in einer gemütlichen Runde das Ganze besprechen, damit es etwas lockerer ist, hat der Schwarzer gemeint, und dann haben wir ein bisschen gefeiert.«

»Aha, gefeiert habt's ihr. Also ich würde das, was die Kollegen in der Lagerhalle gesehen haben, jetzt nicht unbedingt als ›ein bisschen feiern‹ bezeichnen«, überlege ich laut weiter.

»Ich bin halt auch ein Mann, Dimpfelmoser«, lallt er,

während er den nächsten Monsterrülpser in die Nachtluft schickt.

»Soso, du bist doch mit dem Herrgott verheiratet und hast ein Keuschheitsgelübde abgelegt, oder täusche ich mich da?«

Er schüttelt nur mit dem Kopf.

»Und was willst eigentlich von mir? Ich kann dir da auch nicht helfen. Jetzt fliegt es halt auf, dass du ein ganz scheinheiliger Misthund bist, Pfarrer.«

Wieder schüttelt er nur den Kopf.

»Wieso machst du überhaupt Geschäfte mit so einem windigen Hund wie dem Schwarzer?«, will ich als Nächstes wissen. »Und lüg mich nicht an, Eberdinger, das gehört sich nicht für einen Diener Gottes.«

»Der ist letzte Woche bei mir in der Kirche aufgetaucht«, brabbelt der Pfarrer weiter. »Er hat mir ein Angebot gemacht, das ich nicht ausschlagen konnte. Für umsonst will der mir mein Pfarrhaus sanieren, Dimpfelmoser, kannst dir das vorstellen?«

»Einer wie der Schwarzer, der macht nix für umsonst, Eberdinger. Also was hat der von dir verlangt als Gegenleistung, und jetzt raus damit, sonst weiß morgen ein jeder, was du für einer bist.«

»Dimpfelmoser, er hat mich nur darum gebeten, gegen den Herrn Fischer und sein Teufelszentrum mobil zu machen. Da hat es doch gerade gepasst, dass da auch noch zwei Tote aufgetaucht sind, das hat die ganze Angelegenheit mit der Mobilmachung der Bevölkerung doch enorm vereinfacht.«

Ich glaub's ja nicht! Der Pfarrer, der scheinheilige Sauhund. Für den schnöden Mammon startet der eine Hetzkampagne gegen den armen Fischer, da legst di nieder.

»Vielleicht hättest dir eher überlegen sollen, dass das richtig scheiße ist, was du da treibst, Pfarrer«, streue ich weiter Salz in seine Wunde.

Er hebt langsam den Kopf und schaut mich mit gläsernem Blick an.

»Bitte hilf mir, Dimpfelmoser«, flüstert er plötzlich ganz kleinlaut. »Wenn das rauskommt, dann war es das für mich. Da habe ich keine Zukunft mehr in meiner Kirche.«

Er tut mir fast ein bisserl leid, wie er so dasteht wie ein begossener Pudel, der Herr Pfarrer. Ich überlege kurz, dann entscheide ich mich, ihn mitzunehmen.

»Komm mit, aber unauffällig.«

Im Schutz der Dunkelheit bugsiere ich ihn zu meinem Wagen und schiebe ihn auf den Rücksitz.

»Da versteckst dich im Fußraum und rührst dich nicht, bis ich wiederkomme. Hast das verstanden?«

Er nickt und kauert sich im Wagen zusammen.

»Und dass du mir ja nicht in den Wagen kotzt«, ermahne ich ihn noch, bevor ich gemächlich zum Heulerich rüberschlendere, der vor dem Bürogebäude steht und selbstzufrieden grinsend dem ganzen Treiben auf dem Gelände zuschaut.

»Heulerich«, sage ich, »der Mann redet mit mir auch nicht. Da musst schon selber schauen, wie du was aus dem rauskriegst.«

»Das habe ich mir schon gedacht, Dimpfelmoser, dass du aus dem auch nichts rauskriegst. Wir nehmen die Männer und die Liebesdamen jetzt alle mit nach Regensburg. Da können die Männer erst einmal ihren Rausch ausschlafen. Und um die Prostituierten sollen sich die Kollegen von der Bereitschaft kümmern.«

»Den Schwarzer, den nehmen wir mit«, stelle ich klar.

Der Heulerich überlegt kurz, dann nickt er nur und geht zu seinen Männern, die abfahrbereit sind.

Die ganze Einsatztruppe verschwindet in der Nacht, bis auf die Männer, die bis morgen das Gelände bewachen. Dass ihnen einer von ihren Gefangenen abhandengekommen ist, merken die Hohlköpfe überhaupt nicht. Wir sind auch fertig hier. Gerade will ich meine Männer nach Hause schicken, da läutet mein Handy.

»Herr Dimpfelmoser, bitte kommen Sie sofort zum Hungersacker raus«, höre ich den Fischer krächzen. »Hier wimmelt es nur so vor Journalisten und Fernsehteams, und obwohl ich ihnen das Betreten des Geländes untersagt habe, stiefeln die hier rum, bauen ihre Scheinwerfer auf und verbreiten Schauergeschichten über den Satan, der hier wohnen soll und Menschen umbringt.«

Nicht schon wieder, denke ich mir, das nimmt einfach gar kein Ende mehr.

»Ich schick sofort zwei Polizisten vorbei«, beruhige ich ihn.

Also gehe ich zum Oberberger und zum Viereck rüber.

»Können wir jetzt endlich Feierabend machen«, fragt der Oberberger, während der Viereck demonstrativ sein Maul zu einem Gähnen aufreißt, dass du eine halbe Sau darin versenken könntest.

»Nix Feierabend«, kommandiere ich, damit erst gar keine Diskussionen aufkommen. »Ihr nehmt's den Schwarzer mit und sperrt's ihn ein, und dann fahrt's sofort noch mal zum Hungersacker raus und erteilt dem Journalistenpack einen Platzverweis. Und wenn jemand nicht spurt, dann verhaftet's den einfach und sperrt's ihn für heute Nacht bei uns ein. Habt's des verstanden?«

Die zwei nicken nur und steigen in ihr Auto.

Ich gebe noch kurz dem Reindl Bescheid, dass der bis zum Schluss hierbleiben soll, und fahre dann mit meinem Gefangenen zurück in die Stadt. Der Pfarrer spricht während der ganzen Fahrt kein Wort. Vor dem Pfarrhaus bleibe ich stehen, zerre ihn aus dem Wagen und führe ihn in das Pfarrhaus. Dort nehme ich ihm die Handschellen ab.

»Hol uns was zum Trinken, am besten einen Schnaps«, eröffne ich das Gespräch.

Der Pfarrer verschwindet schwankend in seiner Küche und bringt eine Flasche original Weinzinger Waldlerschnaps mit. Schweigend gießt er zwei Gläser voll.

»Prost, auf die ehrenwerten Kirchenmänner«, rufe ich und hebe mein Glas. »Und auf die Wahrhaftigkeit und Keuschheit, gell, Pfarrer.«

Zögerlich stößt er mit mir an und vermeidet dabei jeden direkten Blickkontakt.

»Der Pfarrer im Puff«, rede ich weiter und betone jedes einzelne Wort, »wenn das morgen die Gemeinde erfährt, dann ist hier aber wirklich die Hölle los, das kannst mir glauben.«

»Kannst du es nicht einfach inoffiziell behandeln, lieber Dimpfelmoser«, versucht es der Pfarrer, der scheinheilige Hund. »Das wäre wahrlich eine Tat, die dir der Herrgott nicht vergessen würde.«

»Du gibst mir schriftlich, dass du ab sofort mit der Hetzkampagne gegen den Fischer und den Hungersacker aufhörst und deine Bürgerwehr morgen auflöst, dann können wir über mein weiteres Vorgehen, was dich betrifft, reden«, sage ich und halte ihm einen Zettel und einen Stift hin.

»Schreib du, Dimpfelmoser«, lallt der Pfarrer weiter, »ich fühle mich momentan nicht in der Lage, auch nur ein einziges Wort zu Papier zu bringen.«

Also beginne ich zu schreiben, während der Eberdinger irgendwie immer grüner im Gesicht wird. Plötzlich springt er auf und wankt auf den Gang. Ich will ihm hinterher, um seinen Fluchtversuch zu unterbinden, aber da kotzt er schon mitten auf seinen schönen Teppich im Flur.

Das geschieht ihm ganz recht, dem elenden Pharisäer. Er packt den ganzen Teppich und schmeißt ihn einfach auf seinen Hinterhof, bevor er wieder in der Küche erscheint.

»Jetzt geht es besser«, sagt er.

»Unterschreiben«, kommandiere ich, woraufhin er brav seine Unterschrift unter das Schriftstück setzt.

»Geht doch. Wenn morgen noch irgendwer gegen den Fischer vorgeht, dann bist aber fällig, hast mich verstanden?«, ermahne ich ihn noch eindringlich, während ich den Zettel zusammenfalte und in meine Jacke stecke.

Wieder nickt er und schaut mich treuherzig an.

»Vielleicht solltest dich einfach einmal daran erinnern, dass die Kirche für die Schwachen und Ausgestoßenen da sein sollte, anstatt sie zu verdammen und zu hetzen, dann hätten wir ein paar Probleme weniger hier. Der Fischer ist doch eine ganz arme Sau, der sich von allen ausnutzen lässt und niemandem etwas Böses will. Der Teufel, der sitzt wenn überhaupt in deinem versoffenen, schwanzgesteuerten Hirnwindungen. Und jetzt wünsche ich noch eine gute Nacht, ich verlasse mich auf dich.«

Endlich ist Schluss für heute, denke ich erleichtert und merke, wie erschöpft ich bin. Zu Hause probiere ich noch schnell die Verbindungstüre zur Eva aus. Sie hat sie tatsächlich zugesperrt, aber darum kümmere ich mich morgen. Heute will ich nur noch ins Bett und endlich schlafen. In meinem Kopf dreht sich alles, und ich kann nicht einmal mehr geradeaus schauen und erst recht keinen klaren Gedanken mehr fassen. Also lege ich mich, so wie ich bin, auf mein Bett und schlafe sofort ein.

Kapitel 10

Freitag, 11.30 Uhr

»Servus, Reindl, habt's vom Schwarzer schon was rausbekommen?«, frage ich den Kollegen, als ich gegen Mittag immer noch müde in der Dienststelle auflaufe.

»Morgen«, antwortet er nur missgelaunt.

»Reindl, hast schlecht geschlafen, oder warum hast so schlechte Laune?«

»Jutta«, quetscht er nur heraus und schnauft theatralisch.

»Habt's Ärger?«

»Ärger«, schreit er los, »wenn es das wäre, Dimpfelmoser! Die Frau ist liebestoll, sage ich dir. Ich habe die letzten Nächte kein Auge zugemacht, weil die nie genug kriegt. Ich wollte nach dem Einsatz gestern einfach nur schlafen, aber sie hat schon vor meiner Wohnung auf mich gewartet und ...«

»Da muss ein Nest sein von den Teufelsweibern«, rutscht es mir heraus, weil ich gleich an die Sophia denken muss.

Der Reindl hat meine Bemerkung gar nicht gehört. Er stiert nur wieder vor sich hin auf seinen Computerbildschirm, den er noch nicht einmal eingeschaltet hat.

»Geh, Reindl, da musst der halt zeigen, wer der Herr im Haus ist. Die Jutta, die musst gewaltig einbremsen, sonst tanzt die dir auf der Nase herum, dass dir Hören und Sehen vergeht.«

»Du redest dich leicht, Dimpfelmoser. Du hast ja keine Ahnung, wie penetrant die ist, wenn sie sich etwas einbildet. Und jetzt bin ich das Objekt ihrer gestörten Fantasie, und ich soll ihr die ganze Zeit zur Verfügung stehen, das hält ja keiner aus.«

Und ob ich eine Ahnung habe von dem Weib und ihrer Penetranz. Die habe ich schließlich selbst erlebt, wie sie mir damals nachgelaufen ist.

»Reindl, überleg dir gut, ob die die Richtige für dich ist«, sage ich so dahin, worauf endlich Leben in ihn kommt.

»Die und die Richtige? Jetzt spinnst aber schon, Dimpfelmoser. Ich brauche meine Ruhe und meinen Schlaf und eine Frau, die sich mir etwas unterordnet, und nicht so ein Monsterweib.«

»Aber mit Handschellen und Rollenspielen hast es schon ...«, werfe ich trocken ein, woraufhin mir der Kollege einen Kugelschreiber an den Kopf wirft.

»Was willst dann jetzt machen? Dann musst sie halt davonhau'n«, schlage ich vor und fühle mich ganz unbehaglich, weil ich ja weiß, wie die Jutta auf Ablehnung reagiert.

»Aber jetzt sag einmal, was ist mit dem Schwarzer?«

»Nichts haben wir, Dimpfelmoser. Am Vormittag ist sein Anwalt hier aufgetaucht. Er hat eine Kaution beim Amtsgericht in Regensburg für ihn hinterlegt und den Herrn Schwarzer nach einer kurzen Befragung mitgenommen.«

»Hat sich der Mühlbauer schon gemeldet?«

»Der hat vorhin angerufen. Sie schweißen jetzt den Tresor auf, weil sie ihn anders nicht öffnen können. Mit dem Passwort vom Computer braucht er noch ein paar Stunden, aber da ist er zuversichtlich.«

»Wo sind der Oberberger und der Viereck?«, will ich noch wissen.

»Die habe ich zuerst zum Arzt und dann nach Hause geschickt.«

»Wieso zum Arzt?«

»Dimpfelmoser, du kennst die zwei Rüpel ja zur Genüge«, fängt der Reindl zum Dozieren an. »Die haben heute Nacht im Hungersacker noch jede Menge Ärger gehabt.«

Mir schwant nichts Gutes.

»Es waren wohl an die zwanzig Journalisten und Fernsehleute im Hungersacker«, erklärt der Reindl weiter. »Und als unsere Pappnasen da aufgekreuzt sind und Platzverweise ausgesprochen haben, da sind auch fast alle nach kurzem Hin und Her gegangen. Aber ein besonders unfreundlicher Zeitgenosse aus unserem Ort, der Herr Winter, der diese Lokalzeitung herausgibt, hat einfach frech weiterfotografiert, und als ihn der Viereck verhaften wollte, hat der ihm eine gelangt, dass es ihn glatt aus den Latschen gehauen hat.«

»Und warum hast dann beide zum Arzt geschickt?«, frage ich irritiert. »Hat es den Viereck so schlimm erwischt, dass er nicht mehr alleine gehen kann?«

»Die Verhaftung von dem Herrn Winter lief wohl nicht ganz so reibungslos ab«, erzählt er weiter. »Der Oberberger hat sich auf ihn gestürzt, nachdem der Viereck k. o. geschlagen war, aber da hat der Herr Winter in seiner Wut seine heilige Kamera genommen und die dem Oberberger mehrmals über den Schädel gezogen. Der hat eine riesige Platzwunde am Kopf davongetragen, bevor er dem Herrn Winter die Handschellen anlegen konnte.«

»Da hättest halt du dabei sein müssen quasi als Spezialist für Handschellen«, grinse ich den Reindl an, aber der findet das gar nicht lustig.

»Wie oft willst du mir das noch vorhalten, Dimpfelmoser?«, tut er ganz entrüstet. »Jedenfalls hat der Herr Winter dann wohl rumgeschrien, dass er von dieser Polizistenwillkür die Nase voll hat und er uns alle verklagen will.«

»Aha, verklagen will der Schmierenheini uns also. Wo ist der überhaupt?«

»Er sitzt noch in seiner Zelle.«

»Hast ihn schon verhört?«

»Ich habe es versucht, Dimpfelmoser. Er wollte noch nicht einmal einen Anwalt und hat immer nur stereotyp wiederholt, dass er sich die Willkür nicht länger gefallen lässt und an die Öffentlichkeit gehen wird, sobald er hier wieder draußen ist.«

Oha, da muss ich aber eingreifen, denke ich mir, bevor der doch noch etwas vom Landrat ausplaudert. Sonst gibt es nur wieder Ärger mit dem Huber, und den kann ich nicht auch noch gebrauchen.

»Hast schon was Offizielles eingeleitet wegen dem?«, frage ich.

»Ich bin gerade dabei, den Haftbefehl wegen schwerer Körperverletzung und Widerstand gegen die Staatsgewalt zu beantragen.«

»Jetzt wartest noch mit dem Wisch, Reindl. Ich red

einmal mit dem. Wir sind so etwas wie ganz spezielle Freunde, und vielleicht wird er ja noch vernünftig«, sage ich dem Reindl und gehe nach hinten zu den Zellen.

»Du hast mir gerade noch gefehlt«, schreit er, als er mich sieht.

»Servus, Winter, so seh'n wir uns also wieder«, begrüße ich ihn. »Da hast dir ja sauber was geleistet heute Nacht.«

»Der Viereck hat angefangen, nicht ich«, tobt er weiter. »Der hat mich ohne Vorwarnung angelangt und geschubst, und das ist Polizeiwillkür, Dimpfelmoser. Mir reicht es von euch. Glaubt ihr, nur weil ihr von der Polizei seid, könnt's euch alles erlauben?«

»Du, wie viel ist die blöde Druckmaschine für dein Käseblatt wert? Reichen da 100 000 Euro? Weil wenn du jetzt nicht dein Maul hältst und mir zuhörst, dann fahr ich zu dir in die Redaktion und mach ein paar Schießübungen«, erkläre ich ihm lächelnd.

Mitten in seinem Zinnober hält er inne und schaut mich mit flackerndem Blick an.

»Du würdest das machen, Dimpfelmoser«, sagt er resigniert. »Also, was willst du?«

»Ich schlag dir ein Geschäft vor, Winter, einen Deal zwischen Männern sozusagen. Wir erheben keine Anzeige wegen heute Nacht. Du entschuldigst dich beim Viereck und dem Oberberger mit ein paar Kästen Weißbier und vergisst die ganze Angelegenheit genauso wie die Sache mit dem Landrat. Alternativ kannst schon den Märtyrer spielen, aber die Richter verstehen bei Widerstand gegen die Staatsgewalt und so einer gefährlichen Körperverletzung keinen Spaß, da brummst, wenn ich es drauf anlege. Und nicht zu vergessen die Kosten für eine neue Druckmaschine.«

»Dimpfelmoser, das ist Erpressung. In unserem Land gibt es so was wie Pressefreiheit, und außerdem sind wir ein Rechtsstaat.«

»Winter, das Gejaule kannst dir sparen. Willst jetzt mit mir ein Geschäft machen oder nicht?«

Er überlegt kurz, dann stimmt er, wenn auch nicht ganz freiwillig, unserem kleinen Handel zu.

»Geht doch, Winter«, sage ich zufrieden. »Und jetzt schleich dich, nicht dass ich es mir noch anders überlege.«

Ich schließe die Zelle auf, als gerade der Reindl auf den Gang kommt. Der gafft mich an, als wäre ich das achte Weltwunder oder ein Yeti, jedenfalls fallen ihm die Augen regelrecht aus dem Kopf.

»Ab mit dir, Winter«, kommandiere ich. »Und du, Reindl, pack deine Augen wieder ein, nicht dass du sie noch verlierst.«

»Du lässt den einfach gehen, Dimpfelmoser!«, entrüstet sich der Reindl.

»Reindl, wann lernst endlich, dass wir solche Angelegenheiten ganz unkompliziert lösen, ohne dass wir gleich den ganzen Staatsapparat brauchen«, erkläre ich dem Reindl, der kopfschüttelnd da steht und gar nicht weiß, was er noch sagen soll.

»Du rufst jetzt den Viereck und den Oberberger an und sagst ihnen, dass sie vom Winter ein paar Kästen Bier kriegen, da sollen sie sich drum kümmern, wenn's wieder fit sind. Und ich geh kurz an die frische Luft, da kann ich besser nachdenken«, verabschiede ich mich von ihm und verlasse die Dienststelle.

Draußen beschließe ich, erst einmal bei mir zu Hause nachzuschau'n, ob die Eva inzwischen wieder mit mir redet. Also gehe ich heim und schleiche mich leise zu der

Verbindungstür zur Wohnung von der Eva. Ich drücke die Klinke nach unten, aber sie ist immer noch zugesperrt.

»Eva«, rufe ich und klopfe gegen die Tür, »hör halt auf mit dem Schmarrn. Ich kann doch nix dafür, dass der blöde Huber gestern Abend die Razzia angesetzt hat.«

Ich lausche, aber auf der anderen Seite ist nix zu hören. Vorsichtshalber haue ich fester an die Türe, nicht dass die Eva mich gar nicht hört. Aber auch jetzt rührt sich überhaupt nichts.

»Dass die Weiber immer so rumzicken müssen«, brumme ich und gehe in mein Wohnzimmer.

Ich weiß halt auch nicht, was ich machen soll. Ich mag es überhaupt nicht, wenn die Eva mir böse ist, aber diesmal bin ich unschuldig, nur interessiert das die Eva überhaupt nicht. Meine Laune ist inzwischen weit unter dem Gefrierpunkt. Die Ermittlungen kommen gar nicht richtig voran, ich bin wegen der scheiß Razzia und wegen dem Pfarrer immer noch völlig übermüdet, und jetzt spinnt auch noch die Eva, da kannst ja keine gute Laune mehr haben. Damit ich auch etwas Sinnvolles tue und um mich abzulenken, schaue ich mir noch einmal die sichergestellten Nacktbilder vom Landrat und der Sophia auf meinem Computer an. Irgendwie sagt mir mein Bauchgefühl, dass da was nicht stimmt, ohne dass ich es näher fassen kann. Der Huber hat mir zwar untersagt, den Landrat oder die Sophia zu vernehmen, aber er hat mir nicht verboten, mich privat mit einem von denen zu treffen. Also probiere ich mein Glück und rufe die Sophia an.

»Distler«, bellt sie gar nicht charmant in den Hörer, so dass es mich gleich reißt.

»Sophia, hier ist der Xaver. Du, ich hätt da noch ein paar Fragen, kann ich da zu dir rauskommen?«

»Wann willst du denn kommen, mein Held?«, säuselt sie mit einer Stimme, dass mir gleich wieder ganz anders wird.

»Sophia, am besten gleich.«

»Ich warte auf dich«, haucht sie durch den Hörer, bevor sie auflegt.

Ich sprinte also zurück zur Dienststelle und springe in mein Polizeiauto. Mit Blaulicht und Sirene fahre ich raus zum Anwesen, in dem die Sophia und ihr Mann leben. Es ist gar nicht weit von der Pension Rosi entfernt. Ich kurble das Fenster herunter, lege wieder die Helene Fischer ein und lass mir den Wind um die Nase wehen. Da kannst den ganzen Ärger einmal vergessen und einfach einen klaren Kopf kriegen, bevor ich wieder arbeiten muss. Als ich das Anwesen erreiche, staune ich nicht schlecht. Ein riesiger Garten mit edel geschmiedetem Zaun drum herum, und mittendrin steht eine Villa, so groß wie das Schloss Neuschwanstein. Das Tor schwenkt automatisch auf, als ich in die Einfahrt einbiege. Mit einem Schlenker kommt der Wagen genau vor der Eingangstreppe zum Stehen. Gerade als ich aussteige, fliegt die Haustüre auf, und die Sophia schwebt die Treppen herunter. Sie hat ein kurzes Kleid an, da könntest meinen, die hat Beine bis zum Himmel. Sie wirft sich mir an den Hals und drückt mir einen Kuss auf den Mund.

»Sophia, nicht gar so stürmisch«, bremse ich sie und versuche, mich ihr zu entwinden.

»Hast geweint?«, frage ich sie, weil ihre Augen ganz rot sind und auch ihre wunderbar aufgetragene Kriegsbemalung das nicht kaschieren kann.

»Xaver, schön, dass du bei mir bist«, flüstert sie. »Ich brauche dringend eine starke Schulter.«

»Ist was passiert?«, frage ich besorgt, während ich immer noch damit beschäftigt bin, sie mir vom Leib zu halten. »Gehen mir halt erst einmal rein, und dann erzählst mir, was los ist.«

Vielleicht ist der Landrat tot, überlege ich kurz, aber das hätte ich sicher mitbekommen. Sie nimmt mich an der Hand und zieht mich hinter sich her in ihre Prachtvilla.

»Du, wo ist denn dein Mann?«

So wie die sich gebärdet, ist der wahrscheinlich nicht daheim.

»Mein Mann ist schon wieder auf Dienstreise, lieber Xaver, und er kommt erst in ein paar Tagen wieder.«

»Eine schöne Bude hast da«, stelle ich fest, um sie ein bisschen von ihrem Kummer abzulenken.

»Du glaubst ja gar nicht, wie einsam und kalt es in so einem großen Haus sein kann, wenn man tagelang alleine ist«, heult sie.

»Warum lädst dann nicht den Landrat ein, der ist doch ganz spitz auf dich und kommt sicher gleich, um dir Gesellschaft zu leisten«, versuche ich ihr zu helfen, aber da habe ich jetzt irgendwas Falsches gesagt, weil jetzt heult sie richtig los und wirft sich wieder an meine Brust.

Sie drückt sich an mich, als wär ich ihr Mann oder der Landrat. Das geht jetzt entschieden zu weit, und so schubse ich sie weg, dass sie rücklings auf ihrem Sofa landet, was eher einer Lustwiese gleicht. Ein so monströses Teil mit einem Bezug in Tigerfellimitat, da weißt gar nicht, wo du dich hinsetzen sollst.

»Xaver, du bist aber wild«, stöhnt sie auf.

Ich setze mich vorsichtshalber in einen ebenso monströsen Sessel, der der Couch gegenübersteht, nicht dass die noch auf dumme Gedanken kommt.

»Sophia, erzähl halt erst einmal, was genau los ist. Bist nur so traurig wegen deinem Mann, oder ist noch was anderes?«

»Oh, Xaver«, rappelt sie sich aus ihrem Liegemoloch hoch, »ich habe dir ja gar nichts zu trinken angeboten. Warte kurz, ich hole einen Prosecco, und dann erzähle ich dir alles.«

»Du, kann ich derweil einmal kurz dein Klo und dein Bad benutzen und mich ein bisserl frisch machen?«

»Willst noch schnell deine Blase entleeren, bevor wir zwei es uns so richtig gemütlich machen?«, gurrt sie, nimmt mich an der Hand und zeigt mir ein Bad, das ist so groß wie meine ganze Wohnung. »Ich bin gleich wieder bei dir«, säuselt sie weiter, und schon entfleucht sie in die Küche, wobei sie es nicht versäumt, mit ihrem wirklich pfundigen Hinterteil wie ein Kamel in der Wüste hin und her zu schaukeln. Da bleibt mein Blick magisch daran hängen, obwohl ich versuche, meinen Kopf in eine andere Richtung zu drehen. Ich muss wirklich aufpassen, dass ich mich nicht ablenken lasse, sondern sachlich bleibe. Also schließe ich schnell die Türe ab und schaue mich um. Wie erhofft stehen lauter Tiegel, Bürsten und Cremes von der Sophia rum. Ich zerre schnell ein paar Haare aus einer Bürste und verstaue sie in einer kleinen Plastiktüte in meiner Jacke. Dann tue ich so, als ob ich pinkeln würde, und lasse ausgiebig die Klospülung und den Wasserhahn rauschen, nicht dass sie noch Verdacht schöpft. Auch wenn es der Huber verboten hat, werde ich natürlich auch gegen die Sophia und den Landrat ermitteln. Das wäre ja noch schöner, wenn der Huber mir vorschreibt, wie ich meine Arbeit zu machen habe. Ich kehre zurück in das Wohnzimmer und versinke wieder in meinem Sessel. Gleich darauf kommt die Sophia mit den Gläsern zurück. Dabei hat sie einen Knopf mehr von ihrem Blusenausschnitt offen, wie mir sofort auffällt. Sie lässt sich auf ihrer Liegewiese nieder und prostet mir zu, wobei sie sich mit ihrer Zunge über die Lippen leckt. Dabei zwinkert sie mir zu, die Sophia, dass ich mir langsam Sorgen um ihren Geisteszustand mache.

»So, dann erzählst mir erst einmal, was mit dir los ist«, versuche ich das Gespräch gleich auf eine sachliche Ebene zu lenken.

»Das mit dem Landrat und mir, das ist vorbei, lieber Xaver.«

»Hat er dich verlassen?«

»Wo denkst du hin. Ich habe mich von ihm getrennt. So ein Verhältnis, das ist halt auf Dauer etwas anstrengend.«

Was meint sie mit anstrengend, überlege ich. Die Liebesspiele vor dem Fenster vielleicht?

»Der Landrat ist ein ganz hinterfotziger Hund«, erzählt sie weiter. »Am Anfang ganz der Gentleman, er hat mich auf Händen getragen, mir Komplimente gemacht und mich mit Geschenken überschüttet. Er hat meine Einsamkeit ausgenutzt.«

»Wie ausgenutzt? Des musst mir schon genauer erklären.«

»Glaubst du, es ist schön, immer so viel alleine zu sein?«, donnert sie los und bricht gleich wieder in Tränen aus. »Mein Mann ist oft wochenlang auf Geschäftsreisen unterwegs, und ich kann nicht so gut alleine sein. Als ich den Landrat kennenlernte, hat er mir nur ab und an Gesellschaft geleistet und war für mich da, wenn ich ihn brauchte. Und dann ist halt mehr daraus geworden.«

»Aha«, fällt mir nur ein.

»Aber dann hat er sich als ein perverser Lustmolch entpuppt. Er war mit nichts mehr zufrieden und wollte mich zu seiner Sklavin machen. Immer sollte ich ihm zu Diensten sein, und da musste ich die leidige Affäre beenden, bevor noch ein Unglück passiert. Er war so rasend vor Eifersucht, sobald mich nur ein anderer Mann angeschaut hat, da habe ich Angst bekommen, dass er mir oder irgendjemand anderem etwas antut.«

»Ja traust ihm des zu, dass der in seinem Wahn einen umbringt?«, frage ich, hellhörig geworden.

»Xaver, ich traue ihm alles zu. Hinter seiner biederen Fassade steckt eine wandelnde Zeitbombe. Er hat mich sogar geschlagen und hat mir gedroht.«

Da schau her, der Herr Landrat. Das sind sehr interessante Aussagen von der Sophia. Vielleicht ist ja doch der Landrat in den Mord am blonden Willi verwickelt. Ich überlege mir gerade, warum die mir ihre ganze tragische Romanze mit dem Landrat erzählt, da knöpft sie plötzlich ihre Bluse auf, und ehe ich mich versehe, steht sie splitternackt vor mir.

»Xaver, ich habe so Sehnsucht nach dir«, säuselt sie und langt mir einfach in meinen Schritt.

Jetzt ist es aber echt genug. Sie schaut ja wirklich rattenscharf aus, die Sophia, wie sie so einen geilen Blick kriegt und versucht, mir die Hose aufzumachen, aber das geht mir entschieden zu weit.

»Sophia, hör sofort auf mit dem Schmarrn«, versuche ich es, aber sie lässt nicht locker und bedrängt mich, dass mir Hören und Sehen vergeht.

»Zefix, Hände weg von mir, du Luder«, schrei ich und stoße sie von mir weg.

Sie fällt wieder rücklings auf ihre Lustwiese und beginnt zu stöhnen.

»Xaver, du wilder Bock, komm her und besteige mich«, presst sie zwischen ihrem Gestöhne hervor.

Ich ergreife lieber die Flucht. So nymphomanische Weiber machen mir einfach Angst, und überhaupt finde ich das abstoßend, wie die sich hemmungslos einem jeden an den Hals wirft.

Ich springe in mein Auto und brause vom Grundstück. In sicherer Entfernung bleibe ich stehen und schnappe erst einmal nach Luft, um wieder einen kühlen Kopf zu bekommen. Mein erster Impuls ist, gleich zum Landrat zu fahren. Mir ist es eigentlich wurscht, dass mir der Huber verboten hat, ihn zu befragen. Und überhaupt würde mich interessieren, wie er reagiert, wenn ich ihn direkt wegen dem blonden Willi zur Rede stelle. Also mache ich mich auf den Weg zum Haus vom Landrat. Während ich läute, atme ich tief ein und aus, um mich zu beruhigen und professionell aufzutreten.

»Was wünschen Sie?«, tönt eine weibliche Stimme aus der Gegensprechanlage.

»Kriminalpolizei. Machen'S bitte auf, ich müsste den Landrat sprechen.«

Eine schöne Frau, wahrscheinlich das betrogene Eheweib vom Landrat, öffnet die Tür. Ich zeige ihr meinen Ausweis, den sie eingehend betrachtet.

»Es tut mir leid, Herr Dimpfelmoser, aber mein Mann

ist nicht zu Hause. Er weilt in München auf einer Versammlung von seiner Partei. Ich kann Ihnen leider nicht sagen, wann er wieder nach Hause kommt.«

Ich tue so, als würde mir schwindelig werden, und wanke etwas hin und her. Besorgt schaut mich das Weib an.

»Ist Ihnen nicht gut?«, fragt sie.

»Der Kreislauf, Frau Landrat. Dürfte ich kurz Ihr Bad benutzen, dann geht es schon wieder.«

Natürlich lässt sie mich herein, und auch in ihrem Bad finde ich gleich einen Rasierer vom Landrat, an dem noch ein paar Stoppeln hängen. Auch hier tüte ich das Zeug vorsichtig ein.

»Ja dann entschuldigen'S die Störung«, verabschiede ich mich und fahre nachdenklich davon.

Bei einem kurzen Abstecher auf die Dienststelle erfahre ich, dass der Tresor noch nicht geöffnet und das Passwort noch nicht geknackt ist. Ich übergebe meine Tüten dem Reindl, damit der sie gleich noch an den Mühlbauer zur Untersuchung weiterleitet, und gehe dann nach Hause. Als ich meine Wohnung betrete, steht die Eva in der Durchgangstür und grinst mich schief an.

»Eva, das ist aber eine Freude, dich zu sehen«, sage ich und meine es auch wirklich so.

Nach dem Stress mit der Sophia ist es einfach wunderbar, dass die Eva mit ihrer Schmollerei wieder aufgehört hat.

»Du, hast was gekocht für uns zwei?«, frage ich, aber das war wohl auch falsch. Anstatt mich in die Küche zu bitten, schaut sie mich an, als wäre ich ein lästiges Insekt, und knallt die Türe wieder zu.

»Eva«, schrei ich und rüttle an der Türe, »hör halt endlich auf mit dem Schmarrn. Ich hab mich grad wirklich ganz sakrisch gefreut, dich zu sehen.«

Keine Reaktion.

»Geh, Eva, komm halt rüber, und dann gehen mir zum Thing Yong, wenn du nix gekocht hast.«

Da höre ich den Schlüssel, wie er gedreht wird, und dann fällt mir die Eva in die Arme.

»Hast heute Zeit für mich?«, fragt sie und schaut mich erwartungsvoll an.

»Mei, Eva, ich tu, was ich kann. Eigentlich müsst ich ja weiter ermitteln, aber heute hab ich mir gedacht, nehme ich mir einfach einmal frei. Und des mit dem Kochen war nur ein Spaß, Eva. Ich wollte dich eh mit dem Thing Yong überraschen.«

Sie grinst, dass sie zum Verlieben schön ausschaut, und drückt sich an mich. So mag ich es, und dabei muss ich mit Schrecken an die wilde Sophia denken, wie die sich gebärdet.

»Eva, schön, dass du da bist«, flüstere ich ihr leise ins Ohr. »Und jetzt machst dich schnell fertig, und dann gehen wir los, ich hab schon einen Mordshunger.«

Keine zehn Minuten später steht die Eva in einem wunderschönen Kleid vor mir, und wir gehen rüber zum Thing Yong. Ich genieße es, ihre Hand zu halten, und freue mich schon sakrisch auf das Essen. Mir persönlich sind Bratwürste zwar lieber, aber wenn es schon was anderes sein muss, dann ist der Thing Yong meine erste Wahl.

»Was für eine Freude, euch zu sehen«, begrüßt uns der Herr Thing gleich lachend. »Euer Tisch ist frei, da könnt ihr euch gleich hinsetzen.«

Wir lassen uns in unsere kleine Ecknische fallen.

»Wie immer, oder darf es heute einmal etwas anderes sein?«, fragt der Herr Thing.

Wir sind da ganz konservativ, die Eva und ich, und essen immer das Gleiche.

»Wie immer«, erklären wir beide, und schon verschwindet der Herr Thing, um unsere Bestellung an die Küche weiterzugeben.

Nachdem er Eva ihren Rotwein und mir mein Bier hingestellt hat, erzähle ich ihr ausführlich von den laufenden Mordermittlungen. Normalerweise hört mir die Eva aufmerksam zu und hilft mir mit ihren Gedanken und Ideen weiter. Aber heute ist sie nicht richtig bei der Sache und wirkt irgendwie nervös und geistesabwesend.

»Eva, hast irgendwas?«, frage ich sie schließlich.

»Xaver, seit am Sonntag die erste Leiche da draußen gefunden wurde, träume ich wieder vom Hungersacker.«

Ich verschlucke mich fast, weil damit habe ich nicht gerechnet. Das ist gar nicht gut. Ich starre sie nur fassungslos an, weil ich halt auch nicht wirklich über unsere Erlebnisse als Kinder reden kann.

Die Eva und ich, wir haben seit damals, als uns mein Opa aus dem Keller mit den zwei Toten geholt hat, eigentlich nie wirklich darüber gesprochen. In einer stillschweigenden Vereinbarung hat halt jeder versucht, das Ganze so gut wie möglich zu verarbeiten. Gleich nach den ganzen Ereignissen waren wir drei Kinder, die Eva, meine Schwester und ich, in psychologischer Betreuung, bis die damals gemeint haben, dass sie momentan nicht mehr für uns tun können.

»Magst jetzt darüber reden, Eva?«, frage ich unsicher.

»Da bin ich vielleicht nicht der Richtige dafür, aber des weißt ja eh.«

»Xaver, vielleicht sollten wir genau das endlich einmal tun. Über die ganze Sache reden. Seit damals leben wir wie Geschwister zusammen, aber nie haben wir zwei es fertiggebracht, über diese Zeit zu sprechen. Es muss doch irgendwann einmal Schluss damit sein, dass alleine die Erwähnung des Hungersackers uns immer noch in Angst und Schrecken versetzt.«

Meine Hände werden feucht, und mir wird ganz kalt. Und plötzlich tauchen die ganzen Erinnerungen an damals wieder auf. Ich bin wieder acht Jahre alt und sitze betend und meditierend neben der Eva und meiner Schwester im Meditationsraum der Sekte. Jeder, der nicht stillsitzt, wird vom erleuchteten Erwin, dem Sektenguru, grün und blau geschlagen. Besonders oft erwischt es die Eva, so dass sie oft tagelang nicht mehr sitzen kann. Auch uns Kindern werden irgendwelche Drogen verabreicht, damit wir unser Bewusstsein früh genug erweitern können. Dabei bekommen zwei Sektenmitglieder dann eine Überdosis ab und sterben, woraufhin die ganze Sekte in einer Nacht-und-Nebel-Aktion nach Indien abhaut. Uns Kinder lassen sie der Einfachheit halber einfach da und sperren uns zu den Toten in den Keller. Nach zwei Nächten in völliger Dunkelheit taucht mein Opa auf und befreit uns. Die Eva bleibt dann bei uns, und meine Großeltern erhalten das Sorgerecht für sie.

»Weißt, Xaver«, dringt plötzlich Evas Stimme wieder zu mir durch und holt mich in die Realität zurück, »ich habe eigentlich gedacht, dass ich mit der Erinnerung an diese zwei Nächte, die wir mit den Toten im Keller eingesperrt waren, gut umgehen kann. In den letzten Jahren hab ich immer seltener davon geträumt oder überhaupt daran gedacht. Aber jetzt ist alles wieder ganz nah, und ich hab das Gefühl, dass mich das völlig aus der Bahn wirft.«

»Dann fahr halt morgen zum Opa und der Oma raus, und red mit denen«, schlage ich ihr vor. »Du bist für die zwei wie eine Tochter, des weißt ja.«

»Mmmh, das ist eine gute Idee. Des werd ich ihnen eh nie vergessen, was die zwei für mich getan haben. Xaver, heute Nacht habe ich von den zwei Toten aus dem Keller geträumt. Sie haben zu mir gesprochen und gesagt, dass sie wieder bei mir bleiben wollen und mich jede Nacht besuchen werden.«

»Ach du Scheiße.«

Jahrelang hat die Eva jede Nacht davon geträumt und ist immer schweißgebadet und so laut schreiend aufgewacht, dass auch meine Schwester und ich wach geworden sind. Einmal habe ich heimlich ein Gespräch zwischen dem Opa und der Oma belauscht. Da haben sie davon geredet, dass die Eva in eine Klinik muss, wenn das nicht besser wird und sie sich weiter so quält. Gott sei Dank sind dann aber die Abstände zwischen ihren Alpträumen immer größer geworden, und irgendwann haben sie ganz aufgehört.

»Eva, fahr zum Opa und zur Oma«, beschwöre ich sie. »Die wissen am besten, was zu tun ist. Für mich ist das ganze Thema auch nicht gerade leicht. Der ganze aktuelle Fall geht mir schon viel zu nah, des kannst mir glauben.«

Ich würde der Eva ja wirklich gerne helfen, aber ich habe inzwischen Schweißausbrüche, und meine Knie zittern unter dem Tisch, was die Eva aber zum Glück nicht bemerkt.

»Ihr Essen ist fertig«, unterbricht uns da zum Glück der Herr Thing.

Der Eva stellt er wie immer Reis mit Gemüse und Garnelen, besonders scharf, auf den Tisch, und ich bekomme mein völlig unchinesisches, aber hervorragendes Wiener Schnitzel mit Pommes serviert, das einzige nicht chinesische Essen übrigens, das es beim Herrn Thing gibt.

»Lass es dir schmecken, Eva, und jetzt vergessen mir einmal den Hungersacker«, sage ich, und dann essen wir schweigend vor uns hin.

Es schmeckt wie immer einfach pfundig. Nachdem die Eva eine Flasche Rotwein getrunken hat und ich meine vierte Halbe Bier geleert habe, sind die Gedanken an den Hungersacker wieder weit weg, und wir gehen nach Hause. Heute Nacht schläft die Eva an mich gekuschelt bei mir, und es ist schön, dass sie da ist.

Kapitel 11

Samstag, 7.00 Uhr

Als ich am nächsten Morgen aufwache, sitzt die Eva lächelnd neben mir.

»Xaver, das war schön gestern. Und hernach rufe ich deinen Opa an, und dann fahre ich zu ihm und der Oma raus.«

Mir brummt irgendwie der Schädel, da war wohl die vierte Halbe zu viel bei dem ganzen Stress.

»Eva, des machst, dem Opa ist immer was eingefallen, wenn es um den Hungersacker gegangen ist. Und jetzt machst mir ein schönes Frühstück«, füge ich noch augenzwinkernd hinzu.

Zu meiner Überraschung grinst sie und schwingt sich tatsächlich in die Küche, während ich ins Bad gehe. Das Frühstück ist hervorragend, ein gescheiter Kaffee und Rühreier mit viel Speck, so wie ich es mag. Gemeinsam verlassen wir die Wohnung, und während die Eva mit dem Fahrrad zum Opa rausfährt, gehe ich bestens gelaunt rüber zu meiner Dienststelle.

»Servus, Reindl, ein schöner Tag ist das heute«, flöte ich zu ihm rüber.

Natürlich ist der Streber schon wieder vor mir da. Ich

frage mich echt, wie der das macht, dass er immer so früh hier ist. Wahrscheinlich hat er Schlafstörungen oder sonst irgendein Problem, dass es ihn um diese Uhrzeit schon zum Dienst treibt.

Bevor der Reindl noch was sagen kann, läutet das Telefon.

»Servus, Dimpfelmoser«, schreit mir der Heinz ins Ohr.

»Servus, Heinz. Hast was für mich, oder willst einfach nur plaudern?«

»Du, ich wollt dir nur Bescheid sagen, dass der Huber sich ganz komisch benimmt, seit ihr die Razzia gemacht habt's und wir den Tresor und den Computer dahaben. Gleich danach hat er den Mühlbauer beauftragt, zuerst ihn zu informieren, wenn wir den Computer und den Tresor geknackt haben. Er hat den ausdrücklichen Befehl erteilt, dass zuerst er das Material sichtet, bevor irgendein anderer die Sachen durchschaut. Und heute Morgen ist er hier hereinspaziert und hat die Videobänder, die wir im Tresor gefunden haben, einfach mitgenommen.«

Oha, der Huber wieder. Das stinkt ja wie eine ganze Odelgrube auf einmal, so wie der sich verhält.

»Heinz, kein Wort zu irgendwem, ich kümmere mich darum. Und danke, dass du mich informiert hast«, sage ich und lege auf.

Irgendwie verstehe ich langsam gar nichts mehr, aber plötzlich schießt mir ein Verdacht in den Kopf. Könnte es tatsächlich sein …? Bevor ich meine Gedanken ganz klar kriege, läutet das Telefon, und natürlich ist es der Huber.

»Haben'S den Mörder jetzt endlich, Dimpfelmoser?«,

fragt er mich scheinheilig. Der elende Heuchler weiß genau, dass wir immer noch im Dunkeln tappen und außer den Verdachtsmomenten gegen den Schwarzer offiziell noch nichts Konkretes haben. Aber der Huber weiß nicht, dass ich schon weiß, dass er persönlich die Videoaufzeichnungen aus dem Tresor vom Schwarzer abgeholt hat, also versuche ich es einfach ins Blaue hinein.

»Wenn ich gegen den Landrat ermitteln könnt, da haben sich neue Hinweise ergeben«, versuche ich mein Glück.

»Noch ein Wort, und ich hänge Ihnen ein Disziplinarverfahren an den Hals. Ich habe mich in dieser Angelegenheit klar und deutlich ausgedrückt«, bellt er gleich.

»Wenn'S meinen, Huber, aber dafür übernehmen Sie die Verantwortung, wenn sich hinterher rausstellt, dass der werte Herr Landrat irgendwas mit der ganzen Angelegenheit zu tun hat«, schreie ich angefressen in den Hörer.

Der schafft es doch glatt, mir meine gute Laune zu verderben. Jetzt schnaubt er erst einmal, bevor er sich wieder fängt.

»Dimpfelmoser, lassen wir das jetzt. Ich wollte Sie eigentlich beauftragen, dass Sie den Herrn Schwarzer wieder festnehmen.«

»Den haben mir doch gerade erst gehen lassen«, werfe ich ein.

»Dimpfelmoser, es ist wieder einmal etwas delikat, und da brauche ich Sie in geheimer Mission«, flötet er.

Aha, daher weht der Wind, da ist also doch eine Sauerei im Hintergrund, so wie ich es schon vermutet habe, und ich soll die ganze Angelegenheit wieder einmal für den Huber regeln. Der kriegt aber auch nix selber auf die Reihe. Schon die Rattenplage damals hab ich für ihn erledigen müssen.

»Ich will gar nicht lange um den heißen Brei herumreden«, fährt er fort. »Die Kollegen haben inzwischen das Computerpasswort von dem Herrn Schwarzer geknackt und den Tresor aufbekommen. Die Festplatte vom Computer hat noch keine interessanten Ergebnisse geliefert. Nur ein paar Dateien wurden wohl ganz frisch gelöscht und werden gerade wiederhergestellt. Aber im Tresor ist eine Filmkamera aufgetaucht, auf der die Fingerabdrücke der drei Toten sichergestellt wurden. Allerdings wurden die Kamera und die Speicherkarte vermutlich bei dem Transport von dem Tresor beschädigt, so dass die Aufzeichnungen darauf momentan nicht abrufbar sind. Es ist noch nicht klar, ob sie wiederhergestellt werden können. Aber im Tresor, Dimpfelmoser, da lagen auch Bänder mit Videoaufzeichnungen. Ich habe sie gleich persönlich an mich genommen und gesichtet. Auf denen sind Gäste des illegalen Bordells in eindeutigen Stellungen mit Prostituierten gefilmt. Und dummerweise taucht auch zweimal der Landrat Hinterbirner auf den Bändern auf.«

Jetzt bin ich erst einmal sprachlos, obwohl ich so was schon erwartet habe. Der Landrat ist ja so ein verreckter, hinterfotziger Sauhund, und der Huber ist auch nicht viel besser.

»Huber, warum erfahre ich erst jetzt, dass der Tresor geknackt ist?«, brülle ich los und genieße meinen Auftritt in vollen Zügen. »Soweit ich weiß, bin ich der ermittelnde Beamte, oder hab ich da irgendwas falsch verstanden?«

»Nein, nein, lieber Dimpfelmoser, natürlich sind Sie der Leiter der Ermittlungen – mein bester Mann, das wissen Sie doch.«.

»Und, was wollen'S wieder von mir?«

»Nun ja … Dimpfelmoser, das ist …, wie soll ich sagen …?«

»Raus damit, Huber, ich hab echt keine Zeit für Ihren Schmarrn.«

Ich kann durch die Leitung förmlich sehen, wie er sich windet und dreht.

»Ein Wort zu irgendwem, und ich schmeiße Sie höchstpersönlich aus dem Polizeidienst«, tut er wieder ganz förmlich.

»Wollen'S mir drohen, Herr Huber?«, frage ich deshalb auch ganz förmlich.

»Zefix, der Landrat Hinterbirner hat mich gestern Nachmittag von sich zu Hause aus angerufen und mich informiert, dass er auf den Bändern auftauchen könnte, und er hat mich um einen kleinen Gefallen gebeten«, platzt es aus ihm heraus.

Jetzt wird es hinten höher als vorne. Der lügt mich an, da würd die Nase vom Pinocchio einen Meter lang werden.

»Huber, erzählen'S nicht so einen Schmarrn. Ich weiß zufällig, dass der Landrat gestern gar nicht zu Hause war. Also wie sollte er Sie dann von dort aus angerufen haben?«

Jetzt hab ich ihn, den Huber, und zuerst ist er ganz still. Ich sage auch nichts und warte, wie er da wieder rauskommen will.

»Ich bin auch mit auf den Bändern«, nuschelt er ganz leise in die Leitung.

Aha, daher weht also der Wind.

»Haben'S wieder einmal einen kleinen Ausflug ins Bordell unternommen und dieses Mal gleich mit dem Landrat zusammen?«, frage ich gnadenlos, da fehlt mir jetzt wirklich jedes Verständnis.

»Dimpfelmoser ..., ähem ..., was soll ich sagen ...«, druckst er rum.

»Da haben'S ein richtiges Problem. Weil die Bänder, die können'S nicht einfach verschwinden lassen, das wäre ja Unterschlagung von Beweismitteln, und überhaupt sind die doch sicher schon registriert. Und wenn der Schwarzer auspackt, was wollen'S dann machen?«

»Das ist ja genau mein Problem, Dimpfelmoser. Und da wollte ich Sie um Ihre Hilfe bitten«, jammert er.

»Ja was soll ich da machen? Soll ich die Beweise für Sie verschwinden lassen und den Schwarzer abknallen, oder wie stelln'S sich des jetzt vor?«

Da bin ich aber einmal gespannt.

»Verhaften'S halt erst einmal den Herrn Schwarzer, und wenn'S den haben, dann reden'S mit dem Mann. Bieten Sie ihm von mir aus einen Deal an, oder setzen'S den ein bisserl unter Druck, da fällt Ihnen schon was ein, Dimpfelmoser.«

»Aha, und was wollen'S mit den Bändern machen?«

»Dimpfelmoser, Sie kennen doch Gott und die Welt. Vielleicht könnte ja wer die besagten Abschnitte rausschneiden, ohne dass es auffällt. Wissen'S da niemanden?«

Der ist doch völlig übergeschnappt, der Huber. Da mache ich mich ja strafbar, wenn ich auf den seine Vorschläge eingehe.

»Sie wissen schon, was Sie da verlangen«, sage ich gedehnt. »Was haben'S sich denn so vorgestellt als Gegenleistung?«

»Ähem, wie wäre es mit einer Beförderung, da kriegen'S dann 200 Euro mehr im Monat.«

Ich sage erst einmal nix und warte ab, was ihm die ganze Sache wirklich wert ist.

»Und ich lasse alle Ihre Einträge aus der Personalakte streichen, eine Generalamnestie sozusagen.«

Jetzt wird es schon eher interessant, aber ich lasse ihn natürlich weiter zappeln.

»Und nie wieder zum Psychologen.«

»Das haben wir schon geklärt, Huber, des zählt jetzt nicht mehr«, werfe ich trocken ein.

»Ich könnte mich dafür einsetzen, dass Ihre Dienststelle offiziell wird und nicht nur so unter der Hand geduldet ist, das wollten'S doch schon immer.«

»Huber, ich schau, was ich machen kann, aber ich versprech nix. Bringen'S alle Bänder raus zu mir. Da gehören sie eh hin, weil ermitteln in dem Fall tun immer noch mia und nicht die Kollegen aus der Stadt.«

»Ich schicke sofort jemanden mit den Bändern. Wenn'S das hinkriegen, Dimpfelmoser ...«, sagt er noch und legt auf.

Was würde der Huber bloß ohne mich machen? Der wäre aufgeschmissen und könnt schon längst seinen Hut nehmen, wenn ich ihm nicht immer wieder helfen würde.

Also funke ich den Oberberger und den Viereck an, die Streife fahren, damit sie zum Schwarzer rausfahren und den wieder einsacken. Keine fünf Minuten später, als ich mich endlich in die Ermittlungen vertiefen will, ruft der Huber schon wieder an. Der ist wie ein lästiges Insekt, das du nicht mehr loswirst.

»Soll ich Ihnen noch mehr bei Ihren illegalen Machenschaften helfen, Huber?«, frage ich ihn.

»Diesmal geht es leider um eine sehr traurige Angelegenheit, Dimpfelmoser«, sagt er, ohne auf meine Bemerkung einzugehen. Seiner zitternden Stimme nach zu schließen, scheint er richtig betroffen zu sein.

»Ist wer gestorben?«, will ich wissen.

»Genau, Dimpfelmoser, aber es war leider ein Mord.«

»Aber nicht schon wieder einer, dem das Blut rausgesaugt wurde?«, frage ich besorgt nach.

»Nein, dieses Mal nicht. Ich habe gerade einen Anruf aus dem Klinikum erhalten. Da liegt doch der junge Weinzinger, der den Motorradunfall hatte. Heute Morgen hat der Weinzinger senior seinen Sohn besucht, und wie er alleine mit ihm im Zimmer war, hat er einfach alle lebenserhaltenden Maschinen vom Stromnetz getrennt und ist dann wieder gegangen, als ob nichts wäre. Bis die Stationsschwester bemerkt hat, was der Weinzinger gemacht hat, war es schon zu spät und sein Sohn bereits tot.«

»Ich fahre gleich einmal raus zur Schnapsbrennerei und schau nach, ob er dort aufgetaucht ist«, sage ich etwas erschüttert.

»Wenn Sie ihn dort vorfinden, dann verhaften'S ihn gleich. Das ist einer von diesen ganz tragischen Fällen. Wie mir der Arzt sagte, wäre der junge Weinzinger wahrscheinlich nie mehr aus dem Koma aufgewacht und für den Rest seines Lebens ein Pflegefall geblieben, aber es ist halt trotzdem ein Mord.«

Nachdenklich fahre ich los und raus zum Weinzinger.

Das Gespräch mit ihm geht mir wieder durch den Kopf. Irgendwie kann ich ihn ein bisschen verstehen, den alten Weinzinger. Dem hat das Schicksal in letzter Zeit so übel mitgespielt, da kann's schon einmal zu einer Kurzschlusshandlung kommen. Als ich auf dem Parkplatz mein Polizeiauto abstelle und aussteige, werde ich sofort aus dem Laden heraus beschossen. Ich hechte hinter den Wagen und verschaffe mir erst einmal einen Überblick. Tatsächlich schaut aus einem der Fenster eine Pistole heraus. Ich funke also den Oberberger und den Viereck an, damit die zur Unterstützung rauskommen, aber die zwei Nasen sind nicht zu erreichen. Also gebe ich dem Reindl Bescheid, der sofort die Kollegen in Regensburg informiert. Dann überlege ich, wie ich am besten ins Haus komme, da läutet mein blödes Handy, was sofort mit einem neuen Kugelhagel aus dem Haus heraus beantwortet wird.

»Ich hab jetzt keine Zeit«, schreie ich, da brüllt durch das ganze Chaos hier der depperte Heulerich hysterisch in mein Ohr.

»Dimpfelmoser, Sie warten, bis mein Sondereinsatzkommando vor Ort ist, das ist ein Befehl, haben'S mich verstanden?«

Nicht schon wieder der Heulerich mit seinem Sondereinsatzkommando, denke ich mir. Der Huber ist echt so ein Düpferlscheißer. Wieso muss er es jetzt wieder ganz genau nehmen und gleich so übertreiben, da könnt einem schlecht werden davon. Ich wollte ein paar gescheite Polizisten zur Unterstützung und nicht gleich wieder eine ganze Armee.

»Ich kann Sie nicht verstehen«, brülle ich zurück. »Der Empfang ist so schlecht hier draußen, und ich höre nur ein Rauschen«, dann lege ich auf und schalte das Teil aus.

So langsam nervt mich der ganze Einsatz. Sobald ich mich hinter dem Auto bewege, fliegen mir ein paar Kugeln um die Ohren. Also warte ich, bis der Schütze nachladen muss, und springe hinter dem Auto hervor. In wenigen Schritten sprinte ich über die freie Fläche zwischen dem Auto und der Fensterfront und erreiche die Rückseite des Gebäudes. Der Hintereingang ist verschlossen, aber ich schieße gezielt das Schloss auf und stürme in den Gang, der zum Verkaufsraum führt. Um kein unnötiges Risiko einzugehen, schieße ich ein paar Mal in den Türstock der Durchgangstür und hechte mit einem riesigen Satz nach vorne, damit könnte ich sogar die Goldmedaille im Weitsprung gewinnen. Ich lande direkt vor dem alten Weinzinger, der wild mit seiner Pistole rumfuchtelt. Also rolle ich mich seitwärts hinter dem Tresen ab und fuchtle ebenso wild mit meiner Dienstwaffe herum.

»Dimpfelmoser, hau ab, und lass mich in Ruhe«, brüllt der Weinzinger.

»Das geht nicht«, sage ich ganz ruhig.

Jetzt ist er etwas irritiert.

»Verschwinde einfach, sonst muss ich dir deinen Kopf wegblasen.«

»Weinzinger, ich kann nicht mehr verschwinden. Du hast deinen Sohn umgebracht, und da kommst nicht mehr raus aus der Sache. Und lieber redest jetzt mit mir in Ruhe, bevor das Sondereinsatzkommando kommt und den ganzen Laden stürmt.«

»Den haben ganz andere umgebracht, ich habe es nur zu Ende geführt«, sagt er leise, während er seine Pistole endlich nach unten sinken lässt. »Ich habe nichts mehr zu verlieren, Dimpfelmoser. Und mir ist es inzwischen völlig wurscht, ob ich noch jemanden mitnehme von dieser Scheißwelt«, flüstert er.

Dabei schaut er ganz versunken, als wäre er gar nicht richtig da, echt gruselig ist das. Wie ich ihn so sehe mit seinem verklärten Blick, da taucht in mir ein Bild aus meiner frühen Kindheit auf. Plötzlich sehe ich den erleuchteten Erwin vor mir stehen, wie er mit demselben Blick quasi durch mich hindurchschaut, bevor er mich grün und blau schlägt. Schnell schiebe ich das Bild beiseite und sehe wieder den alten Weinzinger vor mir, der scheinbar mit sich und dem Leben abgeschlossen hat.

»Weinzinger, wie meinst des, dass du nur etwas vollendet hast?«

»Jetzt holst von hinten zwei Gläser und eine Flasche Schnaps, und dann trinken mir erst einmal einen auf den Rudi, Gott hab ihn selig«, sagt er und schaut wieder so seltsam, dass mir ganz anders wird.

Nachdem wir zwei Schnaps getrunken haben, beginnt der Weinzinger endlich zu erzählen.

»Dem Rudi hätt eh keiner mehr helfen können. Dem seine Seele ist doch schon seit dem Unfall halb hinübergegangen und hätte nie wieder zurückkehren können, aber sie wäre gefangen gewesen in der Zwischenwelt. Der da im Krankenhaus, das war nicht mehr mein Sohn, sondern nur noch eine Hülle aus Fleisch, die durch die Apparate weitergeatmet hat. Ein Zombie, sonst nix mehr.«

»Und dann hast dir gedacht, du bestimmst, ob diese Hülle, wie du es nennst, weiterleben darf oder nicht?«, frage ich ihn verständnislos.

»Wie gesagt, ich habe nur vollendet, was andere dem

Rudi angetan haben. Es war doch meine Pflicht als Vater, seine Seele zu befreien.«

»Was meinst damit, dass du nur was vollendet hast?«

»Der Motorradunfall vom Rudi, das war in Wirklichkeit ein kaltblütiger Mord, Dimpfelmoser.«

»Wie kommst jetzt da drauf? Im Protokoll ist gestanden, dass da ein Fremdverschulden praktisch auszuschließen ist. Der Rudi war sternhagelvoll und ist mit deutlich überhöhter Geschwindigkeit gerast wie ein Narrischer.«

»Des mag schon sein, aber er hätte eine reelle Chance gehabt, wenn er da nicht so lange gelegen hätte und ihm diese Mörderbande gleich geholfen hätte.«

Ich versteh gar nix mehr.

»Welche Mörderbande meinst, Weinzinger?«

»Dimpfelmoser, du gibst ja doch keine Ruh, also erzähl ich dir alles. Am Samstagabend war ich bei der Rosi draußen zum Schnapsausliefern, weil die hatte Gäste und nix mehr da. Ich war ja froh, was zu tun zu haben, damit ich mich ablenke. Also bin ich am Abend rausgefahren und hab ihr eine Lieferung vorbeigebracht. Zufällig hab ich dabei ein Gespräch von deinen zwei Toten mitbekommen. Die haben sich im Aufenthaltsraum über den ›spektakulären Überschlag des verunglückten Motorradfahrers‹ unterhalten. Mir war sofort klar, dass die vom Rudi reden. Ich habe also weiter heimlich zugehört und mitbekommen, dass sie den Unfall von meinem Sohn mit angesehen haben. Sie haben sich sogar noch über dem seine komischen Verrenkungen lustig gemacht und sind einfach weitergefahren, anstatt Erste Hilfe zu leisten. Da ist bei mir irgendwie eine Sicherung durchgebrannt, und ich wollte nur noch eine gottgerechte Rache für meinen Sohn. Und wie in einer göttlichen Fügung ist kurz darauf einer der beiden vor der Pension aufgetaucht, um zu rauchen. Ich hab ihn mit einer Eisenstange aus meinem Auto bewusstlos geschlagen und ihn dann mitgenommen.«

Ich bin fassungslos, was mir sehr selten passiert. Mein Mund klappt auf und will gar nicht mehr zugehen, als mir klarwird, was der Weinzinger da erzählt.

»Du, Weinzinger, du hast die umgebracht?«

»Ich, ja, Dimpfelmoser, ich habe die umgebracht.«

»Und warum gleich auf so eine grausame Art und Weise? Warum hast die ausbluten lassen wie eine abgestochene Sau?«

»Die Mörder, die haben es nicht anders verdient. Hätten sie sofort geholfen, dann hätte der Rudi nicht so einen großen Blutverlust gehabt, und sein Hirn hätte wahrscheinlich keine irreversiblen Schäden gehabt. Aber die sind einfach weitergefahren.«

»Und wie hast des dann gemacht?«

»Mei, Dimpfelmoser, ich als jahrelanger Chef der freiwilligen Feuerwehr und langjähriger Rettungssanitäter hab die notwendigen medizinischen Utensilien bei mir zu Hause, um einen professionellen Zugang zu legen, was ich auch gemacht hab, nachdem ich sie gescheit gefesselt hab. Den Zugang hab ich halt an eine Saugpumpe angeschlossen, und die hat dann das Blut aus den Adern gesaugt. Natürlich hab ich damit gewartet, bis die Sauhunde wieder bei Bewusstsein waren. Dann hab ich ihnen zugeschaut, wie sie gestorben sind.«

»Und wann hast dir dann den zweiten Mann geholt?«, frage ich und muss mich zusammenreißen, dass meine Stimme nicht zittert.

»Dimpfelmoser, noch einmal hat mir Gott geholfen und den Mann zu mir geführt. Stell dir vor, am nächsten Tag kommt der zweite Mann einfach in meinen Laden spaziert. Ich hab mir schon die ganze Zeit das Hirn zermartert, wie ich den kriege, und da kommt er einfach von alleine zu mir. Da musste ich doch noch einmal zuschlagen. Er hat zuerst einen Flachmann gekauft und mich dann gefragt, ob ich seinen Kumpel, der ja direkt nach mir die Pension von der Rosi verlassen hat, am Vorabend noch gesehen hab, weil der so plötzlich verschwunden und nicht mehr aufgetaucht ist.

Meine Adresse steht ja auf den Schnapsflaschen, und da ist er zu mir, um nachzufragen, ob ich den noch gesehen habe. Ich hab ihn in ein Gespräch verwickelt, ihn dann niedergeschlagen und genauso wie seinen Mörderkumpel getötet.«

Ich finde das richtig gruselig, wie er ganz ruhig mit seinen seltsam flackernden Augen dasitzt und mir die zwei Morde gesteht, als wär das die normalste Sache auf der Welt und überhaupt im Namen Gottes gerechtfertigt.

»Auge um Auge, Zahn um Zahn ...«, werfe ich ein.

»Das 2. Buch Mose, genau. So sollst du geben Leben um Leben, Auge um Auge, Zahn um Zahn, Hand um Hand, Fuß um Fuß, Brandmal um Brandmal, Wunde um Wunde, Strieme um Strieme. Nicht so der ganze Schmarrn aus dem Neuen Testament mit der Vergebung und so«, erklärt er mir ganz versonnen.

»Und warum hast die Leichen im Hungersacker abgelegt?«, will ich weiter wissen.

»Ich hätt nicht gedacht, dass ihr die da draußen so schnell findet. Das Gelände steht doch seit Ewigkeiten leer.«

»Da täuschst dich, Weinzinger. Da gibt es einen neuen Besitzer, und der hat uns gleich informiert.«

»Es ist ja eh wurscht, weil Hauptsache, die sind tot und mein Sohn ist erlöst«, erklärt er mir.

»Und der BMW 2002, hast du den zum Wanderparkplatz rausgefahren?«

»Meinst, der ist von alleine da rausgefahren? Freilich war ich das.«

Gerade will ich den Weinzinger nach dem dritten Toten fragen, da bricht plötzlich draußen vor dem Laden ein Radau los. Ich schaue kurz raus, und wie befürchtet, steht dort der Heulerich mit einem Megafon in der Hand breitbeinig hinter einem Einsatzfahrzeug. Seine Scharfschützenfuzzis postieren sich gerade um das ganze Haus.

»Geben Sie auf, und kommen Sie mit erhobenen Händen langsam raus«, brüllt er in seine Sprechtüte. »Das ganze Haus ist umstellt, und Sie haben keine Chance mehr zu entkommen.«

Ich drehe mich langsam zum Weinzinger um.

»Weinzinger, mach jetzt keinen Scheiß«, sage ich ruhig. »Gib mir endlich deine Waffe, und dann gehen wir gemeinsam da raus.«

Er schaut mich nur traurig an, dann hebt er seinen Revolver und schießt sich in den Kopf. Sein Hirn und sein Blut spritzen an die Wand hinter ihm, das ist eine Sauerei wie im Schlachthof. Ich sehe ihn, wie er mit weit aufgerissenen Augen quasi in Zeitlupe an der Wand nach unten rutscht und dabei eine Blutspur hinterlässt. Auch seine Hand sinkt in Zeitlupe nach unten. Ich kann meinen Blick nicht von ihm wenden, und plötzlich bin ich wieder ein kleiner Junge und in einem dunklen Keller mit zwei Leichen eingesperrt. Neben mir weinen leise die Eva und meine Schwester, und ich halte die beiden ganz fest.

»Dimpfelmoser«, tönt es wie durch Watte von ganz fern an mein Ohr, »Dimpfelmoser, ist alles in Ordnung?«

Wie durch einen Tunnel entfernt sich der Keller, und plötzlich nehme ich nur noch Chaos und wilde Schreie um mich herum wahr. Neben mir kniet der Heulerich und verpasst mir eine Mordswatsch'n, während seine Scharfschützen durch das Gebäude trampeln und sich wüste Befehle zurufen.

»Spinnst jetzt völlig«, gifte ich den Heulerich an. »Wieso haust du mir einfach eine runter?«

»Gott sei Dank, ich habe schon gedacht, der hat dich erwischt«, ruft der Heulerich erleichtert und umarmt mich. »Bleib einfach ganz ruhig liegen, der Arzt ist gleich da.«

»Heulerich, lass das, mir sind ja nicht schwul, da brauchst mich nicht gleich umarmen«, sage ich entrüstet und schiebe ihn weg.

Dann stehe ich auf und kippe sofort wieder um. Zefix, was ist denn mit meinen Beinen los, frage ich mich, dann wird mir wieder schwarz vor den Augen. Ich versinke in einen See aus Erinnerungen. Meine Eltern halten mich als Baby auf dem Arm. Sie lachen fröhlich und sind glücklich. Ich bin auch glücklich. Irgendwann taucht ein Mann auf, und meine Eltern verändern sich. Ich bin ihnen irgendwie nicht mehr so wichtig. Dann habe ich eine Schwester, über die sich die Eltern gar nicht freuen. Immer öfter sehe ich den Mann. Ich mag ihn nicht, und er tut mir weh. Meine Eltern helfen mir nicht und schauen zu, wie mir der Mann weh tut. Meine Nase blutet. Der Kopf von meiner kleinen Schwester blutet. Überall ist

Blut, und der See, in dem ich immer tiefer sinke, färbt sich auch blutrot. Ich kann nix mehr sehen, und dann wird plötzlich alles schwarz.

Als ich die Augen aufmache, blendet mich helles Licht. Mein Schädel brummt, als hätt ich einen Laster voll Bier ausgesoffen, aber ich kann mich nicht erinnern, dass ich so dermaßen versumpft wäre. Langsam erkenne ich die Umgebung um mich herum. Neben mir sitzt der Rindenacher, ein Sanitäter aus der Stadt, der im Haus neben mir wohnt, und grinst mich an.

»Dimpfelmoser, da bist ja wieder«, lacht er.

»Was ist eigentlich passiert?«, frage ich, weil ich keine Ahnung habe, wie ich auf die Liege in den Krankenwagen komme.

»Kannst dich an nix erinnern?«, fragt mich der Rindenacher und leuchtet mir mit einer Lampe in die Augen.

»Ich weiß nur noch, dass ich zum Weinzinger rausgefahren bin.«

»Oha, eine Amnesie, da müssen mir dich erst einmal mitnehmen ins Krankenhaus. Nicht dass du uns noch mal wegkippst. Damit ist nicht zu spaßen.«

»Nix Krankenhaus. Da geh ich ums Verrecken nicht hin«, gifte ich ihn an. »Jetzt gibst mir eine Tablette, dass mein Kopf nicht so brummt, und dann lässt mich raus aus deinem Gefährt.«

»Geh spinn dich aus, Dimpfelmoser. Da kannst echt einen Schaden davon haben. Posttraumatische Belastungsstörungen, Flashbacks, Depressionen, Suizidgefährdung und was weiß ich noch alles kannst von so was kriegen. Und so wie du dir den Kopf aufgeschlagen hast, wie du vorhin umgekippt bist und an der Tischkante hängen blieben bist, da kannst sogar einen Sprung in deinem Dickschädel, eine Gehirnerschütterung oder eine Blutung im Hirn haben.«

Wie er das Blut erwähnt, ist meine Erinnerung plötzlich wieder da, und ich sehe wieder den Weinzinger, wie sich sein Gehirn an der Wand verteilt.

»Der Weinzinger ist tot, oder?«, frage ich vorsichtshalber.

»Mausetot«, antwortet der Rindenacher versonnen. »So was siehst auch als Sanitäter nicht alle Tage.«

»Jetzt gib mir was, dass das Kopfbrummen aufhört, und dann geh ich«, sage ich bestimmt.

»Auf deine Verantwortung, Dimpfelmoser. Da unterschreibst mir den Wisch hier, dass du dich geweigert hast, trotz dringenden Anratens meinerseits mit ins Krankenhaus zu kommen, und dann kannst gehen, du Sturschädel, du elendiger«, keift er und grinst dabei.

Er kennt mich halt nach jahrelanger Nachbarschaft und weiß, dass ich eh mach, was ich will. Ich unterschreibe ihm seinen Wisch, während er mir ein Schmerzmittel spritzt, dann verlasse ich den Krankenwagen.

»Servus, Dimpfelmoser«, begrüßt mich der Kreithmeier, der gerade aus dem Auto springt. »Bei dir könnt man ja langsam auch sagen, dass Leichen deinen Weg pflastern.«

Dabei schaut er mich von oben bis unten an und prustet dann los. Der findet sich wieder einmal besonders witzig, denke ich mir.

»Kreithmeier, halt dein Maul, und mach deine Arbeit«, erwidere ich trocken.

Dann gehe ich zum Heulerich rüber, der sich mit dem eben eingetroffenen Mühlbauer unterhält.

»Bist wieder auferstanden von den Toten und hast eine Reise ins Morgenland unternommen?«, lacht er mich an und scheint bestens gelaunt. Auch der Mühlbauer nickt wissend und grinst über das ganze Gesicht.

»Hab ich irgendwas verpasst?«, frage ich irritiert.

Da prusten die zwei los und kriegen sich gar nicht mehr ein.

»Ihr Deppen, ihr blöden, was soll denn der Schmarrn mit dem Morgenland? Macht's lieber eure Arbeit, und überhaupt ist die ganze Angelegenheit hier überhaupt nicht zum Lachen, aber euch fehlt es halt ganz grundsätzlich am nötigen Feingefühl.«

»Dimpfelmoser, schau halt einmal in den Spiegel, bevor du einen auf moralisch machst«, antwortet der Mühlbauer und kann sich nur schwer das Lachen verkneifen.

Also gehe ich zu meinem Wagen und betrachte mich im Rückspiegel. Auf meinem Kopf prangt ein weißer, überdimensional großer Turban aus Verbandsstoff. Da hat der Rindenacher ganze Arbeit geleistet und wieder einmal maßlos übertrieben. Ich schaue tatsächlich aus wie so ein Scheich. Ich muss auch grinsen, wie ich mich so sehe. Dann erinnere ich mich wieder an den Ernst der Lage und wickle den Stoff einfach ab. Unter dem Turban fehlt mir ein Stück meiner Haare. Stattdessen ist da ein großes Pflaster aufgeklebt, und darunter vermute ich die Platzwunde, von der der Rindenacher gesprochen hat. Ohne Turban gehe ich wieder rüber zu den anderen.

»Jetzt einmal ernsthaft bitte. Heulerich, habt's was Interessantes gefunden?«, frage ich den Heulerich, während der Mühlbauer und der Kreithmeier an ihre Arbeit gehen.

»Oben im ersten Stock, in dem Zimmer vom Weinzinger seinem Sohn, da liegen medizinische Utensilien wie Spritzen und so rum, eine Saugpumpe mit Schläuchen und ein Eimer mit etwas Rotem drin. Das könnte geronnenes Blut sein, aber da musst den Kreithmeier fragen.«

Das bestätigt mir nur dem Weinzinger seine Geschichte, dass der tatsächlich die zwei Männer umgebracht hat. Ich warte noch, bis die Leiche vom alten Weinzinger in einem Sarg verstaut und abtransportiert wird – man weiß ja nie, ob der Anblick von dem noch einmal so eine Wirkung auf mich hat –, dann gehe ich nach oben in das Zimmer vom Rudi, in dem der Mühlbauer gerade rumhantiert und seine Pulver und Flüssigkeiten versprüht.

»Hat der Kreithmeier schon den Eimer begutachtet?«, frage ich ihn.

»Hat er, es ist menschliches Blut, vermutet er.«

Ich schaue mich um, ohne das heilige Reich vom Mühlbauer zu betreten, und sehe mir die Mordwerkzeuge an. Dann gehe ich zum Kreithmeier, der gerade am Aufbrechen ist.

»Wann hast die Ergebnisse?«

»Dimpfelmoser, wie immer ungeduldig, so kenne ich dich«, motzt er. »Was brauchst zuerst, die Obduktion oder die Blutanalyse aus dem Eimer?«

»Am besten beides so schnell, wie es eben geht, kannst da nicht die Jutta mit einspannen?«

»Die Jutta hat uns schon wieder verlassen«, sagt er betrübt. »Kannst dir das vorstellen, Dimpfelmoser, spaziert die einfach heute Morgen zu mir rein und knallt mir ihre Kündigung auf den Tisch.«

»Die hat doch gerade erst wieder angefangen bei dir, warum haut sie schon wieder ab?«

Das hat sicher was mit dem Reindl zu tun, schießt es mir durch den Kopf. Da muss ich den Kollegen hernach gleich einmal befragen, wie er die so schnell wieder losworden ist.

»Das ist aber schade«, sage ich und tue betrübt, obwohl ich insgeheim hoffe, dass die nicht nur gekündigt hat, sondern gleich wieder ganz aus Wörth an der Donau weg ist. Von mir aus bis zum Nordpol, das wär eine gute Entfernung.

»Das finde ich auch, Dimpfelmoser. So ein Prachtweib und fachlich kompetent, da könnt sich so mancher Kollege eine Scheibe abschneiden«, schwärmt der Kreithmeier. »Aber jetzt sag, was willst zuerst?«

»Die Blutuntersuchung wär mir wichtig. Kannst da feststellen, ob das Blut von unseren ermordeten Männern ist?«

»Das müsste gehen, Dimpfelmoser. Ruf mich morgen in der Früh an, dann müsste ich die Ergebnisse haben.«

»Alles klar, Kreithmeier, dann bis morgen«, verabschiede ich mich.

Ich gebe dem Heulerich und dem Mühlbauer noch Bescheid, dass ich wieder zurückfahre in meine Dienststelle, und dann verlasse ich diesen unseligen Ort. Zwischendurch bekomme ich Schweißausbrüche, und mir wird schwindelig, aber ich stemme mich mit aller Macht gegen die Erinnerungen. Nur das Bild vom Weinzinger, das kann ich nicht wegschieben, das hat sich in mein Hirn eingebrannt. Sein trauriger Blick, bevor er sich das Hirn weggeblasen hat, begleitet mich während der Fahrt zurück. Ich lege Helene Fischer ein und öffne alle

Fenster, damit mein Kopf wieder frei wird. Mir ist immer noch nicht klar, ob der Weinzinger nur die zwei Männer ermordet hat oder auch den dritten Mann. Wäre der blöde Heulerich nicht aufgetaucht, dann hätte ich in Ruhe mit dem Weinzinger weiterreden können und meine Mordfälle vielleicht schon aufgeklärt. Aber so schaut mich der Weinzinger nur stumm und traurig an und lässt mich in Ungewissheit und nagendem Zweifel zurück.

Kapitel 12

Samstag, 12.00 Uhr

Als ich in die Dienststelle zurückkomme, sitzen da schon der Oberberger und der Viereck und schauen frustriert aus der Wäsche.

»Was schaut's ihr denn so deppert?«, will ich wissen.

Sie stieren zuerst auf meine Kopfwunde, als wär da ein neues Weltwunder drauf, bevor sie endlich reden.

»Der Schwarzer ist nirgends aufzutreiben«, berichtet der Oberberger zerknirscht. »Der ist nicht in seiner Firma, nicht bei sich zu Hause und in Regensburg in seinem Bordell auch nicht. Da haben die Kollegen nachgeschaut.«

»Untergetaucht ist er halt«, wirft der Viereck ein.

»Habt's ihn schon zur Fahndung ausgeschrieben?«, frage ich vorsichtshalber nach.

»Des hast uns nicht gesagt«, giftet mir der Viereck gleich her. »Wir sollen ihn verhaften, aber von einer Fahndung war nicht die Rede.«

»Wo habt's ihr zwei nur euer Hirn lassen, das würde mich wirklich interessieren«, brumme ich resigniert und gehe zum Reindl rüber.

»Reindl, leite sofort eine Fahndung nach dem Schwarzer ein, der ist von der Bildfläche verschwunden. Wenn der irgendwo aufgegriffen wird, soll er sofort zu uns gebracht werden. Keiner redet mit dem, bevor ich ihn mir nicht vorgenommen hab. Des machst den Kollegen eindringlich klar, Reindl«, instruiere ich ihn.

Ich warte, bis er alles Nötige veranlasst hat, dann kann ich meine Neugierde nicht mehr länger bändigen.

»Hast schon gehört, dass die Jutta gekündigt hat?«, frage ich ihn so nebenbei und tue ganz desinteressiert.

Da geht ein Grinsen über sein Gesicht, und es zieht ihm sogar noch seine Segelohren nach hinten, dann fängt er an, vergnügt zu glucksen.

»Ja, die Jutta, die hat gekündigt und ist über alle Berge«, strahlt er mich an.

»Hast da etwas nachgeholfen? Die war doch so scharf auf dich, und so wie ich die von früher kenne, lässt die nicht so einfach locker.«

»Dimpfelmoser, ich hab den Spieß einfach umgedreht. Ich war ja so verzweifelt, wie die mich bedrängt hat, die elende Hexe, da hab ich einen alten Freund von mir angerufen, der ist Psychologe mit Spezialgebiet ›Beziehungsprobleme‹. Der hat mir geraten, ich soll einfach das Gleiche mit ihr machen. Und da hab ich sie gestern den ganzen Tag über alle fünf Minuten angerufen und ihr immer gesagt, dass ich sie heiraten will, dass sie mich um den Verstand bringt und dass ich mir was antue, wenn ich sie nicht mit Haut und Haaren besitzen darf. Die erste Stunde fand sie das ja noch ganz toll, aber nach fünf Stunden hat sie nur noch hysterisch getobt, und dann war sie plötzlich nicht mehr erreichbar. Ich bin gleich zu ihr rübergefahren und hab sie dort belagert, bis sie schreiend davongelaufen ist und geschrien hat, dass sie morgen weg ist.«

Er grinst mich an und scheint mit sich und der Welt zufrieden.

»Reindl, sauber hast des gemacht, so viel Hinterfotzigkeit hätt ich dir gar nicht zugetraut«, sage ich anerkennend und bin wieder einmal erstaunt, dass der Reindl doch nicht ganz so verkehrt ist, obwohl er ein waschechter Preiß ist.

»Jetzt habe ich jedenfalls wieder meine Ruhe«, sagt er glücklich. »Bevor ich so ein Teufelsweib am Hals habe, bleibe ich lieber alleine. Das war mir eine Lehre, Dimpfelmoser, das kannst du mir glauben.«

»Da hast nicht nur dir einen Gefallen getan«, freue ich mich.

»Du, ich bin bei der Oma auf einen Kaffee, falls mich jemand sucht«, sage ich noch, dann verschwinde ich und fahre rüber zur Oma.

Wie erwartet, sitzen der Opa und die Eva im Garten und sind in ein Gespräch vertieft. Ich gehe zuerst zur Oma in die Küche, um nachzuschauen, was für einen Kuchen sie gebacken hat.

»Ja, Xaver, was ist denn mit dir passiert?«, schreit sie gleich ganz besorgt, wie sie mich mit meinem Pflaster am Kopf sieht. »Ganz blass bist auch, du schaust ja aus wie eine Leiche.«

»Oma, der alte Weinzinger hat sich in meiner Anwesenheit erschossen, nachdem er heut früh seinen Sohn im Klinikum umbracht hat.«

Sie wird zuerst ganz blass, dann stürmt sie auf mich zu und drückt mich so fest an sich, dass mir die Luft wegbleibt.

»Xaver, des musst dem Opa und der Eva auch erzählen. Ich schenk dir noch schnell einen Kaffee ein und schneid dir einen Kuchen ab, und dann gehen mir raus zu den beiden.«

Mir läuft das Wasser im Mund zusammen, wie sie extra für mich auf meinen Teller ein riesiges Stück Kuchen drauflegt.

»Du, und dass du mir ja gut auf die Eva aufpasst, die gefällt mir heut gar nicht«, flüstert sie mir zu, während mir in den Garten rausgehen. »Wenn die wieder mit ihren Träumen anfängt, dann musst unbedingt dafür sorgen, dass die sich Hilfe von einem Profi holt, des musst mir versprechen.«

»Wart einmal ab, wenn sie mit dem Opa geredet hat, des hat ihr früher auch immer geholfen«, sage ich und denke an die Zeit zurück, als wir noch Kinder waren und der Opa noch als Polizist gearbeitet hat.

Schön war das, wie ich älter geworden bin und wie ich nach der Polizeischule die ersten Jahre noch mit ihm auf Streife gegangen bin und er mir alles beigebracht hat, was einen richtigen Polizisten ausmacht. Und immer hat er für alle ein offenes Ohr gehabt und hat den Menschen einfach zugehört. Dafür haben ihn alle geliebt und geachtet. Er war halt viel mehr als nur ein guter Polizist, er war so etwas wie ein Psychologe und Seelsorger für die Menschen. Und jetzt sitzt er wieder da und hört der Eva so interessiert zu, dass du meinst, es gäbe für ihn nichts Wichtigeres auf der Welt. So merken die beiden erst gar nicht, dass wir kommen. Erst als wir direkt an sie herantreten, nehmen sie uns wahr.

»Xaver«, schreit die Eva entsetzt auf, wie sie mich sieht mit meinem Pflaster, »ist dir was passiert?«

»Des is nix, nur ein Kratzer«, beruhige ich sie.

»Der Xaver hat heute wieder viel Unerfreuliches erlebt«, mischt sich die Oma ein.

Alle starren mich an und warten auf meine Erzählung. Also schildere ich ihnen die ganze Geschichte vom Weinzinger, den Mord an seinem Sohn und den späteren Selbstmord. Sie hören staunend zu und sind dann erst einmal sprachlos.

»Und das Narrische an der ganzen Sache ist«, werfe ich in die Stille ein, »dass durch die ganze tragische Geschichte auch noch die ersten zwei Morde aufgeklärt sind, des war nämlich auch der Weinzinger.«

Sie schauen mich ungläubig an. Also erzähle ich ihnen auch noch von dem Gespräch mit dem Weinzinger, bevor der sich in den Kopf geschossen hat.

»Sauber, Xaver, dann hast ja quasi deine ganzen Satansmorde auf einen Schlag aufgeklärt«, freut sich der Opa, und die Eva und die Oma nicken zustimmend.

»Der Weinzinger hat mir nur die ersten beiden Morde gestanden. Der hat nix von einem dritten Toten erzählt«, werfe ich skeptisch ein.

»Geh weiter, so weit ist er halt nicht mehr gekommen, bevor er sich umgebracht hat«, versucht der Opa mich zu beruhigen. »Hättest noch länger mit dem reden können, dann hätt er dir als Nächstes sicher auch den Mord gestanden.«

»Der dritte Mord passt irgendwie nicht in das Schema«, werfe ich ein. »Ein anderer Fundort, der Zugang am anderen Arm und nicht so sauber gelegt wie die ersten beiden, des finde ich irgendwie merkwürdig, und ich habe so ein Gefühl, dass da irgendwas nicht stimmt.«

»Aber der Zettel mit der Bibelstelle war in seiner

Tasche. Wahrscheinlich hat der Weinzinger gemerkt, dass der Hungersacker bereits überwacht wird. So deppert wie sich deine zwei Hilfssheriffs immer anstellen, hat der die sicher gesehen und hat halt dann die Leiche woanders hingebracht. Und du weißt ja nicht, ob er den dritten Toten nicht woanders getötet hat. Nur weil er die ersten beiden im Zimmer vom Rudi umbracht hat, heißt das noch lange nicht, dass es beim dritten auch so war. Vielleicht hat er dem woanders aufgelauert und ihn gleich vor Ort ausbluten lassen, da gibt es doch tausend Möglichkeiten«, steigert sich der Opa immer mehr in seine Theorie, dass der Weinzinger alle drei auf dem Gewissen hat.

Und auch die Oma und die Eva finden, dass nichts für einen zweiten Mörder spricht und ich doch einfach zufrieden sein sollte, den Mörder gefunden zu haben. Ich lasse sie weiterreden und diskutieren, höre aber nur mit einem Ohr zu, während ich meinen Kuchen genüsslich verspeise und meinen Gedanken nachhänge. Irgendwas habe ich übersehen, das spüre ich ganz deutlich, aber ich komme einfach nicht drauf. Ich muss auch wieder los und zurück in die Arbeit, nicht dass mich noch jemand ernsthaft vermisst. Also verabschiede ich mich und fahre zurück.

»Dimpfelmoser, der Huber hat vorhin schon angerufen und wollte mit dir reden. Du sollst ihn so schnell wie möglich zurückrufen, hat er gesagt«, empfängt mich der Reindl.

Also gehe ich in mein Zimmer und rufe ihn an.

»Mein lieber Dimpfelmoser«, begrüßt er mich. »Ich habe schon von Ihrem Erfolg gehört. Da haben'S den

Fall ja sozusagen im Schnelldurchlauf gelöst. Ich bereite gerade eine Pressekonferenz vor und wollte Sie noch um ein paar Details bitten.«

»Huber, wir wissen immer noch nicht, ob der Weinzinger alle drei Männer umgebracht hat. Mir hat er nur die Morde an den ersten beiden Männern gestanden.«

»Die Kopfverletzung und die Amnesie, Dimpfelmoser. Mir ist auch schon zu Ohren gekommen, dass Sie mal wieder Ihren Sturschädel durchgesetzt haben und sich einer medizinisch notwendigen Beobachtung und Versorgung eigenmächtig entzogen haben. Wahrscheinlich hat der Weinzinger Ihnen den dritten Mord gestanden, und Sie erinnern sich nur nicht mehr daran. Bei einer Amnesie kommt das immer wieder vor, dass nur ein Teil der Erinnerung zurückkehrt«, belehrt er mich.

»Woher wissen'S des eigentlich schon wieder alles?«

Dass sich bei uns in Wörth an der Donau Neuigkeiten wie ein Lauffeuer verbreiten, das bin ich ja gewohnt, aber dass das inzwischen in Lichtgeschwindigkeit auch nach Regensburg zum Huber so funktioniert, das ist mir neu.

»Nun ja, der Herr Heulerich hat mir natürlich sofort ausführlich Bericht erstattet. Dass Sie wieder einmal einen Befehl missachtet haben, darüber sehe ich natürlich in Anbetracht unseres derzeitigen besonderen Vertrauensverhältnisses hinweg. Da drücke ich beide Augen zu und weiß von nichts.«

Aha, daher weht der Wind. Hat sich der Heulerich gleich beim Huber ausgeheult und mich drangehängt, das alte Arschloch. Bloß gut, dass mich der Huber für die Vertuschung von seinen Sauereien braucht, sonst hätte ich schon wieder die nächste Eintragung in meine Personalakte.

»Huber, lassen'S mich noch ein paar Tage weiter ermitteln. Und wir sollten zumindest die Ergebnisse der Spurensicherung und vom Kreithmeier abwarten, bevor wir voreilig den Fall abschließen und ein Mörder frei herumläuft.«

»Jetzt bleiben Sie halt einmal sachlich und bei den Fakten, Dimpfelmoser«, belehrt mich der Huber. »Alle drei Ermordeten stammen aus dem Umfeld vom Herrn Schwarzer, und alle drei hatten Kontakt in der Pension von der Rosi. Es ist doch naheliegend, dass alle drei zusammen in der Unfallnacht im Auto gesessen sind. Entweder war der Weinzinger nicht mehr bei klarem Verstand, was in seiner Situation nachvollziehbar wäre, oder er hat Sie einfach belogen. Es kann auch sein, dass er sich die Kugel zu früh in den Kopf gejagt hat, bevor er Ihnen von dem dritten Mord erzählen konnte. Ich glaube ja eher an eine Amnesie bei Ihnen, dass die die Erinnerung geschluckt hat.«

Amnesie hin oder her, mein untrüglicher Instinkt sagt mir was anderes, aber leider fehlt mir jeglicher Beweis.

»Dimpfelmoser, absolute Priorität haben ab sofort der Herr Schwarzer und die Bänder, vergessen'S das bitte nicht. Wenn'S dann immer noch Zeit haben, dann können'S ja von mir aus unauffällig weiter ermitteln. Aber glauben Sie mir, Sie werden keinen zweiten Mörder finden. Jetzt muss ich eh Schluss machen, weil in zehn Minuten beginnt die Pressekonferenz, und dort werde ich verkünden, dass der Mörder Selbstmord begangen hat, während er verhaftet werden sollte.«

»Wenn'S meinen, dann verkünden Sie«, erwidere ich und lege auf.

Warum will nur ein jeder nicht sehen, dass da etwas nicht stimmt? Der blöde Huber mit seiner Amnesie, das kann ja wohl nicht wahr sein! Ich weiß genau, dass mir der Weinzinger keinen dritten Mord gestanden hat. Aber plötzlich bin ich mir doch nicht mehr so sicher, und leiser Zweifel beginnt an mir zu nagen. In meinem Büro lege ich die Füße auf den Schreibtisch und komme endlich einmal dazu, alles in Ruhe noch einmal zu durchdenken. Ich spüre genau, dass meine dunklen Kindheitserinnerungen nur darauf lauern, wieder aufzutauchen und mich gefangen zu nehmen, aber dafür habe ich wirklich keine Zeit. Ich zermartere mir das Gehirn und komme einfach nicht drauf, was ich übersehen habe. Also beschließe ich, mit meinen Männern eine Besprechung abzuhalten.

»Reindl«, rufe ich, als ich zu ihm in das Zimmer stürme, »funk sofort den Viereck und den Oberberger an, die sollen herkommen, wir machen in einer Viertelstunde eine Besprechung.«

Den Reindl reißt es so dermaßen hinter seinem Computer, da kann irgendetwas nicht stimmen.

»Schaust dir schon wieder Weiber im Internet an?«

»Dimpfelmoser, ich habe gerade den Premiumzugang zu meiner Partnervermittlungsseite bekommen«, strahlt er mich an. »Da muss ich natürlich gleich die Profile der Frauen durchlesen, die aufgrund der Auswertung der Agentur am besten zu mir passen.«

»Reindl, du bist im Dienst«, knurre ich ihn genervt an. »Und jetzt dalli, funk die Kollegen an.«

Der Reindl, der ist schon so eine Nummer. Gerade hat er sich die Finger verbrannt mit der Jutta, da sucht er schon wieder die Nächste, denke ich mir und merke, dass ich ihn inzwischen sogar sympathisch finde. Wie der vor einem Jahr hierher versetzt worden ist, da hätt ich ihn am liebsten täglich fünfmal erwürgt. Inzwischen hat er doch schon ein paar menschliche Züge angenommen. Tatsächlich tauchen zehn Minuten später alle meine Männer im Besprechungsraum auf.

»SSServuss«, lallt der Viereck, und der Oberberger grinst nur dümmlich, während der Reindl betreten zu Boden blickt.

»Seid ihr besoffen?«, frage ich vorsichtshalber, obwohl ich die Antwort eh schon kenne.

»FFFall gelösst, mir Dienstschluuus«, ist alles, was ich von dem Gebrabbel der beiden verstehe.

»Zefix, macht hier jeder, was er will?«, brülle ich.

Das grenzt ja langsam an Anarchie.

»Haut's sofort ab, und schlaft's euren Rausch aus«, schreie ich. »Mir reden morgen über den Vorfall. Dienstschluss ist in einer Stunde. Und jetzt raus mit euch.«

Lallend torkeln sie aus dem Raum.

»Dann machen eben wir zwei eine Besprechung, Reindl«, sag ich zu ihm.

Er druckst rum und weicht meinem Blick aus.

»Dimpfelmoser, ich müsste ganz dringend weg«, flüstert er.

»Ja wie, du auch? Du hast auch noch keinen Dienstschluss.«

»Aber ich dachte halt, nachdem der Fall doch gelöst ist …«

»Zefix, wer sagt denn, dass der Fall gelöst ist? Ich bin der ermittelnde Beamte, und ich habe, soweit ich weiß, niemandem gesagt, dass der Fall abgeschlossen ist, oder täusche ich mich da?«

»Nein, du täuschst dich nicht, aber …«, sagt er, und dann schaut er mich endlich mit einem tiefen Seufzen an.

»Der Huber hat uns allen freigegeben«, erklärt er. »Er hat uns informiert, dass du eine Amnesie hast und deine Hirnfunktionen etwas eingeschränkt sind. Und er hat gesagt, der Fall ist abgeschlossen, und wir sollen heute etwas früher Schluss machen.«

Ich bin schon wieder sprachlos. Den Huber, den knöpfe ich mir vor, das schwöre ich mir in diesem Moment.

»Was hast denn so Dringendes vor?«

»Ein Date, Dimpfelmoser. Stell dir vor, sofort hat mir eine Dame geschrieben, und die wohnt in Regensburg. Da haben wir uns gleich verabredet.«

Er freut sich wie ein kleines Kind, da kann ich ihm auch nicht böse sein und ihn als Einzigen dabehalten.

»Dann hau halt ab«, sage ich resigniert, und schon sitze ich alleine im Besprechungsraum.

Tolle Besprechung, denke ich mir. Dann muss ich mir halt doch weiter allein den Kopf zerbrechen. Gedankenverloren gehe ich zu meinem Schreibtisch und überfliege lustlos die Berichte der Pathologie und der Spurensicherungen zu den drei Mordfällen. Nachdem mich eh schon alle im Stich gelassen haben, beschließe ich, nun auch nach Hause zu gehen.

Kapitel 13

Samstag, 17.00 Uhr

Wie ich die Türe aufschließe, rieche ich es sofort. Der beste Duft der Welt! Ich schließe die Augen und halte meinen Zinken in die Luft. Da ist der ganze Stress gleich vergessen. Langsam nähere ich mich der Küche, und mit jedem Schritt wird der Duft intensiver.

»Eva, woher hast gewusst, dass ich gleich heimkomme?«

Sie steht in der Küche, in der Pfanne brutzeln Bratwürste, und der Topf mit dem Sauerkraut steht am Herd.

»Mei, Xaver, ich hab halt meine Augen überall«, tut sie ganz geheimnisvoll.

»Wie, bist unter die Hellseher gegangen? Ich hab ja bis vor fünf Minuten selber nicht gewusst, dass ich jetzt schon heimkomm.«

Sie lächelt mich mit ihrem bezauberndsten Lächeln an, da wird mir ganz warm ums Herz.

»Wenn du nicht gekommen wärst, dann hätt ich dir das Essen rübergebracht, Xaver«, flötet sie. »Als Überraschung sozusagen und als Wiedergutmachung, weil ich in letzter Zeit oft nicht besonders nett zu dir war.«

Ich wundere mich, weil das nicht unbedingt Evas Art

ist. Ich will sie schon fragen, ob sie krank ist, aber dann besinne ich mich gerade noch rechtzeitig.

»Mei, Eva, des ist ja super! Weißt, was ich für einen Hunger hab nach dem Tag, da kommen mir deine Bratwürste gerade recht.«

Ich hole mir ein Bier aus dem Kühlschrank und setze mich zufrieden an den Esstisch, da bemerke ich den tadelnden Blick.

»Is was?«, frage ich.

»Mei, Xaver, da könntest dich jetzt schon ein bisserl mehr freuen und mich loben, aber aus dir wird halt nie mehr ein gescheiter Gentleman.«

Aber dann lächelt sie doch wieder und serviert das Essen, dass es eine wahre Freude ist. Nach dem Essen setzt sie sich ganz nah zu mir her. Das ist schön und gleichzeitig beängstigend. Ich bin mir in solchen Momenten nicht sicher, ob die Eva nicht doch mehr von mir will als »nur« meine Haushälterin sein. Das ist wegen unserer gemeinsamen Vergangenheit und unserer innigen Freundschaft für mich eh schon schwierig genug. Manchmal würde ich mir auch wünschen, dass wir ein richtiges Paar sind, weil die Eva ja einfach ein Traum von einer Frau ist, aber ich kann da nicht aus meiner Haut. Der Psychologenfuzzi hat mir einmal erklärt, dass ich aufgrund der Vorfälle in dem blöden Keller beziehungsgestört bin und ein Problem habe, Nähe von anderen Menschen zu ertragen. Das verstehe ich zwar nicht, weil ich wollte ja nix von den Leichen, und was haben Tote mit meiner Beziehungsfähigkeit zu tun? Aber jedenfalls habe ich da meine Probleme, was mich aber normalerweise nicht besonders stört. Es darf halt nur nicht zu viel werden, sonst ergreife ich lieber die Flucht, da fühle ich mich dann alleine wohler.

»Eva, sei mir nicht böse, aber ich brauche noch Zeit für mich«, erkläre ich ihr.

Sie kennt mich lange genug, um das zu akzeptieren, und so geht sie in ihre Wohnung und ich in mein Wohnzimmer. Einem inneren Impuls folgend, schalte ich den Computer an und schaue mir noch einmal die Bilder vom Landrat und der Sophia genau an, und plötzlich weiß ich, was ich bisher übersehen habe! Also schwinge ich mich noch einmal zur Dienststelle und ins Polizeiauto und fahre raus zur Sophia.

Zu meiner Enttäuschung ist sie nicht zu Hause, zumindest ist das Tor verschlossen, und niemand reagiert auf mein Klingeln. Also beschließe ich, gegen das ausdrückliche Verbot vom Huber zum Landrat zu fahren. Ich muss einfach wissen, ob an meinem Verdacht was dran ist, sonst werde ich narrisch. Das duldet keinen Aufschub, das will ich noch heute Abend klären. Beim Landrat brennt Licht, also läute ich, und wie beim letzten Mal öffnet mir seine Frau.

»Was wollen Sie denn schon wieder?«, fragt sie wenig erfreut, als sie mich sieht.

»Ihren Mann müsst ich kurz sprechen.«

»Da haben Sie Glück, dass der schon wieder da ist. Er war ja in München und ist erst nach Hause gekommen.«

»Dimpfelmoser, was führt Sie denn zu uns heraus?«, begrüßt mich da schon der Landrat, der gerade auf den Gang tritt.

»Ich hab schon gehört, dass der Fall gelöst ist. Gott sei Dank hat dieser Zustand der Angst und des Schreckens nicht noch länger gedauert. Da hätte ich mir wieder von unserer Bevölkerung die Fragen anhören dürfen, ob denn unsere Polizei effizient genug arbeitet.«

Das Arschloch denkt wirklich nur an seinen Ruf. Die Toten, die der ganze Fall mit sich gebracht hat, sind dem anscheinend völlig wurscht.

»Landrat, ich hätt ein paar Fragen an Sie. Können wir uns irgendwo ungestört unterhalten?«

»Wenn es unbedingt sein muss, dann kommen Sie halt kurz mit in mein Arbeitszimmer«, tut er ganz gnädig und führt mich in einen riesigen, mit Büchern und Aktenordnern vollgestopften Raum.

Er schließt sorgfältig die Türe, bevor er sich zu mir setzt.

»Dimpfelmoser, dass ja meine Frau nichts erfährt«, sagt er leise. »Ich bin Ihnen wirklich dankbar, dass Sie sozusagen undercover für den Huber und mich arbeiten. Aber müssen'S da gleich bei mir auftauchen? Meine Frau hat eh' schon Verdacht geschöpft und spioniert mir hinterher. Sie hat dummerweise sogar in München angerufen und erfahren, dass ich da gar nicht war, und jetzt herrscht hier dicke Luft. Ich hab ihr dann was von einer Geheimsache erzählt, aber ihr Vertrauen ist erst einmal dahin.«

Landrat, denke ich mir, du bist so ein verlogener, hinterfotziger Mistkerl, das ist wirklich zum Kotzen. Dass er sich damit verdächtig macht, merkt er gar nicht.

»Landrat, ich habe eigentlich nur eine Frage. Wo waren'S denn in der Nacht, als der dritte Mann ermordet und bei Ihrem Liebesnest im Wald abgelegt wurde?«

Damit hat er nicht gerechnet, der verlogene Hund. Er verschluckt sich und läuft puterrot an, so dass ich schon das Schlimmste befürchte. Also haue ich ihm zwischen seine Schulterblätter, aber da kippt er nach vorne und landet längs ausgestreckt auf dem Fußboden.

»Raus, Dimpfelmoser«, schreit er, »das hat Konsequenzen für Sie, das garantiere ich Ihnen.«

»Landrat, seien'S ein bisserl vorsichtig mit Ihren Drohungen«, antworte ich grinsend. »Noch haben wir den Herrn Schwarzer nicht, und noch existieren die Bänder mit Ihnen drauf. Und die Fotos von Ihnen mit der Sophia, die hab ich bei mir zu Hause. Ich an Ihrer Stelle würde mich da etwas zurückhalten.«

»Äh ... ja so war das nicht gemeint ..., ja mei ..., Dimpfelmoser ...«, stottert er.

»Wenn ich rauskriege, dass Sie irgendwie in die Morde verstrickt sind, dann sind'S dran«, sage ich noch zu ihm und lass ihn in seinem protzigen Arbeitszimmer zurück.

Als ich die Tür aufreiße, fällt mir seine Frau in die Arme, die natürlich heimlich gelauscht hat.

»Auf Wiederschau'n«, verabschiede ich mich und stelle sie wieder auf ihre Füße.

Im Auto muss ich mich erst einmal wieder einkriegen. Ich bin immer wieder erschüttert über die Abgebrühtheit, mit der manche Menschen andere belügen und betrügen, ohne mit der Wimper zu zucken. Auf der Fahrt zurück fahr ich noch mal bei der Sophia vorbei und sehe Licht im Haus. Also läute ich noch einmal, und dieses Mal ist sie zu Hause.

»Xaver«, tut sie ganz überrascht, »das ist aber schön, dass du noch einmal zu mir kommst. Hast es dir anders überlegt und willst doch mit mir einen schönen Abend verbringen?«, fragt sie mich mit verführerischem Augenaufschlag, aber ich bin gerade immun gegen solche Versuche.

»Sophia, spar dir deine Reize für deinen Mann oder für den Landrat, des ist mir wurscht. Lass mich kurz rein, ich bin dienstlich hier und nicht zum Vergnügen.«

Sofort hört sie auf mit ihrem verführerischen Getue und schaut mich feindselig an.

»Wenn es unbedingt sein muss, dann komm kurz herein«, sagt sie beleidigt und lässt mich eintreten.

»Sophia, zeig mir doch bitte einmal deine Perlenohrringe, die du in der Nacht getragen hast, als du beim Landrat in der Jagdhütte warst«, fordere ich sie auf.

Völlig unerwartet bricht sie plötzlich in Heulkrämpfe aus.

»Xaver, ich habe einen verloren, aber frag mich nicht wo. Ich kann dir nur den zweiten zeigen, wenn du willst.«

»Nicht nötig, das reicht mir völlig«, antworte ich. »Kannst mir dann vielleicht erklären, wie die Perle von deinem Ohrring in die Jacketttasche von dem Toten kommt, den wir bei der Jagdhütte gefunden haben?«

Kurz huscht ein Zucken über ihr Gesicht, dann heult sie gleich noch mehr. Jetzt habe ich ein Problem, weil damit kann ich nicht umgehen, aber das habe ich schon erwähnt.

»Hör halt einmal mit dem Theater auf!«, schreie ich sie deshalb an und schüttle sie ein bisschen.

Tatsächlich versiegt ihr Tränenfluss schlagartig. Dafür stürzt sie sich auf mich und haut mir eine dermaßen saftige Mordswatsch'n runter, dass ich fast ins Straucheln komme. Kurzerhand verpasse ich ihr meine Handschellen, was sie aber nur noch mehr anstachelt. Jetzt tritt und spuckt sie nach mir und schreit hysterisch rum.

»Sophia, es langt«, brülle ich und lang ihr auch eine.

Endlich ist sie still.

»Sophia, ich muss dich mitnehmen, wegen des dringenden Tatverdachts, dass du was mit dem dritten Mord zu tun hast, oder kannst mir erklären, wie die Perle von deinem Ohrring zu dem in die Tasche kommt?«

»Xaver, das muss passiert sein, als ich dem Landrat helfen musste, die Leiche vor sein Jagdhaus zu schaffen«, gesteht sie mir jetzt und fängt wieder an zu weinen.

»Und wer hat den blonden Willi umgebracht?«, will ich wissen.

»Es hat ja eh keinen Sinn mehr, weiter zu lügen«, sagt sie leise. »Setz dich hin, dann erzähle ich dir die ganze Geschichte.«

Also setze ich mich in sicherer Entfernung in den Sessel, in dem ich das letzte Mal auch schon gesessen bin, während sie vor ihrer Lustwiese auf und ab geht. Die Handschellen lasse ich vorsichtshalber dran, was sie aber momentan gar nicht zu stören scheint.

»Der Landrat hat den blonden Willi umgebracht«, gesteht sie. »Er hat uns wegen unserer Affäre erpresst. Er hat in der Nacht, als er uns beobachtet hat, Videoaufnahmen gemacht. Der Landrat hat den blonden Willi raus zur Jagdhütte bestellt, angeblich um das geforderte Geld im Tausch gegen die Bilder zu bezahlen. Wie der dann aufgetaucht ist, musste ich ihn ablenken, und er hat ihm von hinten eine Eisenstange auf den Kopf gehauen. Dann hat er mich gezwungen, den Mann zu fesseln, und ich musste ihm helfen, ihm das Blut mit einer Pumpe rauszusaugen. Mir wird jetzt noch ganz schlecht, wenn ich nur daran denke. Dann haben wir den Mann nach draußen getragen und die Pumpe, den Eimer mit dem Blut und die Spritzen und Schläuche im Wald vergraben. Und irgendwann hat sich wohl die Perle von meinem Ohrring gelöst und ist dem Willi in seine Tasche gerutscht. Ich habe es gar nicht gemerkt, erst als ich zu Hause war, ist mir aufgefallen, dass die Perle verschwunden ist.«

Klingt irgendwie plausibel, denke ich mir und habe trotzdem immer noch das Gefühl, dass mir die Sophia nicht die ganze Wahrheit sagt.

»Kannst mir die Stelle genau beschreiben, wo ihr die Sachen vergraben habt?«

Sie beschreibt mir den genauen Ort. Ich rufe gleich beim Mühlbauer an, der sich tatsächlich bereit erklärt, sofort zur Jagdhütte zu fahren und das ganze Zeug sicherzustellen.

»Xaver, ich war so erschüttert. Das hätte ich dem Landrat niemals zugetraut, dass der über Leichen geht«, redet sie weiter. »Du kannst dir nicht vorstellen, wie kaltblütig der war. Er hat den Mann noch verhöhnt und hatte anscheinend sogar Spaß daran, den umzubringen. Ich habe mich sofort danach von ihm getrennt und ihm gesagt, dass ich ihn nie wieder sehen will. Seitdem lebe ich in ständiger Angst, dass der mir auch was antut.«

»Wenn du im Gefängnis sitzt, dann brauchst vor ihm keine Angst mehr haben«, sage ich und bugsiere sie nach draußen zu meinem Wagen.

»Xaver, du kannst mich doch nicht einfach verhaften«, keift sie. »Ich war es doch nicht, sondern der Landrat.«

»Das werden wir in Ruhe überprüfen, und solange bleibst erst einmal in Untersuchungshaft«, antworte ich und schiebe sie in meinen Wagen.

Widerstandslos setzt sie sich auf den Rücksitz. Ich versuche, den Reindl zu erreichen, aber der geht natürlich nicht an sein blödes Handy, mit dem er es sonst immer so wichtig hat. Dann fällt mir ein, dass der ja bei einem Rendezvous ist und ich es beim Oberberger und beim Viereck erst gar nicht probieren brauche, weil die inzwischen sicher sternhagelvoll sind.

»Alles muss man alleine machen, wenn es einmal drauf ankommt und ich Hilfe gebrauchen könnte«, erkläre ich der Sophia.

Die antwortet aber nicht mehr, sondern starrt nur stur aus dem Fenster. Also fahre ich wieder zum Landrat raus.

»Jetzt reicht es aber mit Ihren Besuchen«, blafft mich seine Frau an.

Ich ignoriere sie und gehe einfach an ihr vorbei in das Arbeitszimmer vom Landrat, wo er hinter seinem Schreibtisch sitzt.

»Das darf nicht wahr sein ...«, legt er gleich los, aber ich lasse mich nicht irritieren und lege ihm meine Ersatzhandschellen aus dem Handschuhfach an.

»Sind'S jetzt komplett übergeschnappt!«, bellt er los, während seine Frau nur fassungslos die ganze Szenerie beobachtet.

»Landrat, Sie werden des Mordes an dem blonden Willi bezichtigt. Drum verhafte ich Sie jetzt, und Sie wissen ja eh: Sie haben das Recht zu schweigen ...«

»Sparen Sie sich den Schmarrn, und machen Sie mich sofort los«, schreit er. »Ansonsten sorge ich dafür, dass Sie die längste Zeit Polizist waren, dann können'S die Straße kehren, Dimpfelmoser.«

Seelenruhig schiebe ich ihn ungeachtet seiner Proteste vor mir her an seiner Frau vorbei, die völlig geschockt immer noch im Türrahmen steht.

»Brunhild, das ist alles ein Missverständnis«, sagt er zu ihr. »Ruf bitte gleich einmal meinen Parteifreund, den Rechtsanwalt Möllerberg an, der soll sofort in die Polizeistelle kommen und mich da rausholen.«

Sie nickt nur und ist unfähig, ein Wort zu sprechen.

»Gehen wir, Hinterbirner, und Sie, verehrte Frau Landrat, passen'S auf, dass Sie nicht umkippen. So ein Schock hat manchmal unangenehme Begleiterscheinungen, das kenn ich aus eigener Erfahrung.«

Als er die Sophia im Auto sieht, wird der Landrat kalkweiß.

»Hat die Ihnen den Unsinn erzählt?«, fragt er mich wütend.

»Klappe halten, und ab in den Wagen«, kommandiere ich und schiebe ihn auf den Beifahrersitz, nicht dass die zwei sich noch gegenseitig was antun auf dem Rücksitz.

»So, dann könnt's euch heute Nacht schon einmal überlegen, was ihr mir morgen erzählen wollt's«, erkläre ich ihnen fröhlich, was mit eisigem Schweigen quittiert wird.

In der Dienststelle kommt plötzlich wieder Leben in die beiden. Wild schreien sie durcheinander, als wenn ich taub wäre.

»Ruhe, zefix noch mal«, brülle ich. »Jeder kann noch einen vernünftigen Satz sagen, und wenn's dazu nicht in der Lage seid's, dann sperr ich euch einfach so ein, und mir reden morgen weiter, weil mir langt's für heut mit eurem Geschrei und eurem kindischen Getue.«

»Ich bestehe darauf, dass Sie auf meinen Anwalt warten. Der muss jeden Moment hier sein«, fordert der Landrat mit zitternder Stimme.

»Und ich will sofort mit meinem Mann telefonieren, dass der mich hier rausholt«, kreischt die Sophia.

Das war wohl das falsche Stichwort, jedenfalls stürzt sich der Landrat trotz der Handschellen auf sie.

»Du elendes Miststück«, schreit er mit überschnappender Stimme. »Bloß weil dein sauberer Ehemann mehr Geld hat als ich, verrätst du mich und unsere Liebe.«

Die zwei fallen zu Boden und wälzen sich wütend herum. Jetzt langt es wirklich. Kommentarlos ziehe ich die Streithähne auseinander und verfrachte sie in zwei weit auseinanderliegende Zellen, damit sie sich nicht noch absprechen bis morgen. Dann rufe ich vorsichtshalber zuerst die Frau vom Landrat an, nicht dass da wirklich gleich ein Anwalt auftaucht und ich wieder Stress kriege.

»Dimpfelmoser hier. Ich hätt da noch eine Frage.«

»Bravo, Herr Dimpfelmoser«, gluckst sie ins Telefon, bevor ich weiterreden kann. »Danke, dass Sie meinen Mann verhaftet haben und ihn über Nacht einsperren. Vielleicht ist ihm das einmal eine Lehre und holt ihn von seinem hohen Ross herunter.«

Aha, da bin ich doch angenehm überrascht von der Frau.

»Wann kommt denn dem sein Anwalt?«

»Der kommt erst einmal gar nicht, weil ich ihn nicht angerufen habe. Das mache ich erst morgen früh. Mein Mann soll einmal Gefängnisluft schnuppern, dann kann er in Ruhe über sich und sein Verhalten nachdenken.«

»Dann entschuldigen'S die Störung und eine angenehme Nacht«, verabschiede ich mich und freue mich, dass der blöde Landrat keine Ahnung hat, dass sein Rechtsverdreher nicht mehr kommt.

Dann rufe ich noch bei der Sophia zu Hause an. Aber wie zu erwarten, ist ihr Mann immer noch nicht da. Ich habe also mein Bestes getan, damit die zwei ihren Anwalt kriegen, aber da ist halt heute nix mehr zu machen. Zufrieden lösche ich das Licht und mache mich auf den Weg nach Hause.

Kapitel 14

Sonntag, 8.00 Uhr

Am nächsten Morgen rufe ich als Erstes den Reindl an, der immer noch Rufbereitschaft hat, und bestelle ihn zu den Vernehmungen in die Dienststelle.

Als ich gerade die Türe aufsperren will, schleudert der Wagen vom Oberberger und vom Viereck um die Kurve und kommt knapp vor mir zum Stehen.

»Wollt's mich umbringen, oder was soll jetzt des?«, frage ich wütend den Oberberger, der sich mit einer Sonnenbrille auf der Nase und in scheinbar ziemlich desolatem Zustand hinter dem Fahrersitz rausschält und grinsend auf mich zuwankt.

»Bist du besoffen, oder warum wankst so?«, will ich wissen, da rieche ich es schon.

Er dünstet Alkohol in rauen Mengen aus und riecht wie ein ganzes Fass voll Schnaps. »Oberberger, normalerweise müsst ich dir sofort deinen Führerschein abnehmen, des ist dir schon klar. Du solltest dich schämen, dich als Polizist so hinters Steuer zu setzen.«

»Dimpfelmoser, schau halt erst einmal, was mir dir mitgebracht haben«, grinst er mich weiter an und öffnet schwungvoll die hintere Türe.

»Ssservuss«, lallt der Viereck raus, während er den gefesselten Heribert Schwarzer mit seiner Pistole bedroht.

»Der Vogel ist uns heute Morgen ins Netz gegangen, da schaust jetzt, was mia für Hund san!«, ruft der Oberberger und lacht, dass der Schnaps ihm förmlich aus dem Maul raus verdampft.

»Kommt's rein mit eurem Fang«, sage ich und bin tatsächlich besänftigt.

Wir schließen den Heribert Schwarzer unter lautstarkem Protest erst einmal in einer Zelle ein.

»Jetzt erzählt's, wo habt's den aufgegabelt?«

Der Viereck ist nicht mehr in der Lage, ein einziges klares Wort zu sprechen. Stattdessen fällt er auf die Couch in meinem Dienstzimmer und schläft sofort ein.

»Wir haben doch seit gestern gefeiert«, erzählt der Oberberger. »Und wie das halt manchmal so ist, war es gestern besonders zünftig, und mia sind bis um drei in der Früh beim Schorsch-Wirt drin gesessen. Und weil mia immer noch keine Lust aufs Bett gehabt haben, sind mia nach Regensburg gefahren und wollten dort noch ein paar Bier trinken. Und da sitzen wir so gemütlich in der Pluna-Bar, da sieht der Viereck den Schwarzer hinter der Bühne.«

»In der Pluna-Bar, in dem Striptease-Schuppen?«, frage ich ungläubig.

»Genau der, Dimpfelmoser, kennst die auch? Da können mir ja einmal gemeinsam hingehen, die haben immer Rasseweiber, des ist eine echte Schau«, verkündet der Oberberger. »Jedenfalls sieht der Viereck den Schwarzer. Wir gleich rauf auf die Bühne und die Waffen gezogen. Ein Gekreische war des unter den Tänzerinnen, das war richtig lustig. Und dann haben wir ihn auch schon gehabt und gleich verhaftet.«

Ich muss kurz überlegen, aber da fehlen mir doch ein paar Stunden.

»Und wieso kommt's dann jetzt erst?«

»Mei, mir haben uns gedacht, des pressiert nicht mehr. Drum haben mir den in unserem Auto festgebunden und haben uns dann die Show fertig angeschaut. Des geht da ja jeden Freitag und Samstag bis um sieben in der Früh durch. Und der Eintritt in den Laden ist auch nicht gerade billig, da wollten mir schon bis zum Schluss bleiben«, erklärt mir der Oberberger, während der Viereck auf meinem Sofa seinen Fetzen-Rausch ausschläft und immer lauter schnarcht und röchelt.

»Und den Schwarzer habt's einfach im Auto sitzen lassen?«, frage ich ungläubig.

»Ja freilich. Hätten wir den so gefesselt, wie er war, mit in den Zuschauerraum nehmen sollen, oder wie stellst dir das vor? Wir haben den mit den Handschellen im Auto festgemacht, und da war er, bis wir gefahren sind.«

»Schaff mir den Viereck hier raus, und dann schaut's, dass ihr wieder nüchtern werdet«, sage ich nur resigniert.

Er packt den Kollegen unsanft am Kragen und schleift ihn einfach aus meinem Zimmer, da kommt gerade der Reindl in die Dienststelle.

»Morgen«, brummt der und schaut so dermaßen mürrisch mit heruntergezogenen Mundwinkeln drein, als hätt er eine Gesichtslähmung.

»Was ist denn mit dir los?«, will ich wissen.

»Lass mich in Ruhe.«

»Das Weib von gestern?«, bohre ich weiter.

»Dimpfelmoser, ein wahrer Alptraum war das. Die war so fett und hässlich, das kannst du dir nicht vorstellen. Die hat gar nicht wirklich durch die Türe von dem Lokal gepasst, in dem mir uns verabredet haben.«

»Jetzt mal langsam, Reindl«, sage ich. »Hast von der im Internet kein Foto gesehen? Hast ein ›blind date‹ mit der ausgemacht? Und überhaupt, red nicht so abfällig von der, bloß weil sie nicht deinem Schönheitsideal entspricht.«

»Die hat ihr ganzes Profil gefälscht, kannst du dir das vorstellen? Das ist Betrug, und ich werde mich bei dem Betreiber beschweren. Die garantieren einem, dass alle Profile überprüft und echt sind.«

»Und haben die dich besucht, bevor sie dich und dein Bild im Internet veröffentlicht haben?«

»Nein, natürlich nicht ...«, sagt er irritiert.

»Und woher, meinst du, sollen die wissen, ob die Bilder, die die denen schicken, aktuell sind oder falsch? Hellsehen werden die auch nicht können.«

»Du hast ja recht«, gibt er zerknirscht zu. »Aber wenn die sich in ihrem Profil als eine schlanke, blonde, erotische Frau beschreibt und dann kommt eine Dampfwalze daher, das ist halt erst einmal ein Schock. Aber das hätte ich ja noch verkraftet. Ich habe mir gleich unser Zeichen, eine rote Nelke am Jackett, runtergerissen, damit sie mich nicht erkennt, aber da war es schon zu spät. Und dann ist die auf mich los und hat mich in dem Lokal angeschrien, was mir einfällt und ob ich nur auf Äußerlichkeiten stehe. Die hat mich dermaßen runtergeputzt, obwohl wir noch kein Wort miteinander geredet hatten. Der Kellner wollte sie dann rausschmeißen, da hat sie auf den eingedroschen und rumgeschrien, dass die die Polizei holen mussten, um sie aus dem Lokal zu entfernen.«

Ich kann mir das Lachen einfach nicht mehr verkneifen und pruste lauthals los.

»Du kannst leicht lachen«, tut er beleidigt. »Dir laufen die Frauen ja hinterher, was ich bei deiner ungehobelten Art wirklich nicht verstehen kann. Aber die Welt ist ungerecht. Anstatt auf einen Feingeist, wie ich einer bin, stehen die scheinbar auf solche wie dich.«

»Reindl, das hab ich dir schon oft gesagt. Du stellst dich halt einfach so deppert an. Wenn du von Anfang an gleich wie ein Weichei daherkommst, des mögen die Frauen halt nicht. Die tun zwar immer recht emanzipiert, aber einen richtigen Kerl wie mich, den mögen sie trotzdem lieber als so einen Frauenversteher wie dich. Wenn du des endlich mal kapieren würdest und anders auf die Frauen zugehen würdest, dann hättest auch keine Probleme mehr.«

Dass das mit den Frauen bei mir gar nicht so einfach ist, wie der Reindl glaubt, das wissen Gott sei Dank nur die Eva, der blöde Psychologe und ich, und das soll auch so bleiben.

»So, Reindl, lassen wir die Privatgeschichten. Wir haben heute richtig viel Arbeit vor uns. Wir haben drei Gefangene, und die müssen mir vernehmen. Dazu bist ja hoffentlich trotz deines Weiberfrustes in der Lage, oder?«

Ich erkläre ihm kurz die Situation, und wir beschließen, zunächst den Landrat und die Sophia parallel zu vernehmen. »Du nimmst zuerst den Landrat in die Zange und ich die Sophia«, bestimme ich, nicht dass der Reindl sich gleich zu Beginn von der Sophia einlullen lässt.

Also holen wir die zwei aus ihren Zellen. Die Nacht hat ihnen anscheinend ganz gut getan, zumindest brüllt keiner mehr rum oder macht irgendwelche Anstalten, gewalttätig zu werden. Bevor ich mit der Vernehmung beginnen kann, läutet schon wieder mein Telefon.

»Servus, Dimpfelmoser«, flötet der Heinz ins Telefon. »Du, wir haben die Videodatei auf der Kamera teilweise wieder herstellen können. Ich hab gedacht, ich sag dir gleich Bescheid, damit du deinen Mordfall endlich abschließen kannst.«

»Du, Heinz, dass du am Sonntag arbeitest?«, frag ich ihn erstaunt.

»Der Huber hat alle, die an dem blöden Fall arbeiten, dazu verdonnert, heute zu arbeiten. Den verstehe einmal, wer will. Zuerst tönt er, dass der Fall mit dem Tod vom Weinzinger abgeschlossen ist, und dann macht er plötzlich so ein Geschiss.«

Wenn der wüsste, warum der Huber wirklich so ein Theater macht, denke ich mir, sage aber natürlich nichts.

»Heinz, magst du mir das Video rüberschicken per E-Mail? Des geht doch, oder?«, frage ich ihn.

»Geht, Dimpfelmoser. In zehn Minuten hast alles auf deinem Rechner«, sagt er und legt auf.

Dann gehe ich in das Vernehmungszimmer, setze mich der Sophia gegenüber und schalte das Aufnahmegerät ein. Die Sophia schaut mich an, als wären wir ein Liebespaar, aber das zieht bei mir unter den gegebenen Umständen halt überhaupt nicht mehr.

»Willst einen Rechtsanwalt oder deinen Mann anrufen?«, frage ich sie, aber sie schüttelt nur den Kopf.

»Also fürs Protokoll: Die Verdächtige Sophia Distler verzichtet auf einen Rechtsanwalt und auf ihr Recht zu telefonieren.«

»Brauch ich doch nicht«, haucht sie. »Ich bin ja gänzlich unschuldig und wurde zur Mithilfe gezwungen. Die eigentliche Tat hat der Landrat begangen.«

»Sophia, ob du da gänzlich unschuldig bist oder nicht, das entscheidet ein Gericht. Wenn du dem Landrat geholfen hast bei dem Mord, dann ist das mindestens Beihilfe.«

»Er hat mich gezwungen, Xaver. Du kennst ihn nicht, wie grausam der sein kann. Da hat eine schwache Frau wie ich keine Chance, sich zu wehren«, haucht sie weiter und bricht schon wieder in Tränen aus.

»Jetzt beruhigst dich, und dann machst eine gescheite Aussage«, erkläre ich ihr und gehe erst einmal kurz raus, um zu schauen, ob der Film vom Heinz schon da ist.

Am Gang kommt mir der Reindl entgegen.

»Der Landrat war's nicht.«

»Woher willst des so genau wissen?«

»Der hat angeblich ein wasserdichtes Alibi, das will er allerdings nur dir erzählen.«

Dann nimm du dir die Sophia vor, und ich red mit ihm.« Ich gehe in das Vernehmungszimmer, in dem der Landrat sitzt.

»Also«, sage ich und warte, was er zu erzählen hat.

»Dimpfelmoser, dass das aber ja unter uns bleibt, was ich Ihnen jetzt erzähle. Ich habe die Nacht, in der der blonde Willi ermordet und bei meiner Jagdhütte abgelegt wurde, mit der Staatsanwältin Mooser verbracht. Die kennen Sie doch, diese geile Schnitte.«

Ich bin fassungslos. Wird der tatsächlich hinter seiner

Fassade nur von seinem Schwanz gesteuert? Seine Frau, die Sophia, seine Puffbesuche und jetzt die Staatsanwältin Mooser, das gibt es doch gar nicht. Wobei die Staatsanwältin, so rein äußerlich betrachtet, bei einem Mann die Hormone schon in Wallung bringen kann, das muss ich zugeben.

»Landrat, ich hab es echt langsam satt, für den Huber und Sie die ganze Zeit den Deppen zu spielen und die Kohlen aus dem Feuer zu holen, bloß weil ihr glaubt's, ihr könnt's machen, was ihr wollt. Das ist einfach zum Kotzen, wie ihr zwei euch aufführt's. Euch ist das Hirn anscheinend wirklich in die Hose gerutscht. Richtig ekelhaft ist das. Nach außen die solide, moralische Fassade, aber dahinter, da tun sich Abgründe auf, da könntest kotzen ohne Ende.«

»Tja, äh ..., hm ..., aber lieber Dimpfelmoser, wir sind ja nicht hier, um über Moral und Anstand zu diskutieren, sondern um den Mord aufzuklären.«

Da hat er natürlich recht, aber manchmal muss man denen da oben einfach die Meinung sagen. Das hilft zwar auch nix, deswegen ändern die sich nicht, aber die sollen zumindest wissen, dass ich das richtig beschissen finde, was die hinter ihrer Moralfassade so treiben.

»Und ist die Staatsanwältin auch bereit, Ihr Alibi zu bestätigen?«, will ich wissen und kann mir die Verachtung in meiner Stimme nicht verkneifen.

»Ich müsste mit ihr telefonieren, Dimpfelmoser. Das ist etwas heikel, weil die ist ja auch verheiratet, und der ihr Mann darf davon natürlich nichts wissen, sonst bringt der mich um und seine Frau gleich mit. Der Herr Mooser ist bekannt dafür, dass er zu rasender Eifersucht neigt. Er hat schon mehrere Anzeigen wegen Körperverletzung. Dem reicht es schon, dass ein anderer Mann seine Holde nur zu lange anschaut, dann tickt der völlig aus. Der ist gemeingefährlich, das sage ich Ihnen.«

»Haben'S Angst, dass Ihnen der gehörnte Ehemann ein paar auf Ihr verlogenes Maul haut? Vielleicht würd Ihnen das gar nicht schaden.«

»Dimpfelmoser, helfen Sie mir einfach aus der Patsche, es soll Ihr Schaden nicht sein, das hat doch der Huber schon mit Ihnen besprochen«, heult er mit weinerlicher Stimme.

»Ich kann Sie nicht anrufen lassen, was soll des dann für ein Alibi sein? Geben'S mir die Telefonnummer von der Dame. Ich werde ganz zurückhaltend vorgehen, obwohl Sie des nicht verdient haben.«

»Dann nehmen'S wenigstens mein Handy, da denkt sie, dass ich es bin, und sucht sich einen Platz, wo sie ungestört telefonieren kann«, sagt er zähneknirschend und reicht mir sein Handy.

Ich rufe die Frau Mooser sofort an.

»Hallo mein süßer Schnucki, willst du es schon wieder?«, werde ich von einer verführerischen Stimme begrüßt.

»Ähem, hier ist nicht der Schnucki, ich rufe in dem seinen Auftrag an«, erwidere ich und kann mir ein Grinsen nicht verkneifen.

Zuerst ist es ganz still am anderen Ende der Leitung. Damit hat die geile Staatsanwältin nicht gerechnet.

»Kommissar Dimpfelmoser ist am Apparat«, flöte ich belustigt in den Hörer. »Der Schnucki sitzt in der Klemme, Frau Staatsanwältin. Wenn Sie seine Aussage nicht bestätigen können, dann hat es sich erst einmal ausgeschnuckelt.«

»Wie …?«, ist alles, was sie rausbringt.

»Sagen'S mir einfach, ob und wann der Schnucki diese Woche bei Ihnen war.«

»Was soll das alles …?«

»Mausischnecke, sage es bitte dem Kommissar. Ich erkläre dir alles später«, kreischt der Landrat lautstark, so dass sie es sicher hört.

Noch einmal zögert sie.

»Er war zwei Mal bei mir. Am Montagvormittag in meinem Büro. Wenn Sie es genau wissen wollen, zwischen 10.15 Uhr und 10.45 Uhr. Da hatte ich eine Verhandlungspause.«

Ich stelle mir lieber nicht vor, was die in der ihrer Pause getrieben haben.

»Und von Mittwochabend bis Donnerstagabend haben wir uns in einem Hotel in der Nähe von München getroffen. Da war der Landrat die ganze Zeit bei mir.«

Damit scheidet der also tatsächlich aus.

»Behandeln Sie das bloß vertraulich, Herr Kommissar. Ich werde diese Aussage auch nicht offiziell machen, also schauen Sie, dass Sie mich da raushalten.«

Sie legt einfach auf, die Mausischnecke.

»Sehen Sie, Herr Dimpfelmoser, das bestätigt meine Unschuld. Also lassen Sie mich jetzt gehen.«

Ich beschließe, ihn noch etwas schmoren zu lassen.

»Ganz so schnell geht des nicht. Jetzt bleiben'S erst einmal hier.«

Ich sperre ihn wieder in die Zelle ein. Der Reindl sitzt auch wieder an seinem Schreibtisch, anstatt die Sophia zu vernehmen.

»Was ist los mit dir?«

»Die Sophia redet nicht mit mir, Dimpfelmoser. Sie

stiert nur vor sich hin und antwortet auf keine meiner Fragen. Da hab ich sie wieder in ihre Zelle gebracht.«

Inzwischen ist es schon 11 Uhr. Ich erkläre dem Reindl, dass ich zum Schorsch-Wirt rübergehe und Pause mache. Wo kommen wir denn da hin, wenn der heilige Sonntag nicht mehr entsprechend gewürdigt wird. Beim Schorsch-Wirt ist es wie immer um diese Zeit. Ich bestelle ein Bier und meine Bratwürste bei der feschen Heidi und schaue ihr natürlich in den Ausschnitt. Schön schaut sie aus, aber irgendwie kann ich mich heute nicht so richtig darüber freuen. Erst als die Bratwürste mit dem Sauerkraut vor mir stehen und ich endlich alles in mich hineinschaufle, entspanne ich mich und vergesse vorübergehend den ganzen Fall und die noch ausstehenden Vernehmungen. Für kurze Zeit tauche ich ein in einen Zustand der Glückseligkeit, bevor mich die harte Realität wieder einholt und ich mich wieder in meine Dienststelle begebe.

Als Erstes fällt mir die Videodatei wieder ein, die der Heinz geschickt hat. Also rufe ich den Reindl, dass der auch gleich dabei ist, fahre meinen Rechner hoch und öffne die Datei mit der wiederhergestellten Filmsequenz. Ich staune nicht schlecht, als ich den Mercedes vom Landrat sehe, der von hinten, scheinbar aus einem fahrenden Auto heraus, gefilmt wurde. Der Mercedes fährt mit hoher Geschwindigkeit auf die »Todeskurve« zu und gerät dabei auf die andere Fahrspur. Der entgegenkommende Motorradfahrer, der Weinzinger Rudi, schneidet auch die Kurve und streift ganz leicht den Kotflügel des Mercedes, gerät ins Schlingern und fliegt aus der Kurve. Als Wagenlenkerin ist die Sophia eindeutig zu erkennen, während der Landrat auf dem Beifahrersitz sitzt.

»Wenn da nicht eine Erpressung dahintersteckt, dann fress ich einen Besen, Reindl«, sag ich zum Kollegen, der hinter mir steht und ebenfalls staunend das Video betrachtet.

»Klare Sache, Dimpfelmoser«, stimmt mir der Reindl zu. »Die haben die beiden gefilmt und damit erpresst.«

»Ich rede mit dem Schwarzer, Reindl. Mal schau'n, ob der inzwischen bereit ist, zu der ganzen Angelegenheit und zu dem Video etwas zu sagen.«

Also hole ich mir den Schwarzer aus seiner Zelle zur Vernehmung.

»Ich sage gar nichts ohne meinen Anwalt«, bellt er gleich aggressiv.

Ich muss mich auf die Vernehmung wirklich konzentrieren, damit ich keinen Fehler mache. Eigentlich haben der Huber und der Hinterbirner es gar nicht verdient, dass ich für sie Recht und Gesetz bis an die Grenzen des Erträglichen ausreize, aber was tut man nicht alles als guter Polizist.

»Schwarzer, red halt einfach. Du kommst aus der Sache nicht raus. Wenn du mit uns kooperierst und dein Maul aufmachst, dann ist das beim Staatsanwalt und dem Richter zumindest vorteilhafter für dich, als wenn du weiter schweigst. Wir wissen doch eh alles, da brauchen wir doch nur die Fakten anschauen. Erpressung in dem Stil, wie du des betrieben hast, da kommst ums Gefängnis nicht mehr drum rum.«

Die Räder in seinem Spatzenhirn drehen sich, während er sich unruhig auf dem Stuhl hin- und herschiebt. Hoffentlich pisst er sich nicht wieder in die Hose.

»Wenn ich ins Gefängnis geh, dann gehen aber ein paar andere Männer wie der Landrat und der Hauptkommissar Huber mit, das garantiere ich Ihnen«, droht er mir. »Und noch ein paar andere Männer aus dem Landratsamt gleich mit. Weil Bestechlichkeit im Amt, das ist auch nicht gerade die feine englische Art.«

»Schwarzer, erzähl halt erst einmal die Wahrheit, und dann sehen wir, was ich für dich tun kann«, erkläre ich ihm und warte auf seine Reaktion.

Er windet sich weiter auf seinem Stuhl, dass ich schon befürchte, dass er stur bleibt.

»Also gut«, entscheidet er sich schließlich, »aber dafür legen Sie ein gutes Wort für mich ein, Dimpfelmoser. Das mit dem Begegnungszentrum vom Herrn Fischer wissen'S ja eh schon. Natürlich hätte mir der das Geld nicht zahlen können, und es war damit absehbar, dass der ganze Hungersacker in meinen Besitz übergeht. Aber da können Sie mir rechtlich keinen Strick daraus drehen, weil für die Dummheit vom Herrn Fischer kann ich nichts, und die Verträge sind rechtlich einwandfrei.«

Da hat er wahrscheinlich sogar recht, der saubere Herr Schwarzer.

»Das muss der Richter entscheiden, aber darum geht es eh nicht mehr. Mich interessieren die Videoaufzeichnungen, weil da sind neben dem Landrat lauter Größen vom Bauamt drauf. Und die hast doch sicherlich erpresst.«

»Erpresst, Herr Dimpfelmoser, so würde ich das nicht nennen. Ich habe die Herren doch nur um eine kleine Gefälligkeit gebeten, mehr nicht. Wie hätte ich denn sonst an die Baugenehmigung kommen sollen? Niemand hätte mir auf dem Gelände vom Hungersacker einen Swinger-Club genehmigt. Und da bin ich halt auf die

Idee mit den Videos gekommen. Ich habe ein kleines Fest für die Herren organisiert, und nach ein paar Flaschen Champagner sind die sofort mit den Damen mitgegangen. Da fragt man sich schon, Herr Dimpfelmoser. Lauter verheiratete Männer, können Sie sich das vorstellen! Es gibt halt keinen Anstand und keine Moral mehr in unserer Gesellschaft. Und mit der ganzen Aktion habe ich mir nur ein kleines zusätzliches Druckmittel beschafft. Ich habe die ja eh schon mit ein paar kleinen Geldgeschenken von den Umbaumaßnahmen überzeugt, die für den Swinger-Club notwendig sind.«

Ich fall fast vom Stuhl. Ausgerechnet einer wie der Schwarzer erzählt mir etwas von Moral und Anstand! Irgendwie spinnen die doch alle.

»Soso, einen Swinger-Club wolltest da aufmachen. Und da hast gleich das ganze Bauamt bestochen und zusätzlich erpresst. Und damit dir der Pfarrer Eberdinger nicht mit seiner fanatischen Moral in die Quere kommt, hast den auch noch in deinen privaten Sex-Club eingeladen und auch erpresst, hab ich recht?«

»Herr Dimpfelmoser, nicht erpresst. Ich habe ihm einen Gefallen getan, als Menschenfreund sozusagen. Ich habe ihm nur ein bisschen dabei geholfen, dass er auch einmal etwas Spaß hat, und dafür kann ich doch erwarten, dass er mir dann nicht in die Quere kommt. Eine Hand wäscht die andere. Stellen Sie sich doch einmal vor, was passiert wäre, wenn der Herr Pfarrer von der Kanzel herunter gegen meinen Swinger-Club gehetzt hätte. Da hätte ich gleich zusperren können, so wild, wie der wird und die Bevölkerung aufhetzt.«

Da hat er allerdings recht, der Schwarzer. Mit dem Pfarrer sollte man sich nicht unbedingt anlegen.

»Eins verstehe ich immer noch nicht, Schwarzer. Warum haben denn die Videoaufzeichnungen vom Landrat und vom Huber in deinem Puff nicht gereicht? Warum hast den blonden Willi noch zusätzlich auf den Landrat und die Sophia angesetzt?«

»Nun ja, der Landrat redet halt gerne, wenn er etwas getrunken hat und in netter Damengesellschaft ist. Da hat er von seiner Sophia erzählt und dass die mit einem Millionär verheiratet ist. Und da habe ich mir gedacht, es kann ja nicht schaden, da noch ein zusätzliches Druckmittel zu haben.«

»Hast die Sophia also auch erpresst?«, frage ich fassungslos. So viel kriminelle Energie auf einem Haufen, des musst erst einmal verkraften.

»Dimpfelmoser, lassen Sie doch dieses böse Wort einfach weg. Sie stellen mich ja hin, als wäre ich ein Verbrecher. Aber wie gesagt, ich bin ein Menschenfreund und helfe manchmal dem Schicksal etwas nach, mehr ist das nicht. Auch bei der Sophia wäre es doch nur darum gegangen, ihr aufzuzeigen, dass das, was sie macht, einfach unmoralisch ist. Oder finden Sie es richtig, dass die ihrem armen Ehemann einfach Hörner aufsetzt und es mit einem anderen treibt? Da ist es doch meine moralische Pflicht, ein bisschen Druck auszuüben, damit derlei Treiben ein Ende findet. Und natürlich ist es gerechtfertigt, dass ich mir meine Arbeit auch dementsprechend entlohnen lasse.«

So kannst des also auch sehen, denke ich mir. Wenn ein jeder seine eigenen Regeln aufstellt und seine Sauereien auch noch moralisch rechtfertigt, dann können wir bald zusperren in unserem Land.

»Schwarzer, du elender Menschenfreund, hast also

die Männer, die jetzt allesamt mausetot sind, auf die Sophia und den Landrat angesetzt, dass die dir Material liefern?«

»Ja freilich, Herr Dimpfelmoser. Genauso habe ich es gemacht. Die Pension Rosi liegt doch in unmittelbarer Nähe von dem Anwesen von der Sophia und ihrem Mann. Da war es doch naheliegend, dass ich dort zwei von meinen Männern einquartiert habe, um die Sophia zu beschatten.«

»Aha, gibst also endlich zu, dass die Toten deine Männer waren?«

»Das wissen Sie doch eh schon, Herr Dimpfelmoser, also warum sollte ich Sie anlügen? Aber jetzt unterbrechen Sie mich halt nicht andauernd, wenn ich Ihnen schon alles erzähle«, fährt er mich beleidigt an.

Dann soll er halt reden, der saubere Herr Schwarzer.

»Letzten Freitag war es dann so weit. Der Landrat hat die Sophia abgeholt, und meine beiden Männer sind mit laufender Kamera hinter denen hergefahren. Dabei haben sie den Unfall aufgenommen, was natürlich ein Geschenk des Himmels für mich war, das können Sie sich ja sicher denken. Und dann habe ich den blonden Willi geschickt, dass der die Kamera mitbringt und beim Landrat und der Sophia etwas Druck macht. Dabei kam es zum Streit, weil meine zwei Männer für diese besonderen, nicht vorhergesehenen Aufnahmen plötzlich mehr Geld wollten, was der Willi natürlich abgelehnt hat. Er kennt mich und weiß, dass ich niemals nachverhandle.«

»Und dass deine Männer alle mausetot sind, des macht dir nix aus oder wie?«

»Herr Dimpfelmoser, das Leben ist gefährlich, vor allem, wenn man in derlei Missionen unterwegs ist. Jeder von meinen Angestellten, die besondere Aufträge für mich erledigen, wissen, worauf sie sich einlassen.«

»Schwarzer, du Menschenfreund, du bist ein ganz miserabler, elender Strolch. Ein Erpresser der übelsten Sorte. Du nutzt die Schwächen der anderen Menschen schamlos für dich und deine miesen Absichten aus, pfui Deifel, sag ich da bloß.« Ich stehe angewidert auf und lasse ihn im Vernehmungsraum zurück. Ich überlege angestrengt, wie ich den dazu bringe, dass er sein Maul hält und nicht die ganze Sache ausplaudert, aber mir fällt nicht wirklich was ein. Ich kann ihn ja nicht einfach laufen lassen, wo kommen wir denn da hin. Endlich taucht aus den dunklen Ecken meines gemarterten Hirns eine Lösung auf, und ich marschiere wieder rein zu ihm.

»Schwarzer, du hörst mir jetzt genau zu. Ich schlage dir einen Deal vor, da kannst beweisen, dass du wirklich ein Menschenfreund bist, und vielleicht kommst so sogar um das Gefängnis herum.«

»Lassen Sie hören«, sagt er und tut ganz gelangweilt und uninteressiert, aber mir entgeht nicht, dass er fast zu sabbern beginnt und sein Fuß nervös auf und ab wippt.

»Du gibst mir schriftlich, dass du den Hungersacker kostenlos für den Herrn Fischer sanierst und die Kirche vom Pfarrer gleich mit dazu.«

»Ja sind Sie völlig verrückt, das kostet mich ein Vermögen!«, braust er gleich auf, was mich aber überhaupt nicht beeindruckt.

»Du unterschreibst mir ein Schuldeingeständnis für die Erpressungen, das ich aber nicht gegen dich verwende, sondern an einem geheimen Ort aufbewahre, zu meiner Sicherheit sozusagen und als Garantie, dass du die Sanierungen auch wirklich unentgeltlich durchführst. Dann bleibt tatsächlich nur noch das Betreiben eines illegalen Puffs, für das du dich verantworten musst. Und da findest ja mit deinem Rechtsverdreher, dem Rohrstopfer, sicher eine Möglichkeit, dass du da irgendwie rauskommst, ohne dass du ins Gefängnis musst.«

»Das ist wirklich Erpressung, was Sie mir da vorschlagen«, presst er mit knirschenden Zähnen aus seinem dicken Maul.

»Schwarzer, ich muss doch sehr bitten«, sage ich genüsslich. »Nimm halt nicht so ein böses Wort in den Mund. Ich würde so etwas ein kleines Geschäft unter Männern nennen. Eine Hand wäscht die andere. Du musst nicht ins Gefängnis, und dafür vergisst alles, was du jemals über den Landrat und den Herrn Huber erfahren hast.«

»Herr Dimpfelmoser, Sie vergessen die Bänder. Da sind die Aufzeichnungen drauf, und die sind bereits bei der Polizei. Die können'S ja nicht einfach verschwinden lassen.«

Da hat er natürlich recht, der Schwarzer, aber darum soll sich der Huber kümmern, wenn er die Bänder schon hat.

»Darum brauchst dich nicht kümmern, Schwarzer«, erkläre ich ihm. »Darum kümmert sich sozusagen jemand an höchster Stelle.«

»Herr Dimpfelmoser, ich bin ehrlich über die Verhältnisse bei unserer Polizei erschüttert«, kommt er mir wieder moralisch, der saubere Herr Schwarzer.

Natürlich hat er irgendwie recht. Mir bereitet die ganze Angelegenheit auch Bauchweh, aber wenn dafür der Fischer seine Sanierung kriegt und der Pfarrer seine

Kirchensanierung, dann dient die ganze leidige Angelegenheit zumindest einem guten Zweck. Der Pfarrer hat es zwar eigentlich nicht verdient, aber seine Kirche kann ja nichts dafür, dass der so verlogen ist. Und der Fischer ist einfach eine arme Sau, wenn dem geholfen ist, dann freut mich das. Auch wenn mir mit dem seinen Plänen und dem Hungersacker nicht ganz wohl ist.

»Also, was ist?«, will ich vom Schwarzer wissen.

»Ich bin einverstanden, Herr Dimpfelmoser«, tut er ganz gönnerhaft.

»Dann schreib ich hernach alles auf, und du setzt deine Unterschrift darunter. Bis dahin bleibst in der Zelle. Das kann noch ein bisserl dauern, weil ich noch schnell unseren Mörder überführen muss.«

Er mault zwar herum, aber ich sperre ihn wieder ein. Soll er ruhig noch in der Zelle schmoren, verdient hat er es ja. Ich gehe rüber zum Reindl, der irgendwas an seinem Computer macht.

»Hast du was aus dem Schwarzer herausbekommen?«, fragt er mich.

»Reindl, den können mir wahrscheinlich nur wegen dem illegalen Bordell belangen, aber das ist ja auch schon mal was.«

Der Reindl gibt sich Gott sei Dank damit zufrieden und fragt nicht weiter nach.

»Reindl, dann schau'n mir einmal, wie unser Liebespaar auf das Video vom Unfall reagiert«, sage ich. »Ich zeig das zuerst dem Landrat, und du nimmst dir inzwischen weiter die Sophia vor.«

Also hole ich den Landrat und spiele ihm die Videosequenz vor. Er beginnt zu zittern und zu schwitzen und schaut mich mit großen Augen an.

»Dimpfelmoser, was hätte ich denn machen sollen? Die Sophia saß am Steuer und hat sich aufgeführt wie eine Verrückte. Die war dermaßen hysterisch, das können Sie sich nicht vorstellen.«

Doch, das kann ich mir vorstellen, wie die völlig austickt.

»Ich habe ihr gesagt, sie soll sofort anhalten, aber sie hat nur geschrien, dass sie uns lieber in den Tod fährt, bevor sie da stehen bleibt. Und dicht hinter uns, da war dieses ominöse Auto, das uns verfolgt hat. Auch ich hatte panische Angst, dass uns die Männer entführen oder gar umbringen wollen. In meiner Position ist man schließlich mehr gefährdet als die Normalbevölkerung.«

»Also waren'S doch froh, dass die Sophia einfach weitergefahren ist?«

»Dimpfelmoser, das war eine Extremsituation. Der Unfall, die hysterische Sophia, der Wagen, der uns verfolgt hat. Da konnte ich tatsächlich nicht mehr klar denken.«

Natürlich hat er wieder nur an sich und seinen Ruf gedacht, da bin ich mir sicher. Und keiner kann ihm wirklich nachweisen, dass er nicht versucht hätte, die Sophia anhalten zu lassen, um Erste Hilfe zu leisten. Da ist er wieder fein raus, der elende Misthund. Jetzt ist mir auch klar, woher die Kratzer am Kotflügel von dem seinen Mercedes stammen. Da hat der Rudi den Wagen leicht gestreift.

»Landrat, erzählen Sie mir doch einfach, was genau passiert ist. Wie kommt der Schwarzer an die Aufzeichnung, und wieso war der blonde Willi wirklich bei Ihnen draußen?«

Er windet sich und schwitzt inzwischen wie ein Schwein, aber dann macht er endlich sein Maul auf.

»Der blonde Willi ist in der besagten Nacht bei meiner Jagdhütte aufgetaucht. Er hat uns das Video vorgespielt und uns damit erpresst. So wie der geredet hat, haben wir geglaubt, dass der alleine ist. Wir konnten ja nicht ahnen, dass dahinter der Herr Schwarzer steckt und der blonde Willi nur sein Laufbursche ist. Und als dann der zweite Mann aufgetaucht ist, habe ich meinen Freund, den Herrn Huber, in alles eingeweiht, und der hat sich gleich bereit erklärt, mir zu helfen.«

»Wie jetzt, war der Huber in die ganze Sache eingeweiht? Hat der tatsächlich auch von der Fahrerflucht und der Erpressung gewusst?«

»Natürlich weiß der Herr Huber alles. Deswegen hat er ja Sie mit den geheimen Ermittlungen beauftragt, damit Sie sozusagen unter der Hand die Erpresser fangen und aus dem Verkehr ziehen. Deshalb kam doch auch die Sophia für die Anfertigung des Phantombildes zu Ihnen, damit Sie den Mann schneller finden. Dass dann die ganze Angelegenheit gleich so ausufert und auch noch der Schwarzer in den Erpressungen mit drinhängt, das wussten wir ja selbst nicht.«

Ich höre erschüttert weiter zu und lasse ihn reden.

»Wissen Sie, Dimpfelmoser, so ein Leben als Landrat, wie ich es führe, ist ja nicht gerade einfach. Ich bin nicht oft zu Hause, und meine Frau, die liebt nicht mich, sondern meine gesellschaftliche Stellung. Da läuft seit Jahren nichts mehr zwischen uns. Aber ich bin halt ein Mann, und Sie wissen ja, wie das ist, wenn die Hormone verrückt spielen.«

Glaubt der ernsthaft, dass alle so notgeil sind wie er

selber oder was? Ich habe jedenfalls keinerlei Verständnis für seinen Lebenswandel, den er auch noch zu rechtfertigen versucht.

»Ich wollte mich für die Sophia von meiner Frau trennen, Dimpfelmoser. Ich hatte alles genau geplant und wollte ein neues Leben mit ihr beginnen. Meiner Frau habe ich schon Bescheid gesagt, aber sie wollte keinesfalls einer Scheidung zustimmen. Ich hätte meine Karriere als Politiker für die Sophia aufgegeben, nur um mit ihr zusammen zu sein. So eine wunderbare Frau, Dimpfelmoser, das können Sie sich nicht vorstellen. So eine darf man nicht einfach ziehen lassen. Sie sehen also, ich hatte überhaupt keinen Grund mehr, mich wegen dem Video erpressen zu lassen, weil es für mich auch keinerlei Anlass mehr gab, die Affäre mit der Sophia weiter zu verheimlichen.«

»Warum sind'S dann nicht zur Polizei gegangen, des versteh ich aber nicht, wenn Ihnen eh alles egal war, so wie Sie behaupten. Und überhaupt, wer sagt mir, dass Sie mich nicht nach Strich und Faden anlügen, Landrat?«

»Herr Dimpfelmoser, ich bin ein Ehrenmann«, tut er ganz entrüstet. »Glauben Sie ernsthaft, ich würde Sie anlügen?«

Das glaube ich allerdings, dass der mich anlügt, so wie es ihm gerade passt und er den größten Vorteil für sich sieht.

»Und wo ist dann Ihr Problem, wenn'S eh schon so eine tolle Zukunft mit der Sophia geplant haben?«

»Sie wollte nicht, Dimpfelmoser«, sagt er traurig, und tatsächlich werden seine Augen ganz wässrig.

»Wie ich ihr meine große Liebe gestanden und ihr

meine Zukunftspläne offenbart habe, da hat sie sich von mir getrennt. Einfach so.«

Er fängt richtig zum Heulen an, die elende Memme. Rumvögeln und lügen, ohne mit der Wimper zu zucken, das kann er, aber dann im Selbstmitleid versinken, wenn es einmal nicht nach seinem Sauschädel geht, ja pfui Deifi!

»Waren'S doch nicht so der Brüller für die Sophia?«, streue ich noch mehr Salz in seine Wunde.

»Leider habe ich erst da erkannt, dass der Sophia Geld wichtiger ist als die Liebe«, erklärt er weinerlich weiter. »Ihr Mann ist mehrfacher Millionär, da kann ich nicht mithalten, auch wenn ich selbst natürlich auch einiges zu bieten habe. Sie wollte nur Spaß mit mir und hat mich schamlos ausgenutzt.«

»Landrat, jetzt halten'S einfach Ihr Maul, sonst vergesse ich mich«, unterbreche ich ihn, bevor ich handgreiflich werde. »Ihre Arroganz und Überheblichkeit stinken so dermaßen zum Himmel, des ist einfach unglaublich.«

Ich verlasse den Vernehmungsraum, weil ich dringend frische Luft brauche, bevor ich an dem Mief vom Landrat ersticke. Am Gang kommt mir der Reindl aufgeregt entgegen und wedelt mit einem Zettel.

»Dimpfelmoser, das kam gerade per Fax rein. Es ist die DNA-Analyse, die die Kollegen beim blonden Willi und den ganzen Utensilien, die sie gefunden haben, gemacht haben.«

»Gib her«, brumme ich und lese mir das Ergebnis durch.

Also doch! Hat mich mein guter Riecher auf die richtige Spur geleitet.

»Ich zeige der Sophia jetzt auch das Video und konfrontiere sie dann mit den Ergebnissen«, erkläre ich dem Reindl und hole die Sophia.

Sie schaut sich das Video mit ausdrucksloser Miene ohne eine sichtliche Regung an.

»Magst was dazu sagen?«, frage ich sie, aber sie schüttelt nur den Kopf.

»Das ist Fahrerflucht und unterlassene Hilfeleistung, das ist dir schon klar, oder?«, frage ich sie, aber sie schweigt weiter eisern. »Wärst du stehen geblieben, dann hätt der Rudi vielleicht eine Chance gehabt, aber so war sein Schicksal besiegelt.«

»Was geht mich dem sein Schicksal an?«, schreit sie mir plötzlich her. »Wir wurden verfolgt, da ist doch klar, dass ich nicht stehen bleibe.«

»Lassen wir das, das hat mir dein sauberer Landrat auch schon erzählt. Aber vielleicht kannst mir erklären, warum deine DNA überall auf der Leiche ist, vom Landrat aber rein gar nix. Auch an der Saugpumpe und dem ganzen Zeug sind nur deine Fingerabdrücke und deine DNA drauf. Und außerdem hat der Landrat ein wasserdichtes Alibi für die Tatzeit und für die Nacht, in der die Leiche bei der Jagdhütte abgelegt wurde. Du hast mich also angelogen, was den Landrat betrifft.«

»Du bluffst doch nur, Xaver«, keift sie. »Woher willst jetzt du eine DNA von mir haben?«

»Kannst dich daran erinnern, wie ich bei dir war? Da war ich in deinem Badetempel und habe eine Haarprobe aus deiner Bürste mitgenommen. Sophia, aus der Sache kommst nicht mehr raus. Am besten wär ein Geständnis, dann kannst zumindest noch auf das Wohlwollen der Richter hoffen. Ansonsten wirst aufgrund der Indizien verurteilt.«

Sie starrt mich hasserfüllt an, dann macht sie ihren schönen Mund auf.

»Du weißt ja eh alles, also was willst dann noch von mir?«, spuckt sie, und wenn Blicke töten könnten, dann wäre ich jetzt mausetot.

»Sophia, du gibst also zu, dass du den blonden Willi umbracht hast?«

»Ja, Xaver, ich war's.«

»Eins würd mich noch interessieren, Sophia. Woher hast des mit dem Zettel und der Saugpumpe gewusst?«

»Xaver«, lächelt sie, »während du den Prosecco geholt hast, wie ich in deinem Zimmer gewartet habe, da habe ich natürlich die Protokolle auf deinem Schreibtisch durchgeschaut. Und da wusste ich, wie die beiden Männer getötet wurden. Und genauso hab ich es auch gemacht. Ich hab den blonden Willi raus zur Jagdhütte bestellt und hab ihm gesagt, dass wir dort das Lösegeld zahlen. Die Saugpumpe und alle Utensilien habe ich mir davor besorgt. Als er kam, habe ich ihm in der Hütte eine Eisenstange über seinen Schädel gezogen, ihn gefesselt und dann an die Pumpe angeschlossen. Ich war früher einmal Krankenschwester. Es war zwar nicht ganz einfach, aber wie man einen Zugang legt, das verlernt man nicht. Wie er am Sonntag in der Nacht plötzlich in der Jagdhütte aufgetaucht ist, da hat er uns mit einem Messer bedroht und gesagt, wenn wir nicht zahlen, dann geht das Video an die Presse und an meinen Mann. Und dann hat er auch noch den Reifen zerstochen, bevor er wieder verschwunden ist. Wie dann der zweite Mann aufgetaucht ist, haben wir zuerst gedacht, der blonde Willi wäre zurückgekommen. Aber ich habe ja dem sein Gesicht genau gesehen, und so war klar, dass es ein anderer ist. Und da hat der Landrat seinen Freund, den Hauptkommissar Huber, um Hilfe gebeten. Den Rest kennst ja eh selber.«

»Sophia, du erzählst des alles so, als würd es dir gar nix ausmachen, dass du einen Menschen kaltblütig umbracht hast.«

»Der wollte mein Leben zerstören, warum sollte mir das was ausmachen, wenn der dann tot ist? Das hätte er sich ja eher überlegen können. Du glaubst doch nicht ernsthaft, dass ich mir von so einem dahergelaufenen Kriminellen mein Leben ruinieren lasse«, fährt sie mich an.

»Auge um Auge, Zahn um Zahn ...«, sage ich nur und gehe aus dem Zimmer.

Ich bin fassungslos, wie wenig Achtung die vor dem Leben und vor den Menschen hat. Da sind ja der Landrat und der Huber nicht so schlimm, die bringen zumindest nicht gleich jemanden um. Auf dem Gang begegnet mir der Reindl.

»Reindl«, sage ich müde, »lass die Sophia abholen und nach Regensburg ins Gefängnis bringen. Die Sophia hat den Mord gestanden.«

»Dann können wir den Fall endlich abschließen, Dimpfelmoser«, freut sich der Reindl und verzieht sich in sein Zimmer, um die nötigen Schritte einzuleiten.

Ich gehe auch in mein Zimmer und rufe den Huber an.

»Huber, der Fall ist gelöst. Die Sophia hat den Mord am blonden Willi gestanden.«

»Gratulation, Dimpfelmoser. Ich habe ja gleich gesagt, dass der Landrat nichts mit dem Mord zu tun hat. Aber Sie hatten den richtigen Riecher, dass es nicht der Weinzinger war.«

»Und mit dem Schwarzer hab ich auch alles geklärt, da brauchen'S keine Angst mehr haben, dass der was ausplaudert. Dafür können wir ihn aber nicht wegen den Erpressungen drankriegen, das ist Ihnen schon klar, Huber.«

»Dimpfelmoser, das vergess ich Ihnen nie, das verspreche ich Ihnen«, schleimt er.

»Huber, nur um die Bänder, da müssen'S sich selber kümmern. Ich geb Ihnen jetzt eine Telefonnummer von einem Freund von mir, der ist Spezialist für Videoaufzeichnungen. Den rufen'S gleich an, und der soll sich sofort über die Bänder hermachen. Sie müssen dafür sorgen, dass da alle Aufzeichnungen von dem Bordell gelöscht werden, haben'S des verstanden, Huber?«

»Dimpfelmoser, ich kümmere mich sofort darum und melde mich hernach wieder bei Ihnen«, ruft er noch, und schon hat er aufgelegt.

Ich schlendere zu unseren Zellen und lasse zuerst den Landrat raus.

»Landrat, telefonieren'S hernach gleich mit dem Huber, und sprechen'S sich gut mit dem ab, nicht dass doch noch was schiefgeht und was von euren Sauereien an die Öffentlichkeit kommt«, verabschiede ich ihn.

Der bedankt sich überschwänglich und hat es dann plötzlich furchtbar eilig. Als Nächstes schreibe ich das Schuldeingeständnis vom Schwarzer und hole mir seine Unterschrift. Ich ermahne ihn noch mal eindringlich, dass er sich genau an unsere Abmachungen hält, und dann ist auch der wieder verschwunden. Ich verziehe mich in mein Zimmer, lege mich auf die Couch und überlege, ob ich wirklich an alles gedacht habe.

Das nervige Läuten des Telefons reißt mich aus dem

Schlaf. Da bin ich wohl kurz weggenickt, denke ich mir und reiße den Hörer von der Gabel.

»Dimpfelmoser«, trällert der Huber, »alles erledigt. Die Bänder sind perfekt gefälscht, da kommt keiner dahinter, dass da mal was anderes drauf war. Ihr Freund hat das alles in einer Viertelstunde erledigt. Jetzt zeigen sie nur noch Aufnahmen von unserem schönen Bayerischen Wald.«

»Sehr gut, Huber«, lobe ich ihn und stelle mit einem Blick auf die Uhr fest, dass ich über eine Stunde geschlafen habe.

»Machen's Schluss für heute, Dimpfelmoser«, erklärt mir der Huber gönnerhaft. »Und morgen in der Früh, da bleiben'S mit Ihren Männern erst einmal zu Hause. Da schlafen Sie sich alle einmal so richtig aus. Da reicht es, wenn Sie alle am Nachmittag Ihren Dienst beginnen, richten'S das Ihren Männern aus. Morgen Vormittag haben alle Sonderurlaub. Und dann machen'S den ganzen Schreibkram und die Berichte am Nachmittag, das reicht völlig aus.«

Ich kann sein gönnerhaftes Getue momentan einfach nicht mehr ertragen, und deshalb lege ich einfach auf, ohne mich zu verabschieden. Dann sitze ich einfach nur da und lasse die Gedanken in meinem Kopf vorüberziehen, so wie sie kommen und gehen. Irgendwann klopft es, und meine Männer betreten den Raum.

»Die Sophia ist soeben abgeholt worden«, verkündet der Reindl. »Dann sind wir also fertig für heute.«

»Saubere Arbeit, Männer«, lobe ich sie. »Morgen Vormittag hat uns der Huber freigegeben. Wir machen für heute Schluss, und morgen kommt's um drei Uhr am

Nachmittag wieder zum Dienst. Da erledigen wir dann den ganzen restlichen Schreibkram.«

Wir verabschieden uns, und alle verlassen die Dienststelle. Ich bin heilfroh, dass der Fall endlich abgeschlossen ist. Hoffentlich kehrt jetzt wieder Ruhe ein in unsere beschauliche Kleinstadt.

Kapitel 15

Montag, 16.00 Uhr

Ich sitze gemütlich in meinem Büro und schreibe meinen Abschlussbericht, da läutet das Telefon, und natürlich ist es wieder der Huber.

»Dimpfelmoser, sind'S ausgeschlafen?«, will er wissen.

»Alles bestens, Huber. Aber deswegen rufen'S sicher nicht an, oder?«

»Dimpfelmoser, ich habe eine kleine Überraschung für Sie. Jetzt kommen'S dann um 18.00 Uhr nach Regensburg. Bringen'S Ihre Belegschaft und Ihre Angehörigen mit. Da findet eine kurzfristig anberaumte Pressekonferenz statt, und da bekommen'S Ihre Belobigung, Ihre Beförderung und ganz offiziell Ihre eigene Dienststelle. Ich habe gemeinsam mit dem Landrat schon alles veranlasst. Er hat mit dem Innenministerium telefoniert, und die haben grünes Licht gegeben. Und nach dem offiziellen Teil gibt es noch extra für Sie einen kleinen Umtrunk.«

»Huber, ich hab doch gesagt ...«

»Dimpfelmoser, jetzt halten'S einfach Ihren Mund. Der Landrat und ich, wir stehen tief in Ihrer Schuld, und das ist das Mindeste, was wir für Sie tun können. Und ich bin ganz ehrlich tief beeindruckt, dass Sie unsere Notlage nicht schamlos ausgenutzt haben.«

»Ja, aber ...«

»Um 18.00 Uhr in Regensburg im Präsidium, das ist ein Befehl, Dimpfelmoser«, würgt er mich ab und legt auf.

Mir rauscht das Blut in den Adern, und mein Herz klopft wie verrückt. Ich weiß nicht, ob ich mich freuen soll oder nicht. Fünf Tote in einer Woche, die Erinnerungen an den Hungersacker, der ganze Sumpf von Hinterfotzigkeit, Arroganz und Überheblichkeit und jetzt eine Beförderung und die Erfüllung meines Traumes von der eigenen offiziellen Dienststelle, das ist selbst für mich etwas viel.

»Männer«, sag ich, »wir fahren hernach nach Regensburg. Der Huber erwartet uns zu einer Pressekonferenz und zu einem Empfang.«

»Gibt's da ein gescheites Bier?«, will der Viereck wissen.

»Und was zu essen?«, legt der Oberberger nach.

»Vielleicht treffe ich dort unter den Stadtmenschen auf meine Traumfrau«, sinniert der Reindl.

Ich muss grinsen. So sind sie, meine Männer!

»Ihr fahrt's alle nach Hause und zieht's euch was Anständiges an; und dann fahrt's gemeinsam nach Regensburg. Dort treffen wir uns um 18.00 Uhr«, schicke ich sie nach Hause.

Ich sag noch schnell dem Opa und der Oma Bescheid, dass sie auch nach Regensburg kommen sollen, dann verlasse ich meine zukünftig offizielle Dienststelle und gehe zu mir heim. Die Eva kann vor lauter Stolz auf mich gar nichts mehr sagen und wirft sich gleich in Schale. Dann fahren wir nach Regensburg.

Als ich um 18.00 Uhr das Polizeipräsidium in Regensburg gemeinsam mit der Eva durch den Hintereingang betrete, höre ich schon das aufgeregte Stimmengewirr. Ich hasse solche Veranstaltungen, in denen ich im Mittelpunkt stehe, aber was tut man nicht alles als guter Polizist.

»Eva, mia schau'n, dass mir möglichst schnell wieder verschwinden können, und dann machen wir uns einen gemütlichen Abend bei uns daheim«, versuche ich mein Glück.

Aber da habe ich die Rechnung ohne die Eva gemacht, die dermaßen stolz auf mich ist, weil ich den Fall so brillant gelöst habe.

»Nix gibt's, Xaver. Heut Abend bist du die Hauptperson, und da bleibst bis zum Schluss.«

Sie drückt sich eng an mich und gibt mir einen Schmatz auf die Backe. Gemeinsam betreten wir den Saal, in dem die Pressekonferenz und meine Auszeichnung für meine hervorragende Arbeit stattfinden soll.

»So, jetzt bist du dran«, flüstert mir die Eva ins Ohr und schiebt mich in die Menge, die sich mit Blitzlicht und Mikrofonen sofort wie die Geier auf mich stürzen.

Die Eva gesellt sich derweil verschmitzt lächelnd zum Opa und zur Oma, die mir freudestrahlend zuwinken.

Ich quetsche mich durch die Meute nach vorne durch, wo ich vom Huber und vom Hinterbirner erwartet werde.

»Dimpfelmoser, wie schön, dass Sie da sind«, werde ich vom Huber begrüßt, und der Landrat nimmt mich gleich in den Arm, als wär ich sein bester Kumpel. Blitzlicht hüllt uns kurz ein. Dann wird es ruhig im Saal, und alle Anwesenden starren erwartungsvoll zu uns auf die Bühne. Zuerst ergreift der Huber das Wort und schildert ausschweifend den Satansmörder-Fall, wie er von der Presse betitelt wurde. Ich werde ausgiebig gelobt, und natürlich vergisst er nicht, seine eigenen Leistungen und die unermüdliche und aufopfernde Unterstützung des Landrates hervorzuheben. Dann ist der Landrat dran, und der labert genauso wie der Huber daher.

Danach werden wir mit Fragen überschüttet, die wir abwechselnd beantworten.

»Und nun, meine sehr verehrten Damen und Herren«, hebt der Landrat seine Stimme, »möchte ich Ihnen zwei besondere Mitteilungen machen. Zum einen ist unser Kommissar Dimpfelmoser zum Hauptkommissar befördert worden. Aufgrund seiner hervorragenden Leistungen und seinem unermüdlichen Einsatz für Recht und Gerechtigkeit ist dies sicherlich das Mindeste, was wir tun können.«

Mir wird schlecht, wenn ich ihn so reden höre und dazu den Huber sehe, der dienstbeflissen und arschkriecherisch nickend neben dem Landrat steht. Hätte ich ihnen nicht die ganze Zeit ihren Allerwertesten gerettet und mich dabei an der Grenze zur Legalität bewegt, dann würden sie jetzt alleine hier heroben stehen und mich mit keinem Wort erwähnen.

»Und zum Zweiten habe ich noch zu verkünden, dass wir eine neue Dienststelle haben. Die Polizeiinspektion in Wörth an der Donau ist ab sofort kein geduldetes

Provisorium mehr, sondern offiziell eine eigenständige Dienststelle. Und natürlich ist der Leiter unser Hauptkommissar Dimpfelmoser.«

Beifall brandet auf, und erneutes Blitzlichtgewitter bricht über uns herein. Geblendet stolpere ich fast über den Landrat, der sich schon wieder ganz nah an mich ran schiebt.

»Dimpfelmoser, Sie müssen in die Kameras lächeln, des bringt mir ein paar Wählerstimmen und Ihnen noch mehr Anerkennung«, flüstert mir der Landrat dabei ins Ohr, während er sich wieder an mich drückt.

Ich versuche, mich aus seiner Umarmung zu winden. Nicht dass da noch einer meint, ich hätt was mit dem. Das wäre mir wirklich unangenehm, aber er hält mich eisern fest. Da kommt auch noch der Huber daher und nimmt mich von der anderen Seite in den Arm. Ich finde das wirklich zum Kotzen, aber die beiden sind so damit beschäftigt, in die Kamera zu lachen, was bleibt mir da anderes übrig, als einfach mitzumachen. Also grinsen wir gemeinsam um die Wette, bis endlich alle Paparazzi ihre Bilder gemacht haben. Ich bin inzwischen so geblendet, dass ich fast gar nix mehr sehe. Ich hoffe schon, dass der ganze Rummel endlich vorbei ist, da höre ich mit Entsetzen dem Landrat seine Stimme, wie er ins Mikrofon ruft:

»Und nun steht Ihnen unser Held noch für Fragen zur Verfügung.«

Ich will aber überhaupt nix mehr sagen, aber mir bleibt nichts anderes übrig. So beantworte ich geduldig eine Frage nach der anderen, bis der Huber eingreift und noch eine letzte Frage zulässt. Natürlich meldet sich der Stefan Winter, der sich unter die Meute gemischt hat. Ich befürchte schon, dass er den ganzen Auflauf hier dafür nutzt, um die Bombe doch noch platzen zu lassen und den Landrat vor der versammelten Mannschaft bloßzustellen, aber er hält sich tatsächlich an unsere kleine Abmachung.

»Dimpfelmoser, herzlichen Glückwunsch zur Beförderung. Da ich dich als Lokalreporter von deiner Heimatstadt und langjähriger Freund ja besonders gut kenne, darf ich dir zum Schluss noch eine ganz persönliche Frage stellen: Was macht aus deiner Sicht einen wirklich guten Polizisten wie dich aus, dass du deine Fälle so souverän lösen kannst?«

Der alte Schleimer. Von wegen langjähriger Freund. Das sagt der nur, damit er sich unter seinen ganzen Kollegen wichtigmachen kann, der Vollpfosten, der depperte. Und dann noch diese Frage. Glaubt der, dass ich vor der ganzen Presse meine manchmal unkonventionellen Methoden erkläre oder mich jetzt verspreche, oder was? Ich überlege kurz, ob ich ihn zur Sau machen soll, entscheide mich aber für die Diplomatie.

»Wenn du des jetzt genau wissen willst: Ich verlass mich halt auf meinen Instinkt. Des hab ich von meinem Opa gelernt. Der war mit Leib und Seele Polizist, und der hat mir schon als Bub beigebracht, auf meine innere Stimme zu hören. Des ist für mich des Wichtigste, was neben der guten Ermittlungsarbeit und dem gesunden Menschenverstand einen guten Polizisten ausmacht. Und dann musst halt in der Lage sein, diplomatisch vorzugehen und immer gut einschätzen, wann du welche Mittel anwendest, und des hab ich auch von meinem Opa gelernt.«

Alle klatschen mir Beifall. Ich schau zum Opa rüber,

der ganz gerührt in der Ecke steht und sich an der Oma und der Eva festhält. Ich weiß, dass ihn das glücklich macht, dass ich ihn so explizit erwähne. Aber es stimmt ja auch. Er hat mir alles beigebracht, was ich als wirklich wichtig erachte für meine Arbeit und auch für mein Leben. Er und die Oma, die haben mir immer geholfen, wenn ich sie gebraucht hab, und die haben mich zu dem Menschen gemacht, der ich heute bin.

»Meine Damen und Herren, liebe Kollegen. Ich darf Sie nun noch zu einem kleinen Umtrunk einladen. Wir wollen die Beförderung von unserem frischgebackenen Hauptkommissar natürlich gebührend feiern«, ruft endlich der Huber, und damit ist der bescheuerte offizielle Teil erledigt.

Ich will mich sofort zur Eva verdrücken, aber alle wollen mir noch persönlich gratulieren und mit mir reden. So dauert es noch geschlagene zwei Stunden, bis sich der ganze Trubel endlich legt und sich die ganze Gesellschaft langsam auflöst. Ich nehme die Eva an der Hand und will mit ihr heimfahren, da kommt der Reindl atemlos angelaufen.

»Dimpfelmoser, gerade hat der Feuerwehrkommandant Schoberer angerufen. Wir sollen sofort zum Hungersacker rauskommen, da brennt es lichterloh.«

Das kann nicht wahr sein. Aber natürlich schicke ich da niemanden von meinen Männern alleine raus. Da muss ich selber hin, wenn der Hungersacker brennt. Die Eva schaut mich mit großen Augen an.

»Der Hungersacker brennt?«, fragt sie entgeistert.

Ich kann förmlich spüren, wie sie sich bei der Nachricht fühlt.

»Eva, fahr bei dem Opa und der Oma mit, die sollen

dich heimbringen. Ich muss da rausfahren. Ich komm so schnell wie möglich nach«, verspreche ich ihr, und schon rase ich mit Blaulicht und Sirene und dem Reindl neben mir auf dem Beifahrersitz nach Wörth an der Donau und zum Hungersacker.

»Reindl, bist betrunken, oder was ist mit dir los?«, will ich erstaunt wissen.

Der ansonsten so verkrampfte Kollege, der sich bei meinen Fahrkünsten bisher fast in die Hose gemacht hat, sitzt völlig entspannt neben mir und trällert ein Lied von der Helene Fischer.

»Dimpfelmoser, seit ich aus den Fängen der Jutta entkommen bin, habe ich so das Gefühl, dass mich nichts mehr erschüttern kann, nicht einmal deine Fahrweise«, erklärt er mir grinsend.

Aus dem wird schon noch was, denke ich mir. Inzwischen mag ich ihn wirklich, was ich natürlich niemals zugeben würde.

»Geh, Reindl, schieb doch die CD von der Helene rein«, sag ich, und dann singen mir beide lautstark mit, während wir uns dem Hungersacker nähern.

Das ist richtig pfundig, fast so wie früher mit dem Opa.

Schon von weitem sehe ich die Flammen, die haushoch in den Nachthimmel züngeln. In der Zufahrt zum Hungersacker steht ein Krankenwagen mit offener Schiebetüre. Während im Feuer etwas mit ohrenbetäubendem Lärm zusammenbricht, sehe ich im Krankenwagen den Bruno Fischer auf der Liege liegen, und der Rindenacher gibt ihm gerade eine Spritze.

»Reindl, schau du, dass du was von den Feuerwehrlern erfährst«, schicke ich ihn los, während ich zum Krankenwagen gehe.

»Servus beinander«, begrüße ich die beiden. »Rindenacher, ist der Fischer vernehmungsfähig? Ich müsst kurz mit ihm reden und seine Aussage aufnehmen.«

»Du kannst es gern probieren, Dimpfelmoser, aber ich glaub nicht, dass du von dem ein vernünftiges Wort rauskriegst, der ist nämlich sternhagelvoll.«

Gerade will ich in den Wagen steigen und mein Glück versuchen, da kotzt der Fischer von der Liege auf den Boden, so dass dem sein Erbrochenes durch den ganzen Wagen spritzt. Ich kann mich gerade noch retten, aber den Rindenacher hat er auf der Hose erwischt.

»Zefix, du besoffener Sauhund, du blöder«, schreit er los. »Raus aus meinem Wagen. Das ist kein Kotzkübel, sondern ein Krankenwagen, falls du das noch nicht gemerkt haben solltest.«

»'tschulldigunng«, lallt der Fischer und fällt fast aus dem Wagen.

Er kann sich gerade noch fangen, dann steht er an der frischen Luft, und sofort drückt es ihm wieder die nächste Ladung raus.

»Jetz isses bebesser«, brabbelt er und holt tief Luft.

»Kannst mir was sagen zu dem Feuer«, frage ich.

»Dedes wawar iiich«, lacht er und findet das anscheinend besonders lustig. »Ich habbbe getruuunkken, ganzz viell Schnapppss. Bei Kerzenscheinn. Und dadadann musste ich biesseln. Da issse umgefafallenn. Hat aaalles sssoforttt gegebrannnt, haha. So viel FFFeuer, schöön, gell.«

Das reicht mir fürs Erste als Aussage. Wenn der selber das Feuer verursacht hat, gibt es für mich momentan nix zu tun. Da kümmere ich mich dann die nächsten Tage weiter darum. Inzwischen ist auch der Reindl mit dem Feuerwehrkommandanten Schoberer aufgetaucht, einem alten Kumpel von mir.

»Schoberer, wie schaut's aus?«

»Da war nix mehr zu machen, Dimpfelmoser. Da ist alles bis auf die Grundmauern niedergebrannt. Die paar Mauern, die noch stehen, die sind extrem einsturzgefährdet. Wir müssen das ganze Gelände sperren und uns um den Abriss kümmern, damit da nicht noch was passiert.«

»Hat der Pfarrer Eberdinger doch noch erreicht, dass der Hungersacker dem Erdboden gleichgemacht wird«, sage ich mehr zu mir selber und verabschiede mich.

Vielleicht ist es wirklich besser so, wenn die Erinnerungen an die unseligen Zeiten mit dem erleuchteten Erwin und seiner Sekte auf diese Weise wenigstens symbolisch im Feuer verschwinden, denke ich mir. Es ist nur schade, dass der Schwarzer damit aus dem Schneider ist, weil es hier nichts mehr zu sanieren gibt. Aber es bleibt ja immer noch die Kirche.

Jetzt habe ich mir meinen Feierabend redlich verdient, und die Eva wartet daheim auf mich. Nachdem ich den Reindl bei seiner Wohnung abgesetzt habe, fahre ich endlich nach Hause. Es ist spät in der Nacht, als ich meine Wohnungstür aufsperre. Die Eva liegt auf meiner Couch im Wohnzimmer und schnarcht friedlich vor sich hin. Schön ist sie, wie sie so daliegt. Ich trage sie vorsichtig in ihr Bett und ziehe mich dann auch zurück, um endlich zu schlafen. Heute bin ich mit mir und der Welt zufrieden. Und das Beste ist, dass ich morgen freihabe. Morgen, da schlafe ich aus, und dann gehe ich zum Schorsch-Wirt. Und da bestelle ich meine Bratwürste mit Sauerkraut und ein paar Halbe Bier. Morgen, da werde ich mein Essen ungestört genießen.

Epilog:

Ein halbes Jahr später wird die Sophia wegen Mordes zu einer achtjährigen Haftstrafe verurteilt, und ihr Mann lässt sich von ihr scheiden. Da die zwei einen Ehevertrag hatten, steht sie ohne Geld und Reichtum da, wenn sie das Gefängnis verlässt. Das geschieht ihr ganz recht, finde ich.

Der Schwarzer bekommt nur eine Geldstrafe wegen seines illegalen Puffs und saniert dem Pfarrer Eberdinger seine Kirche.

Der Bruno Fischer verkauft den Hungersacker an die Gemeinde und verschwindet aus unserer Stadt, obwohl ihm der Schwarzer sogar anbietet, dass er ihm unentgeltlich ein komplett neues Gebäude hinstellt. Aber der Fischer will nach dem Brand nur noch weg nach Indien, um dort weiter nach der Erleuchtung zu suchen.

Der Huber und der Landrat treten wie gehabt in der Öffentlichkeit auf. Ob sie aus den Vorfällen etwas gelernt haben, weiß ich nicht. Ich bezweifle es jedenfalls stark.

Der Reindl entwickelt sich prächtig. Er wird halt langsam lockerer. Nur das mit den Frauen, das hat er immer noch nicht gelernt. Er hetzt von einem Date zum nächsten, aber es ist jedes Mal nur eine Enttäuschung. Trotzdem lässt er sich nicht entmutigen und sucht in seinen diversen Online-Partnervermittlungen unermüdlich weiter nach seiner Traumfrau.

Der Viereck und der Oberberger saufen weiter wie eh und je, aber bei denen ist es egal, weil ein Hirn haben die zwei sowieso keines.

Der Pfarrer Eberdinger ist seit den Vorfällen ziemlich zahm, was man so hört. Er hält sich wohl in seinen Predigten etwas zurück und erzählt sogar manchmal etwas von der christlichen Nächstenliebe.

Die Eva macht seit zwei Monaten eine Therapie, damit sie ihre Kindheitserlebnisse endlich verarbeitet.

Und ich, ich mache weiter wie bisher. Ich genieße meine Dienststelle und meine Arbeit in meiner Stadt, und ich träume auch nur ganz selten vom Hungersacker und meinen Erlebnissen.

Nachwort des Autors

Falls Sie, liebe Leser, die Stadt Wörth an der Donau in der angegebenen geografischen Lage suchen sollten, die gibt es wirklich. Allerdings sind einige Örtlichkeiten verändert oder frei dazuerfunden. Auch alle Personen sind frei erfunden. Eine etwaige Ähnlichkeit mit realen Personen ist reiner Zufall und weder gewollt noch beabsichtigt.

Ich hoffe, die Geschichte vom Kommissar – Entschuldigung: inzwischen Hauptkommissar – Dimpfelmoser hat Ihnen gefallen, und Sie haben sich gut unterhalten.

Wenn Sie mehr über die Hintergründe des Hauptkommissars und des Autors wissen wollen, dann besuchen Sie doch einfach meine Facebookseite oder meine Homepage www.stefanlimmer.de.

Herzliche Grüße
Stefan Limmer und Hauptkommissar
Dimpfelmoser